Hertha Pauli

JUGEND nachher

Roman

Mit einem Nachwort von Evelyne Polt-Heinzl

Milena

I

ICH MÖCHTE SCHREIEN. Aber das tut man nicht in Amerika, wie ich in der kurzen Zeit meines Hierseins bereits gelernt habe. Hier lächelt man – *Keep smiling* – und auf die Frage, wie es geht, antwortet man noch im Sterben: »Danke, fein.«

Mir kann freilich nichts passieren, denn ich war schon tot. Also lächle ich zu allem, was das Leben noch bietet, und sage ohne weiteres: »Fein.«

So werde ich hier geduldet.

Ich befinde mich nämlich bei einer Art von Verwandten, die nichts Rechtes mit mir anzufangen wissen. Sie haben mich aber herübergeholt und gleich bei der Ankunft gefragt: »*How do you like America*?« Ich dankte.

Jetzt belästigen sie mich nicht mehr mit Fragen. Das halte ich gar nicht mehr aus. Sie sollen von mir wissen. Ich muss erfahren, was dann geschieht. Ich kann die Ruhe nicht ertragen. Deshalb möchte ich schreien. Aber ich will zeigen, was ich gelernt habe: leise sprechen – und wenn schon nicht lächeln, ein unbewegtes Gesicht aufsetzen, was bei ernsten Anlässen üblich ist.

Erwartet wird von mir, dass ich mich nützlich mache. Mit Hausarbeit, weil ich sonst nichts aufweisen kann. Der Frühstückstisch vor uns biegt sich unter den Köstlichkeiten. Ich übe mich darin, den Überfluss für selbstverständlich zu nehmen. Ich muss mich eben eingewöhnen. Nachher werde ich das Geschirr abwaschen.

Vielleicht könnte ich mich noch anders nützlich machen als nur im Haus. Mir gegenüber sitzt meine Cousine dritten oder vierten Grades. Sie liest Zeitung und beachtet mich nicht.

Ich möchte, dass sie mich beachtet. Ich möchte sie aus der Fassung bringen und sehen, was dann herauskommt. Wahrscheinlich wirft sie mich hinaus. Gut, dass sie keine Ahnung hat, denke ich in mich hinein; sie lebt nicht, sie will nur schreiben. Jeden Sonntag studiert sie die Bestsellerliste, in *Fiction* und *Non-Fiction* eingeteilt. Manchmal versucht sie, mir den Unterschied zu erklären, und dass sie nicht weiß, was ihr lieber ist. »Fein«, sage ich.

Es gibt hier viel zu verwundern. Auch die jetzige Jahreszeit gibt es bei uns nicht; sie heißt Indianersommer. Der Kastanienbaum vor unserem Fenster sieht aus, als wäre er über und über in Blut getaucht. Aber freundlich.

Die Küche, in der wir frühstücken, blinkt weiß wie der große Kühlschrank darin und die Geschirrwaschmaschine, mit der ich noch nicht gut umgehen kann. Um mich nützlich zu machen, muss ich weiter lernen.

Gesund bin ich jetzt schon. Ich darf mich nur der Sonne nicht zu sehr aussetzen und im nahen Sund nicht schwimmen gehen, sonst kommen die alten Male wieder zum Vorschein – nur noch umrisshaft auf dem rechten Arm, wie bläuliche Schatten. Aber ich passe schon auf.

Im Augenblick rücke ich lieber beiseite, weil mich die Sonnenstrahlen durchs offene Fenster treffen. Doch schau ich gerne hinaus. Das Nachbarhaus – auch aus Holz – sieht dem unseren zum Verwechseln ähnlich, wie ein Ei dem anderen gleichen sich die Häuser in unserer Siedlung, mit den eingebauten Garagen. Wie Pilze schießen sie aus dem Boden und mehren sich. Friedliche kleine Grasflecke füllen die Zwischenräume aus, und an der Einfahrt hängt ein großes, rotbeschriftetes Schild: »*Estates*«.

Kolonnenweise drängen sich hier morgens die Wagen hinaus. Die Männer fahren zur Arbeit in die Stadt, die Kinder werden zur Schule gebracht, die Frauen bleiben daheim. Meine Cousine hat keine Kinder. Wir sind allein. Ich will gar nicht mehr reden. Wie von selber formen meine Lippen den Satz, an dem ich ersticke: »Ich muss dir ein Geständnis machen –«

Sie blickt nicht auf. Es war zu leise, anscheinend unhörbar. Aber meine Kehle brennt. Ich starre hinaus in die Sonne. Was ist geschehen? Der Sessel, auf dem ich sitze, ist kalt und aus Stahl. Der Blutbaum schüttelt den Kopf. Ein Hund bellt. Ich will zusammenzucken, kann mich aber weder rühren noch um Hilfe rufen. Die Kehle ist trocken, die Glieder sind starr, statt der Häuser sehe ich Holzbaracken ringsum in Reih und Glied, hinter Stacheldraht; an Flucht ist nicht zu denken … Nur zum Tod kommst du hinaus. Es raschelt. Ich bin an der Reihe.

Hab ich doch geschrien?

Ein Zeitungsblatt senkt sich, dahinter taucht ein Kupferhelm auf – ich ducke mich, starre in ein unbewegtes Gesicht. Es kommt mir langsam bekannt vor und der Helm verwandelt sich in hochgekämmtes goldgetünchtes Haar, während eine vertraute Stimme freundlich-erstaunt fragt: »Was hast du denn schon zu gestehen, Irene?«

Mein Name weckt mich. Sind nur Sekunden vergangen, keine endlose Agonie? Hat sie mich vorhin gehört? Ich möchte sie aufschrecken, herausschreien, was mich quält: Ich – ich hab ihn umgebracht –

Sie lächelt. Das beruhigt mich.

Mir kann nichts passieren, denke ich. Du darfst ruhig weitererzählen, was ich dir sagen will! Du darfst es sogar schreiben. Ich werde dir meine Zeitungsausschnitte geben und du kannst feststellen, ob es *Fiction* oder *Non-Fiction* ist. Ich hab ihn umgebracht, aber mir kann nichts passieren. Denn ich war schon tot.

II

Die Wärme war es, die mich wieder zum Leben erweckte, kein Zweifel. Ich schlug die Augen auf und sah einen weißen Raum, so weiß wie diese Küche und ebenso sauber.

Da saß auch eine Frau neben mir, sie trug eine weiße Haube und eine Rote-Kreuz-Binde um den Arm. Das erschreckte mich. Ich begann mich zu erinnern: Das rote Kreuz hatte ich zuletzt auf einem Arm neben dem Hakenkreuz gesehen – so trugen es die SS-Sanitäter, die mit der Giftspritze zu uns ins Lager kamen. Es war ganz dumm, sich zu fürchten, denn so eine Spritze war das Beste, was du kriegen konntest. Man spürt den Stich kaum und dann schläft man eben ein. Die anderen, wie meine Eltern auch, waren ins Gas gekommen, das muss viel schlimmer sein. Da möchte man sich vielleicht gar noch wehren.

So müde, wie ich war – so müde, dass ich Hunger und Kälte schon gar nicht mehr spürte –, wollte ich ihnen gerne nach, ohne aufzustehen. Wie durch einen Nebel hörte ich noch eine Stimme: »Das ist ja bloß ein Kind …« Dann wusste ich nichts mehr. Es war ganz ruhig.

Wie war ich bloß in den weißen Raum gekommen? Die Frau neben mir musste eine Rote-Kreuz-Schwester sein, sie sagte etwas, aber ich konnte es nicht verstehen. Dann fingen die Schmerzen an, auf der ganzen rechten Seite. Sie mochten von der Spritze oder von der Kälte kommen. Das rechte Bein war von oben bis unten blau angelaufen. Bewegen konnte ich mich kaum. Ich konnte auch nichts zu mir nehmen, sondern döste so vor mich hin, in einer Art Halbschlaf. Wie lange das gedauert hat, weiß ich nicht.

Bald konnte ich die Roten-Kreuz-Schwestern neben meinem

Bett unterscheiden. Eine sprach sogar deutsch und ich hörte von ihr, dass ich in einem amerikanischen Lazarett war, als einzig Überlebender aus dem Lager. Es wunderte mich sehr, denn die Spritzen waren uns verabreicht worden, damit wir das Eintreffen der Amerikaner nicht mehr erleben sollten. Der Sanitäter musste sich in der Dosis geirrt haben, in der Eile oder auch deshalb, weil ich bloß ein Kind war.

Jetzt kam ich mir sehr erwachsen vor, besonders als ich eines Tages aufstehen und bald darauf an einem Stock in den Gang hinaushumpeln konnte. Da stand ich richtig aufrecht – und musste lachen!

An diese Möglichkeit hätte ich nie gedacht. Es war ein ganz neues Gefühl, eine Art Kitzel, der aus dem Magen kam und hungrig machte. Ein nagender, rasender Hunger war das, der alles auffressen wollte. Ich bog mich vor Lachen und spürte mit einem Mal, dass ich wirklich am Leben war.

Der Junge vor mir lachte auch. Er hatte zu lachen angefangen, wie ich angehumpelt kam. Ich nahm es ihm aber nicht übel, denn ich spürte gleich, dass der da mich nicht auslachte – nein, der lachte mich nur an, weil wir zwei Krüppel so gut zusammenpassten. Dabei streckte er mir seine linke Hand entgegen, weil er keine rechte besaß.

»Na, wo hat's denn dich erwischt?«, rief er und blinzelte mir vertraulich mit dem rechten Auge zu. Über dem linken trug er eine schwarze Binde.

Mir verging das Lachen. Nicht wegen der Binde über seinem Auge oder wegen des leeren Ärmels, der von seiner Schulter baumelte, sondern weil seine selbstverständliche Frage eine Kluft zwischen uns aufriss. Natürlich war der von einer Bombe verletzt worden wie die anderen Patienten hier, wie das normal und ehrenvoll war. Natürlich war er früher in der Hitlerjugend gewesen, wie sich das gehört. Nie durfte ich zugeben, dass ich aus einem Lager kam.

Lügen hatte ich gelernt. Also nahm ich mich zusammen, brachte zwar keinen ordentlichen Satz heraus, warf aber mit einem Achselzucken hin: »Draußen halt – die Kälte –«

Das gefiel ihm. »Wenn's sonst nichts ist«, meinte er tröstlich, »das geht vorüber. Solang sie dir nichts abgeschossen haben, bist du fein raus.«

Ich nickte ihm zu. Da kam er näher und flüsterte mit gewissem Stolz: »Bei mir sind's gar nicht die Amerikaner gewesen, verstehst – nicht bei mir!«

Er schien auf eine Frage zu warten, aber ich traute mich erst nicht. Der verächtliche Ton, in dem er das Wort »Amerikaner« ausgesprochen hatte, machte mich vorsichtig. Er fixierte mich mit seinem einen Auge und wartete ab. Vor Neugierde brachte ich schließlich doch zwei Worte heraus: »Wer denn?«

Er schwoll richtig auf. »Ich selber.«

Zuerst verstand ich gar nicht, wie das möglich war. Es klang sehr stolz, wie er die Geschichte von sich gab; dabei flüsterte er, als dürfe es ja keiner hören. »In den Trümmern hab ich sie gefunden, beim Flak-Spielen. Hast du einmal eine Handgranate in der Hand gehabt? Großartig, sag ich dir. Dabei sieht's nach gar nichts Besonderem aus. Ganz gewöhnliches rundes Ding. Ich wollt's einpacken und mitnehmen, für die Zeit, wo unsereiner wieder so Zeug gebrauchen kann. Wenn wir wieder am Schmeißen sind, mein ich. Aber das Ding hat nicht so lang warten wollen. Kaum heb ich's auf, hat's gekracht. Bumm – und weg war ich.«

Er war sichtlich begeistert von dem Gedanken, dass er eine Explosion zustande gebracht hatte. In meiner Verlegenheit murmelte ich was von Angst vor Handgranaten. Da musste er laut lachen.

»Bist halt ein Mädel«, stellte er fest, so verachtungsvoll, wie er vorher von den Amerikanern gesprochen hatte. Die Kluft lag wieder zwischen uns. Ich wollte rasch von ihm weghumpeln, es war nicht leicht, aber er rief mir doch voller Neid nach: »Du hast ja all deine Glieder!«

Da tat er mir leid – und damit hat alles begonnen.

Auf einmal war er dicht bei mir und ließ sich meinen Stock zeigen. Ich musste mich an ihm anhalten, weil ich ohne Stock noch gar nicht stehen konnte. Er versuchte, den Stock in seinen leeren Ärmel zu stecken; das sah unheimlich aus, schien ihm aber zu gefallen, denn er sagte: »Wenn du ihn nicht mehr brauchst, kannst ihn mir schenken …«

Ich musste es ihm versprechen und fügte nur hinzu: »Wenn wir herauskommen.« Das Fenster vor uns war vergittert. Man konnte aber gut durchsehen, besonders auf die Schutthaufen und Mauerreste rechts unten. Nun wollte er wissen, was es links gab. Natürlich waren da auch Trümmer, und ich tröstete ihn, dass er nichts versäume. Jetzt lachten wir wieder alle zwei.

»Wird alles wieder aufgebaut«, versicherte er mir und setzte hinzu: »Ich muss mir nur noch den richtigen Arm dafür suchen.«

Er machte mich immer wieder neugierig. Ich wollte wissen, wo er hingehen würde, wenn er herauskäme. Er zuckte nur die Achseln, was ihn noch schiefer erscheinen ließ – besonders im Rücken, doch zog es sich bis ins Gesicht hinauf. Allerdings konnte das auch am fehlenden Auge liegen. So sah der Kerl aus – und dazu erklärte er sehr von oben herab: »Mir steht die ganze Welt offen.«

Er war unbeschreiblich. Ich starrte ihn nur an. Irgendwer musste ihm einen angerauchten Zigarettenstummel geschenkt haben, den steckte er hie und da in den Mund und sog ohne Feuer daran wie ein Großer. Es interessierte mich, warum gerade ihm die ganze Welt offenstand.

Nach etwa drei Zügen geruhte er zu antworten. »Meine Freunde«, sagte er, nichts weiter. Dabei fuhr er mit der gesunden Hand durch die Luft, als wolle er jemanden vorstellen.

Der Hunger stieg wieder nagend in mir auf. Mein Leben lang hatte ich nie zu einer Gruppe gehören dürfen. Wer waren die Freunde?

Er wich meinem Blick aus, ließ die Hand sinken und schrumpfte in sich zusammen. »Ich bin ja doch nur ein Krüppel«, bemerkte er trocken und gab mir den Stock zurück.

Unsere Hände berührten sich. Seine war kalt und ich zog die meine zurück, als ich ihn bat, mehr von seinen Freunden zu erzählen. Meine Neugier gab ihm wieder die Oberhand. Er grinste und meinte: »Wenn wir uns erst besser kennen –«

Also versprach ich, ihn morgen wieder hier im Gang zu treffen.

Um seine Freude zu verbergen, schaute er weg und sagte nur: »Ich seh nicht von links.«

Und ihm zu Gefallen ging ich auf seine rechte Seite hinüber. Es lag keine Kluft mehr zwischen uns.

Der Krüppel hieß Michael. Ich traf ihn dann jeden Tag; wir saßen zusammen im Gang, durchs Fenstergitter schauend und Pläne schmiedend. Seine Freunde kannte ich auch bald mit Namen. Da war der Wolf, von dem pflegte mit einer Art Scheu gesprochen zu werden. Ich sah ihn förmlich vor mir: groß, breitschultrig, der Älteste im Bunde. Michael kannte ihn noch aus der Volksschule. Er schnalzte mit der Zunge: »Ein Musterschüler, der Wolf.« Das kam heraus, als spräche er von einem unerreichbaren Leckerbissen.

Michael gab zu, Musterschüler im Allgemeinen nicht leiden zu können. Mit dem Wolf war es freilich anders. Der arbeitete ein System aus, wonach die ganze Klasse von ihm abschrieb, ohne dass die Trottel von Lehrern je draufkamen. Und was der Wolf alles gelesen hatte! Von den Klassikern bis herunter zum Neuesten, was es so gab. Bis zu den Detektivgeschichten – aber daraus, meinte er, sei nichts zu lernen. Auch im Rechnen war er der Beste. »Das geht bei dem wie geschmiert«, behauptete Michael und wandte sich an mich: »Hast schon mal was von unserem Mathematiker Leibniz gehört?«

Ich hatte keine Ahnung, und er weidete sich wieder an meiner Verlegenheit, bevor er mich aufklärte: »Muss ein ganz großer Kopf gewesen sein. Auch ein Philosoph, wie der Nietzsche.« Das hatte der Wolf ihm eingeprägt – denn der Wolf liebte die Philosophie, wenn er sich auch in der Hitlerjugend bald mehr den Fragen des praktischen Lebens zugewandt hatte. »Vor allem muss man es zu was bringen«, zitierte ihn Michael und wies, vertraulich über mich gebeugt, auf seine restliche Hand hin. »Der Wolf«, flüsterte er, »der schießt mit der linken Hand wie kein anderer mit der rechten.« Seine Augen glänzten. »Wenn ich das bloß von ihm lernen könnt!«

Ich nickte zerstreut, meine Gedanken waren bei Wolf geblieben. »Hast du denn eine Ahnung, wo er ist?«, wollte ich wissen.

Michaels Nicken war voller Zuversicht. »Wir haben einen Verbindungsmann, auf den Verlass ist. Hermann heißt er. Der weiß immer, wo der Wolf für uns erreichbar ist.«

Für uns, wiederholte ich in Gedanken. Einmal dabei sein, dazugehören … Ich musste den Wolf kennenlernen, so viel stand fest. Aber ich hatte nicht den Mut, direkt zu fragen. »Wie alt ist er denn?«, warf ich ein.

Michael rechnete nach. »Muss schon sechzehn sein«, stellte er dann fest. Auch das machte mir Eindruck. Michael war nur so alt wie ich, knapp fünfzehn. Freilich kam er mir viel erwachsener vor als ich. Was hatte ich denn schon gesehen? Seit ich denken konnte, war ich im Versteck oder im Lager gewesen. Was übrigens das betraf, so hatte ich mir eine großartige Lügengeschichte zurechtgelegt. Michael glaubte fest, dass ich wie alle anderen der Luftangriffe wegen in ein Kinderlandverschickungslager gekommen war, und wenn er Näheres hören wollte, so lenkte ich geschickt ab und brachte das Gespräch wieder auf seine Freunde.

Er hatte wohl begriffen, dass die Freunde das waren, was mich an ihm am meisten interessierte. Ich konnte und wollte das auch gar nicht verbergen. Er erzählte herrlich. Immer wieder erweckten seine Geschichten in mir den Hunger, der weit über Milch und Brot hinausging.

Übrigens war ich kein Gerippe mehr. Ich hatte zwanzig Pfund zugenommen, und die Vorstellung, dass meine Brust nicht mehr so flach war wie die eines Jungen, machte mir Mut. »Habt ihr Mädels in der Gruppe?«, fragte ich geradeheraus.

Der Kerl machte wieder eine verächtliche Bewegung. »Gewöhnlich nicht«, gab er zurück, über sein ganzes schiefes Gesicht grinsend. »Was halt so fallweise kommt. Der Hermann hat ein paar Schwestern. Aber der Wolf mag kein Weibergetratsch.«

Wenn der wüsste, wie ich schweigen und sogar lügen kann, dachte ich. Es ärgerte mich, dass ich nicht einmal das zugeben konnte. Vielleicht war es besser, auf seinen Ton einzugehen? »Halt's Maul!«, schrie ich ihn an – und er duckte sich wie ein geprügelter Hund. Jetzt war ich einmal überlegen. Die Hunde, die mir bisher begegnet waren, hatte man dressiert, uns zu bewachen; sie duckten sich nur vor den SS-Leuten im KZ. Dem verkrüppelten Hund vor mir hatte ich nichts mehr zu sagen.

Am nächsten Tag ließ ich ihn warten. Am übernächsten tauchte ich doch wieder auf, um ihm vorzuführen, dass ich den Stock nicht mehr brauchte. Ich konnte jetzt beide Beine ganz normal bewegen und spürte nur bei Aufregungen oder schlechtem Wetter noch einen stechenden Schmerz in der rechten Seite. Dann kamen auch die bläulichen Male wieder, aber nur in blassen Kreisen, die nicht weiter auffielen. Für den Michael waren sie jedenfalls nicht sichtbar.

Ich tänzelte vor ihn hin, den Stock in der Luft. Der Kerl tat, als merke er's nicht, sagte auch kein Sterbenswort darüber, wie lange er gestern vergebens gewartet hatte. Wie selbstverständlich griff er nach dem Stock, steckte ihn wieder in den Ärmel und meinte leichthin: »Den behalt ich.«

Bevor ich widersprechen konnte, überraschte er mich damit, dass er dieser Tage die Anstalt verlassen werde. Ich spielte gleichgültig und versuchte, ihn zu übertrumpfen. »Na«, sagte ich, »dass ich gesund bin, siehst du ja.«

Er wurde lebhaft. »Wo gehst du hin, Irene?«

Das wusste ich nun wirklich nicht genau. All meine Verwandten waren tot. Es gab nur noch eine alte Freundin von Mama und deren Mann, die ich »Tante« und »Onkel« zu nennen pflegte, die hatten keine Kinder, dafür eine Familienpension etwas außerhalb der Stadt. Ich hatte ihnen geschrieben, war aber noch ohne Antwort. Und bevor ich die Adresse preisgab, wollte ich ein Versprechen von Michael. »Du musst mir deine Freunde zeigen«, verlangte ich.

Er suchte nach einer Ausrede und fand sie. »Du fürchtest dich doch bloß –«

»So?« Jetzt war ich es, die lachte. Ich saß so nah bei ihm, dass sein gesunder Arm den meinen streifte. »Dann wirst du mich eben beschützen, Michael.«

Bei der Berührung schnellte er hoch und wurde beinahe gerade. Das eine Auge musterte mich und glänzte. »Der Wolf«, meinte er, »der möchte schauen, wenn ich so wen bring …«

»Also.« Ich rückte von ihm ab. »Versprichst es?«

Er zögerte noch. »Ich kann den Hermann fragen.«

Zwischen uns stand der Stock, den ich am einen Ende festhielt. »Mich siehst du nicht mehr«, drohte ich, »wenn du Angst hast.«

Es gab ihm einen Riss. »Ich? Ich hab noch nie Angst gehabt – nicht einmal vor dem Zeug, das mir dann in die Luft gegangen ist.

Ich war immer der Nächste zum Wolf, verstehst du, bis nachher der Toni dazugekommen ist, das *Babyface* –«

Das Wort war mir unbekannt. Der Wolf, erfuhr ich, hatte es von den Amerikanern gehört und auf den Toni angewendet, weil der so hübsch engelhaft aussah. Michael kicherte in sich hinein. »Und der fürchtet sich auch wirklich – nicht ich. Vielleicht tät so ein Angsthase dir besser passen?«

»Bist du eifersüchtig?« Ich lachte ihn aus und schwang den Stock in der Luft. Er duckte sich wieder – und weil ich ihn dazu gebracht hatte, überließ ich ihm den Stock. »Da hast du ihn«, sagte ich großzügig.

Er krampfte die ihm verbliebene Hand um den Stock, als müsse er ein Pfand festhalten. »Wir sehen uns wieder«, sagte er nur und sah mir nach.

III

Fragebogen haben mir immer Schwierigkeiten bereitet. Meine Mutter hatte mich aus der Schule genommen, als ich den ersten nach Hause brachte, in dem die Abstammung der Eltern auszufüllen war. Seitdem konnte ich Formulare nicht ausstehen und fürchtete mich vor Fragen aller Art. Auch im Büro des amerikanischen Spitals wusste ich nicht recht, was ich angeben sollte, als es um meine Entlassung ging. Es half nicht einmal, dass man versuchte, deutsch mit mir zu reden.

Die Sache kam erst in Schwung, als Tante Liese selbst kam, um nach dem Rechten zu sehen. Ich hätte sie kaum erkannt. Vier Jahre lang hatte ich das sogenannte »Tantchen« meiner Kindheit nicht mehr gesehen. Sie schien mir nun viel kleiner – wahrscheinlich nur deshalb, weil ich selber gewachsen war. Dafür war sie dicker geworden. »Vom Kartoffel- und Rübenfressen«, erklärte sie mit einem kurzatmigen Seufzer. Dann nahm sie energisch in die Hand, was für mich zu erledigen war.

Wenn ich gesund sei, hörte ich, und traute meinen Ohren kaum, müsse ich natürlich sofort zu ihr ziehen. Ein Zimmer sei frei, zu essen gäbe es ja nun genug, wenn man seine Beziehungen hätte, ich könne ihr helfen, und sie hätte sich immer schon eine Tochter im Haus gewünscht. »Klar, nicht?«

Ich war sprachlos. Es klang alles viel netter, als ich das Tantchen in Erinnerung hatte. Sie entschuldigte sich sogar, mich nicht früher besucht zu haben: Es hatte so viele Laufereien gegeben, und zwar wegen ihrer Entnazifizierung. »Verdanke ich alles dem Hugo«, setzte sie ein wenig verbittert hinzu. Onkel Hugo sei, natürlich nur der Not gehorchend, früher auch einmal in der Partei gewesen. War aber nun wieder ganz in Ordnung – schon deshalb, weil er meinem Vater behilflich gewesen war, versicherte Tante Liese.

Sie schnaufte aus und wartete. Sollte ich mich bedanken? Ich schwieg. Das schien sie zu freuen. »Hast recht, Kind«, fuhr sie fort, »darüber wollen wir gar nicht mehr reden. Ich kann alles verstehen, weißt du. War zum Schluss selber eingesperrt, weil ich vor allen Leuten gesagt habe, dieser Schwarzhandel sei einfach ein Skandal. Und das war er auch.« Da kam gerade meine amerikanische Schwester vorbei, und Tante Liese verstand es, ihr ein paar englische Worte zu sagen. »Muss man heute können«, flüsterte sie mir nachher stolz zu, »besonders in einem Betrieb wie dem unseren.«

Dann begann sie eingehend von ihrer Pension zu erzählen. Sie ging gut, aber es war eine Plage mit den Hausgehilfinnen. Erst bekam man sie nicht und dann liefen sie gleich wieder weg, meist mit einem von der Besatzung, der womöglich auch noch schwarz war. Mit einer war kürzlich der Rest des Familienschmucks verschwunden.

Mir ging ein Licht auf: Also daher pfiff das Mitleid. Ich sollte wohl nicht so sehr Haustochter wie Hausmädchen werden. Auch gut. Nur hier heraus. Über meine zukünftigen Pflichten wurde noch nicht geredet. Etwas anderes, worüber auch nicht geredet werden sollte, war meine Lagervergangenheit, und vor allem deren Grund.

»Dass dein Vater nicht arisch war, schadet ja heute nichts mehr – im Gegenteil«, meinte das Tantchen. »Man soll's bloß den Leuten nicht auf die Nase binden. KZ und so, das hört doch keiner gerne. Also Schwamm drüber. Klar, nicht?«

Ich nickte und dachte an die Geschichte von meinem Kinderlandverschickungslager, die ich Michael erzählt hatte. Auch die Adresse der Pension Bauernfeind hatte er von mir …

Das Familienheim lag in einem Vorort. Zum Abschied beschrieb mir Tante Liese genau den Weg, den ich nehmen musste, und ich schrieb mir die Straßennamen sorgfältig auf. Trotzdem konnte ich mich im Freien erst kaum zurechtfinden. Mir zitterten die Knie, als es so weit war und ich die Anstalt verließ; ich hatte es verlernt, mich außerhalb von Gittern zu bewegen. Die Kleider, die mir ein Hilfskomitee gespendet hatte, saßen fremd und ungewohnt auf mir. Das Täschchen – auch vom Komitee – mit dem neuen Waschzeug und den verschiedenen Papieren, die man mir gegeben hatte, wog so schwer, als sei es mit Blei gefüllt. An der ersten Ecke musste ich mich an der Hauswand festhalten, um nicht umzufallen.

Wenn Vorübergehende sich nach mir umblickten, erschrak ich und drehte den Kopf weg. Es fiel mir schwer, die Straße zu überqueren, denn den Verkehr war ich schon gar nicht gewöhnt. Aufatmend landete ich drüben an der angegebenen Haltestelle der Straßenbahn, das Fahrgeld, das mir Tante Liese abgezählt vorgestreckt hatte, krampfhaft in der Hand.

Der Straßenbahnwagen war fast leer. Beim Fahren wagte ich, aus dem Fenster zu sehen, obwohl es nicht vergittert war. Das Stadtbild war verwirrend, voll sonderbarer Durchblicke, wo früher dichte Häuserreihen standen. Bevor man daranging, den Schutt wegzuräumen, hatte man ihn erst einmal zu Bergen aufgetürmt, wie um ihn noch handgreiflicher zu machen. Ich hatte gar nicht gewusst, wie viel zerbombt worden war, und versuchte vergebens, mir einen Luftangriff vorzustellen. Es war ein ganz sonderbarer Gedanke, dass auch außerhalb des Lagers Menschen massenhaft getötet worden waren.

Der Schaffner rief die Station aus, die ich mir notiert hatte. In der Vorstadt kannte ich mich gar nicht mehr aus. Ich traute mich lange nicht, nach dem Weg zu fragen, und erhielt auch nicht immer die richtige Auskunft. Vielleicht waren die anderen Leute auch etwas durcheinander.

Es dauerte stundenlang, bis ich zu dem unverändert friedlichen Gärtchen kam, wo ich als Kind so oft gespielt hatte. Ich zog die Hausglocke. Nichts rührte sich. Erst nach wiederholtem Läuten öffnete mir Onkel Hugo Bauernfeind selber. »Da bist du ja«, stellte er fest, ließ mich ein und sperrte die schwere Tür bedächtig wieder zu. Im ersten Augenblick glaubte ich, wieder gefangen zu sein.

»Vorsicht ist die Mutter der Porzellankiste«, erklärte der Onkel. »Besonders heutzutage. Immer gleich wieder zusperren, das ist die Hauptsache.«

Ich versprach es.

»Na ja«, meinte er. »Die Redlichkeit hat natürlich gelitten.«

Auch er schien gealtert und machte einen recht verdrossenen Eindruck, als er vor mir zwei Treppen hinaufstieg und wiederholt stehen blieb, um Atem zu schöpfen. Eine Art schwerer Müdigkeit lag über ihm, so als trage er dauernd ein unsichtbares Gewicht mit sich herum. Oben angelangt, trat er durch eine Tapetentür in eine

Kammer und ließ sich vorsichtig auf einen Stuhl nieder. Dann zog er eine Pfeife aus der Tasche, stopfte sie und paffte. Dichter Qualm füllte die Kammer und strömte einen beißenden Geruch aus.

Onkel Hugo blickte sich in seiner Rauchwolke um. »Das ist dein Zimmer, Irene.«

Jetzt erst wagte ich, mich umzusehen. Umdrehen konnte ich mich kaum; das Eisenbett, die Kommode mit dem Waschbecken und der Stuhl, auf dem der Onkel saß, füllten den Raum so, dass ich eben noch bei der Tür Platz hatte. Die Decke war schräg und über dem Bett so niedrig, dass man nur gebückt darauf sitzen konnte. Aber mir schien alles herrlich. Ich hatte noch nie ein eigenes Zimmer gehabt.

Bei genauerem Hinsehen fiel mir noch etwas auf. In allen Ecken hockten riesige Zeitungsstöße, die der Pfeifenqualm zuerst verschleiert hatte. Onkel Hugo folgte meinem Blick. »Dass du mir die ja nicht wegwirfst!«, gebot er.

Ich sah, dass die Ränder der alten Blätter vergilbt und eingekrümmt waren. Ein brauner Käfer kroch über eine hervorstehende Schlagzeile: »Sieg bei Stalingrad« stand da in fetten roten Buchstaben. Diesen Sieg hatte man im KZ durch Lautsprecher bekanntgegeben, es war schon lange her. Der Braune verschwand zwischen den verwelkten Siegesnachrichten. Er lebte wohl darin und nährte sich davon mit seiner lieben Familie.

»Dies ist meine Welt«, verkündete der Onkel feierlich. Er wies auf die Haufen vergilbten Papiers. »Da hab ich das Reich in seiner Größe, und hier« – das war ein Stoß bei der Tür, der noch recht neu aussah –, »hier liegt sein tragischer Fall. Daran rührst du nicht, verstanden? Und sonst hältst du überall Ordnung, wie sich das in einem deutschen Familienheim gehört.«

Im Einzelnen erfuhr ich meine Pflichten von Tante Liese. Ihre Küche blitzte: Die Kupferpfannen, die noch von ihrer seligen Großmutter stammten, rieb sie täglich selber spiegelblank. Das übrige Geschirr blieb mir überlassen. Das Spülwasser musste auf dem Gasofen gewärmt werden. Ein warmes Bad kostete im Haus Bauernfeind drei Mark und wurde meist nur verlangt, wenn sich ein Ausländer zu uns verirrte. Das kam selten vor, und bei Tisch wurde dann von anderen Dingen gesprochen.

»Liese hat dir wohl gesagt, dass sie gesessen hat«, bemerkte der Onkel zu mir in einer vertraulichen Stunde. Er räusperte sich und fuhr fort: »Erst zum Schluss, versteht sich, wie es schon mehr Ehrensache war – nicht zur Rückversicherung, wie all die anderen. Das hatte deine Tante nicht nötig. Ob du's glaubst oder nicht, ich weiß von alten Parteigenossen, die sich damals gegenseitig einsperrten, als das dicke Ende da war. Ist ja auch keinem übelzunehmen, wenn er mit einem blauen Auge davonkommen will.«

Ich dachte an die blauen Male, mit denen ich davongekommen war. Dann wiederholte ich mir, was Mama so oft gesagt hatte, bis sie es selber vergaß und losschrie und weggebracht wurde. »Immer daran denken«, hatte sie gesagt, »nie davon sprechen …«

Ich sprach also nichts und Onkel Hugo warf mir über die Pfeife einen misstrauischen Blick zu, als habe er meine Gedanken erraten. »Deine Tante hat Köpfchen«, stellte er dann befriedigt fest. »Steht auch gut mit den Amerikanern. Sie sagt immer: Der Führer war falsch für uns, sonst hätte er den Krieg nicht verloren. Da hat sie natürlich recht. So was darf einem nicht passieren. Das weiß ja jedes Kind.«

Dabei blieb es: Es gab Dinge, die nicht passieren durften, obwohl jedes Kind sie wusste, und solche, von denen man nicht wissen durfte, obwohl sie passiert waren … Ich war heilfroh, dass der Onkel nie lange philosophieren konnte, ehe ein Ruf der Tante ihn unterbrach. Waren die Betten schon gemacht, so musste der Tisch gedeckt werden. Er war lang gezogen und stand im Speisezimmer, das sonst recht leer aussah. Das schöne Silber, das einstmals Kredenz und Simse geziert hatte, war Stück für Stück versetzt worden. Anständige Menschen hätten nach dem Zusammenbruch nicht recht mithalten können, hörte ich oft. »Wir haben viel durchgemacht«, pflegten die Gäste nicht ohne Stolz einander mitzuteilen.

Mich fragten sie zum Glück nie.

Es hieß aber allgemein, dass es nun schon wieder aufwärts ginge. Unser Haus war überfüllt, die Wohnungsnot hatte eben auch ihre guten Seiten. Für uns wenigstens. Gelegentlich musste sogar im Wohnzimmer ein Notlager aufgeschlagen werden. Das hatte Tante Liese nicht gern: Sie bevorzugte ständige Gäste. Am meisten hatte sie sich mit einer Kriegerwitwe angefreundet, die mit zwei Kindern schon lange im Vorderzimmer des ersten Stockes wohnte. Die Damen plauderten miteinander über das Unglück des verlorenen Krieges, und die Kinder zahlten halbe Preise.

Dafür machten sie doppelten Schmutz, wie ich beim Aufräumen feststellen konnte. Die Arbeit machte mich doch noch arg müde. Ab und zu tröstete mich das Tantchen mit dem Versprechen, dass sie ein zweites Mädchen anstellen wolle, aber leider kam es nie dazu. Ich erhielt nur die Erlaubnis, am Sonntagnachmittag auszugehen, wenn ich die Woche über fleißig gewesen war. »Komm mir nur nicht spät zurück«, warnte die Tante jedes Mal beim Abschied.

Die Mahnung war überflüssig. Was sollte ich mit meiner Freizeit anfangen? Ich kannte niemanden. Als Kind war ich manchmal mit Mama im Kino gewesen, aber das nächste Kino lag drei Viertelstunden entfernt und kostete auch zu viel. Bei Onkel und Tante wohnte und aß ich umsonst und sollte eigentlich Trinkgeld von den Gästen bekommen, aber die gaben meist nichts, weil sie mich für ein Familienmitglied hielten. Die Kriegerwitwe, die auch recht mager war, überließ mir hie und da ein Kleid und zeigte mir, wie ich es ganz leicht für meine Figur passend ändern könne. Es fiel mir aber nicht so leicht, auch hatte ich zu wenig Zeit oder war zu müde. Die Arbeitsschürzen, die ich tagsüber trug, bekam ich von Tante Lieschen.

Die Tage krochen so mühselig dahin wie Onkel Hugo. Ich versuchte, Michael zu vergessen, der sein Versprechen also nicht hielt. Zwar funktionierte unser Telefon noch nicht und er scheute sich wohl, persönlich aufzutauchen, aber er hätte doch schreiben können. Wochenlang lief ich zweimal am Tag dem Briefträger entgegen, dann gab ich es auf.

Als alle Hoffnung begraben war, kam das Lebenszeichen. Es kam nicht mit der Post, sondern war einfach von jemandem in den Kasten gesteckt worden: ein Briefumschlag ohne Marke und Absender, nur mit meinem Namen. Tante Liese hielt ihn mir entgegen, als ich gerade beim Auskehren unter dem Kleiderschrank war. Ich versuchte, gelassen aufzustehen, und stellte den Besen beiseite, ehe ich nach dem Brief griff. Die Tante blickte abwechselnd auf ihn und mich. Ich ließ den Umschlag ungeöffnet in meine Schürzentasche gleiten und kniete rasch wieder nieder, um den Staub unter dem Schrank auf die kleine Schaufel zu fegen.

Diesmal schien mein Eifer der Tante nicht recht. »Bist du nicht neugierig?«, wollte sie wissen.

Ich bückte mich so tief, dass meine Haare beinahe mitfegten, und sagte nichts. Aber sie musste es bemerkt haben, wie mir das Blut in die Wangen schoss. »Hast du Sonntag jemand kennengelernt?«, forschte sie weiter.

Ich verneinte wahrheitsgemäß und entschieden. Das Tantchen seufzte, schielte nach meiner Schürzentasche und stellte nach einem weiteren Blick auf die Standuhr fest, dass die Pflicht rief. Es war höchste Zeit für sie, den Kaffee zu kochen, den Onkel Hugo, wenn kein Gast in Hörweite war, ein Gesöff zu nennen pflegte, das auch nur so hieß, weil es in Kaffeetassen auf den Tisch kam.

Was mich betraf, so hatte ich vor der Kaffeestunde Gelegenheit, mich ein paar Minuten lang zurückzuziehen und zu waschen. Kaum hatte ich die Tür der Dachstube hinter mir geschlossen, als ich den Briefumschlag so heftig aufriss, dass der kleine Zettel darin entzweiging. Es war aber leicht, ihn wieder zusammenzufügen und die eine Zeile zu lesen, die er enthielt:

»Picknick am Sonntag. Triff mich um drei an der Endstation.«

An Stelle der Unterschrift stand ein unbeholfen gezeichnetes Männchen mit einem Arm und einem Auge. Michael ...

Es waren noch drei Tage bis zum Sonntag, drei lange Tage. Der Zettel gab keine Adresse an, eine Absage wäre sowieso ausgeschlossen gewesen. Aber Sonntag war ja mein freier Tag. Es muss gehen, dachte ich mit klopfendem Herzen, es muss gehen, ohne dass ich Erklärungen abgebe.

Da allerdings befand ich mich in einem Irrtum. Tante Lieschen, durch mein Schweigen tief beleidigt, fragte zwar nicht mehr nach dem Brief, bemerkte aber so ganz nebenhin, dass ich diesen Sonntag nicht fort könne. Es käme Teebesuch.

Ich widersprach zum ersten Mal, seit ich ins Haus gekommen war. »Diesen Sonntag muss ich ausgehen.«

Sie zischte auf. »Ein Rendezvous?«

Etwas unsicher suchte ich nach dem rechten Ausdruck – wie hatte Michael geschrieben? Das Wort war mir fremd, aber ich konnte es längst auswendig. »Ein Picknick.«

»Hast also doch wen kennengelernt«, warf sie hin, schien aber sehr beeindruckt.

Ich zuckte die Achseln. »Den kenn ich schon lang.« Und als sie sich damit nicht zufrieden gab, sondern immer wieder auf die eine oder andere Weise auf den Unbekannten zu sprechen kam, fügte ich schließlich hinzu: »Halt ein Kriegsverletzter.« Denn dass Kriegsverletzte überall bevorzugt wurden, hatte ich schon bemerkt.

Das Tantchen gab ein nachdenklich-einlenkendes »Hm« von sich. »Da kriegt ihr wohl ordentlich zu essen?«, vermutete sie dann, nicht ohne Achtung.

Davon wusste ich freilich nichts, doch war ich vorher schon fest entschlossen gewesen, nötigenfalls auch ohne Erlaubnis zu gehen. Von innen ließ sich die Haustür ohne weiteres öffnen. Um wieder hereinzukommen, musste man allerdings läuten, darüber zerbrach ich mir aber vorläufig nicht den Kopf. Noch am selben Abend, so müde ich auch war, begann ich das beste Kleid, das die Kriegerwitwe mir geschenkt hatte, entsprechend einzunähen. Es war ein geblümtes mit Rüschen, in dem ich etwas voller wirkte, als ich war; ich musste es kürzen und enger machen, denn ich hatte wieder ziemlich abgenommen. Es wurde Samstagabend, ehe das Kleid einigermaßen saß, nachdem ich es dreimal wieder aufgetrennt hatte. Ich war eben doch recht ungeschickt im Schneidern.

Am Sonntag, als ich mich um dreiviertel drei verabschieden wollte, musterte mich das Tantchen von Kopf bis Fuß und nickte. »Wirst ihm schon gefallen.« Ich war froh. »Wie alt ist er denn?«, fragte sie harmlos – und ich hätte mich fast verschnappt, begann aber rechtzeitig zu rechnen. Ein Kriegsverletzter musste mindestens einundzwanzig sein.

»Einundzwanzig«, log ich.

»Und was fehlt ihm?«

Ich erwähnte den Arm. Tante Liese wurde gerührt. »Kinder, Kinder!« Sie schien den abwesenden Kriegsverletzten gleich mit anzusprechen: »Ihr erinnert mich an meine Jugend – im ersten Krieg, da war ich so alt wie du jetzt, Irene – wie doch die Zeit vergeht, von einem Krieg zum anderen! Tja, was ich sagen wollte: Damals hatte mich einer ausgeführt, der hatte nur ein Bein – aber ich ließ ihn abfahren, weil er doch nicht tanzen konnte. Tja.«

Sie versank in Erinnerungen. Auf einmal fing sie an vor sich hinzusingen: »Wer wird denn weinen, wenn man auseinandergeht – wo an der nächsten Ecke schon ein anderer steht …«

Es musste ein Schlager aus ihrer Jugend sein. Sie brach ab, legte wahrhaftig die Arme um meinen Hals und drückte mir einen Kuss auf die Stirne. Ich stand verlegen da. »Amüsier dich man gut«, flüsterte sie mir wie eine Heimlichkeit zu.

»Danke schön.« Ich wandte mich zum Gehen.

»Und komm mir ja nicht zu spät heim!«, rief sie fast angstvoll hinter mir her. Ich war schon draußen. Auf der Straße sah ich mich noch einmal um: Sie hing aus dem Fenster und reckte sich den Hals aus, um womöglich zu sehen, wen ich wirklich traf. Aber die Endstation lag um die Ecke.

IV

Zuerst erkannte ich den Stock, dann den Michael. Er sah mich nicht gleich, ich blieb stehen, um erst einmal Atem zu schöpfen, da kam er auch schon auf mich zu. Er war recht ordentlich angezogen. Er gab mir die linke Hand und es war, als hätten wir uns gestern erst gesehen. »Komm mit«, sagte er, und dann: »Ich halt meine Versprechen.«

Wir gingen nebeneinander. »Wohin führst mich denn?«, wollte ich wissen.

»Wirst schon sehen.« Das ärgerte mich. Er bemerkte es und fügte rasch hinzu: »Es ist nicht weit.«

Ich schwieg und er sah mich von der Seite an. »Du hinkst ja gar nicht mehr. Wir können's zu Fuß schaffen. Die anderen kommen aus der Stadt, mit dem Rad.«

Die anderen – das war es, was ich hatte hören wollen. »Wer

denn?«, fragte ich so, als ob ich mir nicht wochenlang die Namen immer wieder vorgesagt hätte. Da war der Wolf, der alles konnte, und der Hermann, der sein Verbindungsmann war, und der mit dem Spitznamen, den der Wolf von den Amerikanern aufgeschnappt hatte – komisch, im Augenblick konnte ich mich auf den dritten nicht besinnen. Nur sein Spitzname fiel mir noch ein: Babyface …

»Wer kommt?«, wiederholte ich.

»Wirst schon sehen.« Michael tat geheimnisvoll. »Heute sind's sogar zwei Gruppen. Mit Mädels.«

Ich hatte mir schon gedacht, dass ich nicht die einzige sein würde. Es wirkte beruhigend und ich schritt rascher aus, vor Neugierde und in der Vorfreude, endlich einmal bei einer Gruppe zu sein. Michael hielt sich neben mir wie ein Hund, der bei Fuß geht. Seine prüfenden Seitenblicke verwirrten mich, ich kam mir plötzlich wie ein Schaustück vor, das man vor der Ausstellung noch einmal mustert. Fast bereute ich, die Einladung angenommen zu haben, aber zurück konnte ich ja nicht mehr. So trottete ich still neben ihm weiter wie ein folgsames Kind neben dem Hund, der es bewacht.

»Hast dich fein rausgeputzt«, stellte er schließlich fest und ich fühlte mich besser, obwohl es ein schwüler Augusttag war und der Weg sich zu dehnen begann.

Wir gingen flussaufwärts, aus dem Ort heraus. Vor uns lag das flache Hochland, dahinter die Kette der Berge. Michael bog in einen Flussweg ein, der die steile Böschung hinab in die Auen führte. Unten ging es kreuz und quer durch Gestrüpp auf steinigem Boden, wo nur Eingeweihte sich zurechtfinden konnten. Manchmal stolperten wir über Liebespaare. Michael freute es sichtlich, die zu erschrecken, er kicherte jedes Mal, und ich schaute weg.

»Ist's noch weit?«, fragte ich.

Weit und breit war niemand zu sehen. Michael ging auf ein dichtes Gebüsch zu und beugte sich vor, um die Zweige mit dem Stock beiseitezuschieben. Er fing es wohl ungeschickt an, denn eben als ich mich bücken wollte, schnellten die Zweige zurück auf meine bloßen Arme, die ich erschrocken vor die Augen hielt. Ein paar Blutstropfen quollen aus meinem Ellenbogen.

Mit einem Sprung war Michael bei mir. Er streckte die Zunge heraus, als wolle er mir das Blut vom Arm lecken – wie ein Hund, dachte ich wieder, und es lief mir kalt über den Rücken. Ich stieß ihn fort. Er duckte sich und verschwand.

»Michael!«, schrie ich hinterdrein. Da stand ich nun und wäre gerne nach Hause gelaufen, aber ich wusste den Weg nicht mehr. »Michael –«

»Michael!«, schallte es aus den Büschen zurück, wie ein Echo mit veränderter Stimme. Dann klangen mehrere Stimmen durcheinander: »He, ist da noch wer? Spioniert jemand? Was ist da los, Michael?«

Ich erstarrte. Im Gebüsch erschienen auf einmal viele Gesichter und glotzten mich an, Michaels in der Mitte. »Nur hereinspaziert«, rief er mir zu und erklärte den anderen: »Mein Mädel.«

Ein Grölen hub an. Hände streckten sich nach mir aus, ein Haufen grinsender Halbwüchsiger umringte mich und ein Vierschrötiger mit einer Narbe auf der Stirn hieb sich auf die Schenkel und bog sich vor Lachen: »Ja, da schau her, haha – der Goetz hat a Katz!«

Michaels Gesicht verzerrte sich. Er hob den Stock gegen den Narbigen. Sie werden sich totschlagen, schoss es mir durch den Sinn, und ich bin schuld … Dabei zog mich einer durch die Sträucher. Jetzt sah ich auch die anderen ganz aus der Nähe und glaubte sie plötzlich alle zu kennen: Sie hatten die schwarze Uniform ausgezogen, die sie im Lager trugen, aber ich kannte die Stimmen, die Hände, die Augen – vor allem die Augen …

Ich stand steif vor Schreck, unfähig mich zu rühren, wie in einem Angsttraum. Ich konnte weder vorwärts noch zurück. Über mir und dem einäugigen Gesicht hing der Stock in der Luft. Der Narbige hob einen Arm zur Abwehr und holte mit dem anderen zum Schlag aus.

»Dummheiten!«, schnitt ein Wort heiser dazwischen.

Der Stock sank und die grobe Faust löste sich. Die Gesichter ringsum wichen vor dem schmächtigen Jungen zurück, der das Wort hingeworfen hatte. Ein leichter Schnurrbartflaum bedeckte die Oberlippe in seinem blassen Gesicht, die tief liegenden, etwas verwaschenen Augen streiften mich. Es war ein nichtssagender Blick und doch stand ich wieder wie gelähmt.

»Das ist ja bloß ein Kind«, hörte ich leise hinter mir und zuckte zusammen. Hatte das wirklich einer gesagt? War ich wieder im Lager? Mein Herz hämmerte, und ich konnte nur einen Gedanken fassen: nichts anmerken lassen, nur hier nicht …

Die Spritze – nein, es war mein Stock, den mir einer reichte. Ein helles, offenes Knabengesicht beugte sich zu mir: »Brauchst keine Angst haben. Die Kerle tun nur so groß.«

Es war die leise Stimme von vorhin. Ich lächelte dem kleinen Blonden zu. Er schien so freundlich und wirkte jünger als ich. Wir standen plötzlich allein, die anderen waren dem Schmächtigen mit dem Schnurrbartflaum gefolgt und umringten nun ihn, wie sie vorher mich umringt hatten. Als Letzter schlich Michael ihnen nach.

»Ich bin der Toni«, sagte mein Retter. »Aber du kannst auch Babyface zu mir sagen.«

Babyface – hatte ich es nicht gleich gewusst? Toni, den sie Babyface nannten und der was vom Fürchten verstand! Ich musste lachen und wusste nicht, warum. Vielleicht war es, weil ich schon nicht mehr verstand, warum ich mich selber eben gefürchtet hatte; vielleicht war es auch nur, weil ich froh war.

Sonnenflecke tanzten durch das Laubdach über uns und spielten auf dem Sand und Kies des Flussbettes. Die Jungen waren wie verwandelt. Mit bloßen Oberkörpern schwangen sie Hämmer in der Luft, um Pflöcke einzuschlagen. Andere breiteten ein Zeltdach aus und setzten es auf die Pflöcke. Das war kein KZ, sondern ein wundervolles Pfadfinderlager.

Während des Hämmerns fingen ein paar der halbnackten Burschen zu singen an:

»Fuchs, du hast die Gans gestohlen.
Gib sie wieder her!
Gib sie wieder her!
Sonst wird dich der Jäger holen
Mit dem Schießgewehr …«

Nur der baumlange Kerl mit der roten Mähne, der ihr Anführer zu sein schien, sang nicht und grinste bloß.

Der Rothaarige warf als Erster den Hammer weg. »So«, rief er lustig, »es steht!«

Das war das Zelt. Es sah einladend und kühl aus. Wie auf ein verabredetes Zeichen kroch ein schnatternder Mädchenhaufen aus dem Gebüsch heraus und ins Zelt hinein. Auf den ersten Blick sahen auch sie alle gleich aus, mit dunklen Röcken und hellen Blusen – wie eine der Gruppen aus dem Bund Deutscher Mädels, zu denen ich nie hatte gehören dürfen.

Jetzt war ich plötzlich mitten darin, als Toni ganz selbstverständlich mit mir hinzutrat. Die Mädels tanzten um den rothaarigen Hünen, der eine von ihnen ergriff und die Quietschende hoch in die Luft hob, als ob sie federleicht wäre. Ganz genauso hatte ich mir den Führer vorgestellt, von dem Michael so bewundernd erzählte.

»Ist das der Wolf?«, fragte ich Toni.

Er schüttelte lachend den Kopf. »Hast denn sein Lied nicht gehört? Das ist der Fuchs.«

Ich war enttäuscht. Toni senkte die Stimme: »Woher weißt du überhaupt vom Wolf?«

»Der Michael hat mir alles erzählt«, gab ich stolz zur Antwort.

»So ein Trottel«, brummte Toni, mehr zu sich selbst als zu mir. Er schüttelte nochmals den strohblonden Schopf, wie um irgendwelche Bedenken zu verjagen, dann nahm er meine Hand. »Wie heißt denn du?«

»Irene.«

»Schon gut, dass du da bist, Irene. «

Hand in Hand, so führte er mich zu den anderen, die sich um das Zelt verteilt hatten. Davor saß der Fuchs mit noch einem Dutzend Jungen, und jeder von ihnen hatte ein Mädchen am Arm. »Damit kein Streit entsteht«, meinte Toni.

Sie begrüßten mich freundlich, aber da sie so vollzählig waren, folgte ich lieber dem Toni hinter das Zelt, wo sich die übrigen niedergelassen hatten. Dort saßen sieben Jungen und nur drei Mädchen – die Schwestern des vierschrötigen Hermann, wie mir Toni erklärte. Jetzt sah der Narbige eher gemütlich aus und rauchte eine Pfeife, die der von Onkel Hugo glich, nur roch sie besser.

Die drei Schwestern waren gleich besonders nett zu mir. Sie zeigten mir ihren Privatplatz im Gebüsch, wo man nicht aufrecht stehen konnte, und Ursel, die größte, die lange Zöpfe trug, auf allen vieren kriechen musste.

»Schau her«, sagte Traudl, die zweite, und hob eine Decke hoch. Darunter lag ein Haufen Pappkartons, ähnlich den Liebespaketen, die manch Glückliche aus Amerika geschickt bekamen.

»Hilf auspacken!«, rief Gretl, die Jüngste, und schnitt mit einem Taschenmesser die Verpackungen auf. Vor Staunen konnte ich erst gar nicht mitmachen. Was da an Herrlichkeiten zu Tage kam, hatte ich noch nie im Leben gesehen, geschweige denn an die Lippen geführt. Tante Liese hätte der Schlag getroffen. Speck, Wurst, Butter,

Käse – alles lag da beisammen, auch ein Sack mit Semmeln und Bauernbrot in runden Laiben.

Auf einmal wusste ich, dass ich mein ganzes Leben lang hungrig gewesen war, immer und immer wieder hungrig, seit ich denken konnte. Ich verschlang die Leckerbissen mit den Augen. Anzufassen wagte ich nichts, als könne jede Berührung es verschwinden lassen. »Wo habt ihr denn das alles her?«, stammelte ich.

Die Mädchen stießen einander an und kicherten.

»Vom schwarzen Markt?«, raunte ich ihnen zu, aber da schüttelten die drei so empört die Köpfe, dass ihre Zöpfe flogen.

Ein Junge steckte den Kopf herein, mit einer Binde über einem Auge. Ich schrak auf. Michael – mein Gott, ich hatte ihn ganz vergessen! – »Was ist los?«, fragte er. »Wo bleibt ihr denn?«

Die Schwestern schauten auf mich. Etwas schnürte mir die Kehle zu. Ich sah das Auge Michaels auf mich gerichtet und wiederum würgte mich die Angst: Wird er mir je verzeihen, dass sie ihn meinetwegen ausgelacht haben?

»Marsch, marsch«, rief er, »macht, dass ihr in Schwung kommt!«, und zu mir: »Darfst mitfressen.« Sein Kopf verschwand.

Die Mädels rafften die Pakete zusammen und krochen mit der ganzen Fracht aus dem Versteck hinaus. Ich kroch hinterdrein, nichts als den Stock in der Hand. Wie ein Pfand reichte ich ihn Michael, der vor dem Gebüsch wartete.

Er pfiff durch die Zähne und hielt den Stock flach auf dem Handballen, als wolle er ihn abwägen. Dann drehte er ihn, rascher und immer rascher, bis ihm der Stock aus der Hand flog – schräg durch die Zweige auf den abschüssigen Damm, unter dem der Fluss vorbeirauschte. Der leichte Stock drehte sich noch immer, hüpfte so in eleganten Kopfsprüngen die steinige Böschung hinab, um schließlich ins Wasser zu gleiten. Ein Wirbel drehte ihn weiter, er übersprang einen großen Stein, schlug noch einmal auf und schwamm dann eilig stromab, der Stadt zu. Ich hätte ihm nachlaufen und ihn festhalten mögen, als wär er mein Kamerad, ein Stück von mir. Aber dann fiel mir ein, dass ich ja nicht schwimmen konnte. Wie selber losgerissen, stand ich hilflos auf dem Damm. Michael zog mich von der Böschung zurück. Der Stock war schon weit weg.

»Ich brauch ihn nicht mehr«, sagte Michael.

Der Stock war verschwunden. Ein Band schien zerrissen. Ich sah den Krüppel an und erwiderte nur: »Ich brauch ihn auch nicht mehr.«

Uns gegenüber stand Toni und winkte mit etwas Glänzendem, das wie ein winziges Metallfass aussah. Ich flog auf ihn zu. Die anderen Jungen hatten auch solche Fässlein in der Hand, die glitzerten, wenn die Sonne darauf fiel. Hermann warf dem Michael eins zu, aber der konnte es mit seiner einen Hand nicht fangen, so kollerte das Ding mir vor die Füße, wo es liegen blieb und blinkte.

Es war Bier, amerikanisches Büchsenbier. Die Krankenwärter im Spital hatten aus denselben fassförmigen Büchsen getrunken. Die Jungen brachten mehr und mehr davon. Michael hatte das seine aufgehoben, er zog ein Taschenmesser hervor, das auch einen Büchsenöffner aufwies, und im Nu spritzte ein Bierstrahl aus dem blinkenden Ding, mir mitten auf die Nase.

Alle lachten, ich auch. Der Bann war gebrochen. Hermann kam mit einer Riesenwurst: »Schickt euch, sonst bleibt euch nichts übrig«, rief er und begann die Salami in dicke Scheiben zu schneiden.

Er reichte mir eine, aber ich wagte nicht hineinzubeißen. Erst gestern, am Pensionstisch, hatte Onkel Hugo gutes Essen als ein Schandmal bezeichnet, woran man heute Amerikaner und vaterlandslose Kapitalisten erkenne. Völlig verwirrt stotterte ich: »Seid ihr – seid ihr Kapitalisten?«

Michael warf die leere Bierbüchse auf die Erde und lachte. »Noch nicht«, sagte er bedauernd und ging weiteren Vorrat holen.

Neben mir stand der Toni. »Wo kriegt ihr das nur alles her?«, wollte ich wissen.

Er machte eine vage Handbewegung: »Wir haben halt so Beziehungen.« Mir blieb vor Staunen der Mund offen. »Iss«, riet er und verschlang seine Salami.

Ich biss in die meine, und sobald ich einmal angefangen hatte, konnte ich nicht mehr aufhören. Es schmeckte traumhaft. Auch das Bier, das reihum ging und unerschöpflich schien, war wunderbar erfrischend. Man trank aus den Büchsen und warf die leeren auf einen blinkenden Haufen, der ständig wuchs.

Ich war noch beim ersten Fässlein, als sich alles wie ein Karussell um mich zu drehen begann. Der Toni wirbelte um den Michael, der Fuchs und die Seinen kollerten vor dem Zelt mit den Mädchen durcheinander, und ich wusste nicht, ob sie das wirklich taten oder es mir nur so vorkam. Die drei Schwestern Hermanns schwankten vor meinen Augen herum und drehten sich mehr und mehr um den Blassen, Schmächtigen mit dem Schnurrbartflaum, der plötzlich nah bei mir aufschien. Seine Augen waren hell und ausdruckslos, und ich erinnerte mich an das hingeworfene Wort, das den Streit bei meiner Ankunft beendet hatte: »Dummheiten –«

Der Schmale hatte nichts getrunken. Er winkte Toni von meiner Seite zu sich und nahm ihn mit in die Büsche. Um mich waren nur noch die drei Schwestern, die zwei älteren tranken mir zu, während die kleine Gretl mir eine neue Bierbüchse anbot. Ich nahm sie nicht. Ich hatte genug. Ich starrte Toni nach, der mit dem Schmalen entschwand.

»Wer ist der Dünne mit den hellen Augen?«, fragte ich.

Gretl rückte zu mir und hielt sich die Hand vor den Mund. »Kennst ihn denn nicht?«, hauchte sie. »Das ist der Wolf –!« Und ihre Schwestern duckten sich, als dürfe man diesen Namen nicht unnütz führen.

Ich starrte ins Leere. Wolf war mit Toni im Dickicht verschwunden. Das also war der Führer – »den Kopf« hatte Michael ihn genannt, den Musterschüler. So sah er auch aus. Wieso flößte er allen solchen Respekt ein? Toni hatte sich gar nicht mehr nach mir umgesehen … »Das ist der Wolf«, wiederholte ich mechanisch und merkte gar nicht, dass auch ich schon in den Flüsterton verfiel, der diesem Namen gezollt wurde.

»Meistens will er überhaupt kein Mädel dabeihaben«, tuschelte Traudl. Und die bezopfte Ursel fügte noch leiser, aber mit leuchtenden Blauaugen hinzu: »Nur manchmal –« Sie verschluckte sich, und die zwei anderen kicherten vor sich hin. Ich verstand gar nichts mehr. Michael tauchte wieder auf; ich war erleichtert, ihn wiederzusehen.

»Mädels, verschwinden!«, kommandierte er und hob etwas Schwarzes, Metallenes, das an einem Ledergurt hing. Ein Revolver? Ich erschrak schon wieder. Dann erkannte ich einen Fotoapparat.

»Solang das Licht reicht, will ich eine Gruppenaufnahme machen«, verkündete Michael stolz.

Die Sonne sank hinter den Hügeln am anderen Flussufer, ihre letzten Strahlen krochen wie verschämt über die Reste des Gelages. »Aufstellen!«, schrie Michael. »Rasch, eh es dunkel wird!«

Die Mädchen zogen mich mit sich zurück. Toni erschien wieder auf der Bildfläche, Wolf hatte sich in ihn eingehängt und neigte sich zu ihm. Von der anderen Seite kam der vierschrötige Hermann und drängte: »Alles dort hinüber, dass der Michael knipsen kann –«

Die drei traten ins Licht. Michael schaute in den Sucher. »Etwas junges Gemüse, für den Vordergrund«, verlangte er fachmännisch.

Weil die Gretl so klein war, durfte sie sich auf den Boden setzen, dann wurden die Jüngsten von vor dem Zelt herbeigeholt und um sie herumgruppiert. Hinter dieser Staffage standen der Wolf, und links von ihm, in Reih und Glied, der Toni, der Hermann, ein hübscher Blonder, der Fritz hieß, und drei, deren Namen ich noch nicht wusste. Toni war der Einzige, der ein Hemd anhatte, die anderen trugen nichts als Dreiecksbadehosen. Zuletzt, als Michael eben knipsen wollte, trat auch noch der lange, rothaarige Fuchs hinzu.

»Wenn ihr alle aufs Bild kommt, muss ich auch drauf«, sagte er und stellte sich ans linke Ende. »Und damit kein Zweifel entsteht: Wo ich bin, ist oben.«

Er grinste dem Wolf ins Gesicht. Der verzog keine Miene, legte nur die schmale, fast frauenhaft zarte Hand auf Tonis Schulter und flüsterte ihm etwas ins Ohr. Nach uns Mädchen fragte keiner.

Die Ordnung, die tadellose Ordnung, die alles wie am Schnürchen zusammenhielt – das war es, was mir gleich den größten Eindruck machte. Alles war eingeteilt. Vor dem Zelt gebot der Fuchs, dahinter der Wolf. Jeder wusste, zu wem er gehörte, und hielt Disziplin. Keine Spur des Gelages durfte zurückbleiben. Die leeren Bierbüchsen lagen sauber auf einem Haufen und wurden im Sand eingegraben. Die Speisereste verschwanden alsbald in den Pappschachteln, diese kamen auf den Reisighaufen, der in einer Sandmulde errichtet wurde und um den sich alle setzten, als die Schatten höher krochen und auch der Fluss den Silberglanz verlor. Fast schwarz strömte er nun am steingrauen Damm entlang, während oben die ersten Sterne hingen.

Dann nahm der Wolf selber ein Scheit zur Hand und steckte das Lagerfeuer an. Wie eine Fackel senkte er das brennende Scheit auf das Reisig; wo immer er es berührte, loderte es auf. Er umschritt es im Kreis und hatte kaum die Runde beendet, als auch die Mitte in Flammen aufging.

Im Hintergrund hockte das Zelt. Die Böschung hinauf und oben, am Rande der Hochebene, wachten die Bäume, dunkle Riesen, regungslos. Im Widerschein des Feuers glühte der Fluss auf.

Die Jungen begannen zu singen und die Mädchen fielen mit ein:

»Es braust ein Ruf wie Donnerhall,

Wie Schwertgeklirr und Wogenprall –«

Auch das Singen hatte seine Disziplin. Es wurde nie laut, es blieb wie ein Raunen, das langsam nur anschwoll:

»Lieb Vaterland, magst ruhig sein –«

Dazwischen schien ein Vogellaut zu tönen. Ich schaute auf Toni: Er saß Wolf zu Füßen und spielte auf einer Mundharmonika.

»Fest steht und treu die Wacht,

Die Wacht am Rhein …«

Dann war es einen Augenblick still. Nur der Fluss rauschte. Es machte gewiss keinen Unterschied, ob er Rhein hieß oder einen anderen deutschen Namen führte.

»So«, sagte der Fuchs vergnügt, »jetzt kommt der heitere Teil. Was spielen wir heut, Marlene?«

Das blonde Mädel kicherte. »Verstecken?«, fragte sie glucksend.

»Bist ein kluges Kind«, lobte er und legte ihr den Arm um die Hüfte. Zusammen standen sie auf. »Wer spielt mit?«

Ein Dutzend Paare scharten sich um ihn. Die zum Wolf gehörten, blieben sitzen; er selber drehte den Kopf in die andere Richtung.

»Auch gut«, sagte der Rothaarige und zündete sich eine Zigarette an. »Jeder, wie er kann. Wiedersehen.« Und er schlug sich mit den Seinen in die Büsche, aus denen bald von allen Seiten lachende, kichernde, quietschende, glucksende Laute drangen.

Nun nahm auch der Wolf eine Zigarette – ich sah, wie er sie aus einer amerikanischen Packung zog –, und wieder folgten die Freunde geschlossen seinem Beispiel. Wie Glühwürmchen leuchteten die Streichhölzer auf. Alle rauchten, bis auf den Toni. Hermann, der schon eine Bassstimme besaß, trat vor den schmächtigen Führer hin und brummte: »Wolf, wir brauchen dich.«

Einem Vogellaut gleich setzte die Mundharmonika wieder ein: »Fuchs, du hast die Gans gestohlen …« Kein Wort fiel. Nur die Melodie wurde mitgepfiffen.

Mir klang sie unheimlich, fast drohend. Aber aus dem dunklen Gesträuch ringsum antworteten lachende Mädchenstimmen: »Fuchs – wir haben den Fuchs gefangen – he, du, Neue, willst nicht mitspielen?«

Ich schwieg und blieb neben Hermanns Schwester sitzen. Wolf sah an uns vorbei, lachte tonlos in sich hinein und erklärte mit seiner heiseren Stimme: »In einem Männerbund haben Weiber nichts zu suchen.«

Die Mundharmonika verstummte. Toni senkte den Kopf. Die anderen nickten Zustimmung. Hermann fachte das Feuer an. Im Spiel von Schatten und Licht kroch etwas dem Wolf vor die Füße – ich erkannte Michael. »Hast recht«, pflichtete er dem Führer bei, »über die Pfadfinderei sind wir hinaus.« Und er zwinkerte mit seinem einen Auge.

»Man muss ein Ziel haben«, sagte der Wolf.

Die Freunde rückten so dicht an ihn heran, dass die Feuerwand sie von uns Mädels trennte. Die Schwestern zogen sich zurück, als fürchteten sie, zufällig das Männergespräch zu belauschen. Ich blieb sitzen und kam mir überzählig und verloren vor. Die Jungen sprachen so leise, dass ich kaum ein paar Brocken verstand: »Lebenshaltung … Vorwärtskommen … anständige Stellung … Zusammenhalten … treue Kameradschaft.«

Das klang feierlich und wurde abgebrochen, als der Fuchs auftauchte. Sein Mädchen hatte der Rothaarige im Dunkel gelassen, er sah ernst drein, als er Wolf die Hand reichte, und musste wohl auch die letzten Worte gehört haben, denn er wiederholte wie eine Eidesformel: »Treue Kameradschaft.«

Wolf drückte seine Zigarette aus und ergriff wortlos die dargebotene Hand. Es war ein schönes Bild, wie sie so Hand in Hand vor dem Feuer standen. Die Gruppe erhob sich. Immer mehr Hände legten sich auf die zwei, zuletzt die Tonis – da lagen schon so viele übereinander, dass es ein Gepurzel gab, als Wolf seine darunter wegzog. Alle lachten, ich auch.

Toni spielte wieder auf. Es waren Walzerklänge. Diesmal nahm der Fuchs Ursel um die Mitte und begann sich mit ihr zu drehen. Hermann ergriff dafür die blonde Marlene, die mit dem Fuchs Verstecken gespielt hatte und etwas verträumt wieder am Feuerplatz erschienen war, und bald wiegte der Rest sich im Reigen. Nur Toni blieb sitzen und spielte, und daneben gab der Wolf Ursel einen Korb, als sie den Fuchs stehen ließ und ihn um den Tanz bat. Sie ging zum Fuchs zurück, der Wolf drehte nicht einmal den Kopf nach ihnen. Er saß und horchte. Toni spielte gut.

In weitem Kreise drehten sich die Paare um das Feuer, das langsam verglomm. Auch ein paar Jungen umschlangen einander und hüpften im Takt, weil zu wenig Mädels da waren. Über den Wipfeln der Bäume am Hang tauchte der Mann im Mond auf und grinste herunter. Grinsend stand auch Michael vor mir. »Du tanzt ja gar nicht?« Es war eine Aufforderung.

Ich zeigte auf mein Bein: »Du weißt doch.« Das schien die beste Ausrede, um keinen Preis hätte ich mit dem Krüppel tanzen mögen. Dann schaute ich wieder auf Toni.

Toni hielt die Mundharmonika an den Lippen und den Kopf an Wolfs Schulter gelehnt. In seinem Blondschopf verfingen sich die überlangen Finger, die ihm das Haar aus der Stirne strichen. Toni sah auf, und unsere Blicke begegneten sich. Er nickte mir leise zu. Mir wurde warm ums Herz und dann eiskalt, als ich fühlte, wie der Wolf mich fixierte.

Ich fuhr auf und sah ihn an – aber die Augen des Führers waren längst anderswo, als hätte er mich nie bemerkt.

Das Lagerfeuer war erloschen, der Tanz beendet, die Musik verklungen. Der Platz Wolfs war leer. Das Zelt wurde abgebrochen und jeder Bestandteil einem Jungen zum Heimtransport zugewiesen. Der Fahrradhaufen lichtete sich. Trällernd verzogen sich Jungen und Mädels durch die Auen. Hermann ging mit seinen Schwestern.

Michael stand wieder bei mir. »Gehen wir«, sagte er – eben als Toni mit seinem Fahrrad vorbeikam und anhielt, um sich zu verabschieden. Ich wollte mit ihm nach Hause, nicht mit Michael.

»Ich bin zu müde zum Gehen«, erklärte ich dem Einäugigen. Toni stand zwischen uns. »Toni, kannst mich nicht aufs Rad nehmen?«

Michael runzelte die Stirne. Toni zögerte. »Seid ihr zusammen gekommen, zu Fuß?«, fragte er.

»Du weißt doch, dass ich sie gebracht habe«, stellte Michael fest, als ob ich damit sein Eigentum sei. »Jawohl, zu Fuß. Es ist nicht weit. Sie wohnt gleich da oben, in der Pension da. Haus Bauernfeind.«

Der Name weckte mich auf. Um Gottes willen, es war ja so spät! Wie würde ich noch ins Haus kommen? Was würden Onkel und Tante sagen? Sie mussten längst im Bett sein.

»Ich muss mich beeilen«, rief ich, nun wirklich entsetzt. »Es ist zu spät zum Zu-Fuß-Gehen, ich muss ganz rasch heim!« Das war keine Ausrede mehr. »Bitte, Toni – bitte!« Ich sah ihn flehend an.

»Dann komm schon, Mädel«, antwortete er, als hätte er meinen Namen vergessen. »Kannst dich mir ruhig anvertrauen.«

Schon war ich bei ihm.

Michael musste gute Miene dazu machen . »Ja«, lenkte er ein, »radeln kann unser Babyface.« Es schien ihm etwas einzufallen, er lachte auf, und es war ein unangenehmer, geiler Ton in seiner Stimme, als er mir zuflüsterte: »Dafür musst du mir morgen aber genau erzählen, wie ihr heimgekommen seid!« Seine Stimme klang wie damals im Spital bei seinem Bericht von der Handgranate und seiner Selbstverstümmelung.

Ich schwieg und hielt mich an Toni. Der winkte Michael zum Abschied zu, und ans Fahrrad gedrückt, zogen wir als Letzte den Hang hinauf. Oben angelangt, hob mich Toni vorn auf die Lenkstange und trat los.

Die kleine Radlaterne warf ihr kegelförmiges Licht vor uns her. Links und rechts von Tonis Armen umschlossen, fühlte ich mich ganz geborgen auf dem schwankenden Sitz. Über seine Schulter schaute ich noch einmal zurück, zum verwaisten Lagerplatz hinunter. Da stand ganz einsam im Mondlicht ein schiefer Schatten, regungslos, und starrte uns nach in die Nacht.

V

Wenn mich an dieser Nacht etwas reuen sollte, so war es nur eines: dass ich Michael ins Vertrauen zog. Ich konnte freilich nicht anders. Und außerdem hatte er ja schon wieder alles selber gewusst.

Er musste uns tatsächlich nachgekommen sein. Natürlich konnte er das Fahrrad nicht einholen, aber vielleicht sah er es an den Schuppen gelehnt stehen, wo wir die Nacht verbrachten. Wir hörten und sahen nichts von ihm, aber frühmorgens – lange bevor der Postbote kam – fand ich im Briefkasten Michaels Zettel mit der Bitte, womöglich mittags in die nahe Gastwirtschaft zu kommen, die zufällig »Zum Wolf« hieß. Er werde dort jedenfalls eine Stunde lang warten.

Ich musste zu Michael, er war der Einzige, der mir vielleicht helfen konnte.

Um zwölf Uhr fand ich ihn schon in einer Ecke der dunklen

Gaststube wartend. Er schmunzelte, als er mich sah, und ich drückte mich neben ihn auf die Bank, ohne ihn zu begrüßen. Aufmunternd nickte er mir zu. Mein Anblick freute ihn sichtlich.

»Stehen dir gut, die umflorten Augen«, bemerkte er halblaut. »Na, ich spendier dir ein Essen und ein Glas Heißtrunk.« Sein Bein stieß an meines, vielleicht nur zufällig, aber ich wich angewidert aus und antwortete nicht. »Man hat immer Hunger danach«, kicherte er in sich hinein.

»Ich hab keinen«, gab ich zurück und fühlte, wie mir die Tränen schon wieder hochkommen wollten.

Er beugte sich vor. »Was heulst denn? Tut's dir schon leid?«

»Gar nichts tut mir leid«, schluchzte ich. »Die Tante will mich rausschmeißen –«

Ich brach ab und hoffte, er werde nun irgendwie eingreifen. Stattdessen schwieg er und wartete mit einiger Genugtuung auf meinen weiteren Bericht. Natürlich hatte er bereits begriffen, dass ich etwas von ihm wollte.

Also versuchte ich gefasst und von Anfang an zu erzählen, wie die Pension ganz dunkel gewesen war, als ich mit Toni ankam; wie niemand mein schüchternes Klopfen gehört hatte; wie ich Angst bekam, so spät noch das Haus zu alarmieren, und Toni mir riet, lieber zeitig früh hineinzuschleichen, etwa mit dem Zeitungsjungen. Ich war es selbst, die dann vorschlug, diesen Moment hier in der Nähe abzuwarten, und da es im Freien doch zu kühl wurde, waren wir in den Schuppen gegangen, wo Heu lagerte und wir uns etwas ausruhen konnten –

Michael bog sich vor Lachen. »Ausruhen! Also ausruhen nennt man das!«

Es wurde noch peinlicher dadurch, dass die Kellnerin gerade den bestellten Heißtrunk und das Essen brachte und vor uns hinsetzte. Es war mir unmöglich, wieder Bier zu trinken. Ich bat um Kaffee.

»Mir ist alles recht«, grinste Michael und tätschelte meine Hand. Ich schlug ihn vor Wut damit ins Gesicht, doch das schien ihm nichts auszumachen. »Hm. Darf wohl nur der Toni?«

»Du Trottel«, fauchte ich, »ich hab den Toni gebeten, bei mir zu bleiben, weil ich mich allein gefürchtet hab –«

Michael kniff sein Auge zusammen. »Du, da glaub ich, unser Babyface wird sich noch mehr gefürchtet haben als du.«

In diesem Augenblick hasste ich den Krüppel so, dass ich ihn hätte erschlagen können. Ich suchte nach Worten, um ihn zu quälen, ins Herz zu treffen. »Ich hab mich überhaupt nicht gefürchtet, heut Nacht – nicht mit dem Toni – ich …« Was wollte ich denn sagen? Dass ich Toni liebte? – Michaels Stimme klang wie ausgepresst. »Du, Irene, wenn du's ihm nicht gezeigt hast, dann hat der doch gar nicht gewusst, wie man's macht – der hat doch noch nie mit einer was gehabt, der Toni –«

Eine Blutwelle stieg mir ins Gesicht. Ich vergaß Michael, der war gar nicht mehr da. Ich sah nur den Toni und seine ernsten Augen über mir, und ich musste lächeln und glaubte auf einmal wieder das duftende Heu zu spüren, in dem wir lagen. War ich wirklich die Erste beim Toni? Das wäre schön …

Irgendein fremder Kerl neben mir redete da auf mich ein; ein Name, den er nannte, störte mich ein wenig aus meinem Traum auf – Wolf – da, er nannte ihn wieder. Warum nur? Der Wolf? Wer? Ach ja, einer von denen gestern. Aber das schien so lang vorbei, das war doch, bevor der Toni und ich …

»– und alles hat er nur vom Wolf gelernt«, schloss Michael. Ich nickte zerstreut. Das ermunterte den Krüppel fortzufahren.

»Du, und die Schwestern vom Hermann, die mussten sich vor denen nackt hinlegen, alle drei, und küssen und so – den Wolf und den Toni, mein ich. Aber mich lassen sie nicht dabeisein –«

»Jetzt lügst du!«, schrie ich auf.

Er verzog das Gesicht. »Glaubst du, dass ich auch dabei war?« Er beugte sich vor, als lade er mich ein, ihn wieder zu schlagen.

»Wie kannst denn was wissen, wenn du nicht dabei warst?«

»Man erzählt mir halt, wie du weißt –«

Das saß. Ich hatte zu viel gesprochen. Ich stand auf, schob ihn mit dem Ellenbogen beiseite und wollte rasch an ihm vorbei und hinaus. Aber wohin?

Diesmal waren Onkel und Tante sich einig gewesen: Mit einer Person, die einfach die ganze Nacht wegblieb, wollten sie nichts mehr zu tun haben. »Durch solche Geschichten kommt nur Gesindel ins Haus«, fand der Onkel. »Pack deine Sachen«, befahl die Tante. »Geh hin, wo der Pfeifer wächst!«, brüllte der Onkel. Jedwede Erklärung erübrigte sich, ich konnte nur stammeln, ob ich mein Täschchen in einer Stunde holen dürfe – das war gewährt worden. Diese Stunde hatte ich nun hier mit Michael gesessen. Es war alles umsonst …

In der Sekunde, in der sich diese Gedanken in meinem Kopf jagten, verstellte mir Michael den Weg und fragte, als habe er alles erraten: »Was willst du von mir?«

Ich wusste es nicht. Ich wusste nicht, was sagen, und nicht, was tun. Es war zu viel. Ich sank auf die Bank zurück, ließ den Kopf auf die Tischplatte fallen und schluchzte hemmungslos auf. Ich konnte nicht mehr.

Ich wehrte mich gar nicht, als ich seinen Arm auf meiner Schulter spürte. Sein Atem schlug auf meinen bloßen Hals, er musste tief über mich gebeugt sein, während er sprach. Er erzählte, dass er uns nachgegangen war, das Rad an der Schuppentür erkannt und sich die Nase an den Ritzen der Holzwand blutig geschunden hatte, beim vergeblichen Versuch hineinzusehen. »Es war zu dunkel«, keuchte er, über mich gelehnt. »Ihr habt euch sicher selbst kaum sehen können.«

Ich schüttelte den Kopf. Ein Schauer lief mir über den Rücken, es war Michaels Hand, die darüber strich. »Sag mir mehr«, zischte er mir ins Ohr. Ich schüttelte wieder den Kopf. »Ich werde dir helfen«, versprach er. »Hörst du? Ich werde dir helfen –«

Da schaute ich auf. »Wie denn?«

»Ich werde alles auf mich nehmen«, versicherte der Krüppel.

»Du? Was – was willst du auf dich nehmen?« Ich schüttelte mich so, dass seine Hand von meinem Rücken abglitt und neben mir hinunterhing, beinahe so haltlos wie der leere Ärmel rechts.

»Ich werde schon was erfinden«, brachte er heraus. »Mich bemitleiden lassen oder so. Ein Kriegsverletzter erregt immer Mitleid, nach meiner Erfahrung.«

Nach meiner auch, dachte ich. Kriegsverletzter – da hatte er vielleicht sogar recht.

»Man wird mir nichts Böses zutrauen, mir nicht«, fuhr er eindringlich fort. »Ich werd's schon machen. Wenn du mir nur noch mehr erzählst.« Sein Blick war fast bettelnd. Er hing an meinen Lippen und wartete.

Ich gab keine Antwort.

»Hat er dich geküsst?«

Ich schwieg.

Er deutete auf meinen Mund: »Hier?« Seine Hand wies ins Leere, ich hatte den Kopf abgewandt. Die Hand berührte meine Brust. »Da –?«

Ich schlug die Hand weg und sie fiel mir auf den Schoß. Ich sprang auf; er zuckte zurück. Ich war schon auf der Seite zum Ausgang.

»Wo willst du hin?«, fragte er.

»Zum Toni.« Hinter mir hörte ich Klirren von Geld auf dem Tisch und das glucksende Lachen des Krüppels.

Auf der Straße begann ich zu laufen. Ich wusste nicht, wo Toni zu finden war, so nahm ich die Richtung zum Haus Bauernfeind, um mein Täschchen zu holen. Schritte hinter mir kamen näher und näher; noch immer lachend, holte Michael mich ein. »Zum Toni? Haha, der ist heut anderweitig beschäftigt, der Toni.«

Ich blieb stehen und schrie ihn an: »Was ist da zu lachen?«

Er meinte grinsend: »Besser als dass du weinst – oder?«

Ich ging weiter. Er folgte nach. Er hielt sich dicht an meine Fersen und wiederholte dabei: »Ich werd's schon machen, Irene, was du willst – wenn du nur bei mir bleibst – du, dann bring ich dich auch wieder zum Toni.«

Was brauch ich denn dich dazu?, wollte ich fragen – aber wir standen schon vor der verschlossenen Tür der Pension Bauernfeind. Ich läutete. Onkel Hugos Auge blickte misstrauisch durchs Guckloch, bevor er aufschloss. Er nahm die volle Breite der Haustür ein und sagte nichts.

»Ich komm nur meine Sachen holen«, murmelte ich entschuldigend.

Michael verbeugte sich höflich, nannte seinen Namen und streckte dem Hausbesitzer zum Gruß die Hand hin. »Entschuldigen Sie die Linke«, erklärte er. »Die Rechte blieb vor Stalingrad.«

Der Onkel schnaufte auf und gab die Türöffnung frei.

»Treten Sie ein«, sagte er mit einem Unterton von Achtung.

Ich ging voraus. Hinter mir klang Michaels Stimme. »Wenn ich darf, werde ich Fräulein Irene auch mit der Linken behilflich sein«, hörte ich.

Als wir dann nebeneinander in der Vorhalle standen, empfand auch ich eine Art Respekt für den Krüppel, der seine Worte so geschickt zu wählen wusste. Ich stellte fest, dass er durch den leeren Ärmel und die Binde über dem Auge viel älter wirkte, als er war. Man mochte ihm Stalingrad glauben.

»Ich werde meine Frau rufen«, sagte der Onkel, wie meist, wenn er nicht ganz sicher war, was er tun sollte. »Sie wäscht noch das Geschirr.«

Das freute mich, denn wenn ich ihr half, pflegte sie um diese Zeit schon fertig zu sein. Vielleicht hatte ich ihr gar schon etwas gefehlt.

»He, Liese«, rief der Onkel nach rückwärts, »komm mal her, wir haben Besuch.«

Die Tante erschien mit dem Geschirrtuch, das sie verlegen zu einer Art Strick zusammendrehte. »Ach, Irene. Ist das –«, sie überlegte einen Augenblick und schloss: »der Frontkämpfer?«

Ich nickte.

»Freut mich sehr«, sagte die Tante.

Michael verbeugte sich wieder. »Ich möchte mir erlauben, Fräulein Irene beim Koffertragen zu helfen«, versicherte er höflich.

Die Tante warf einen Seitenblick auf den Gatten, der hilfesuchend nach seiner Pfeife griff. Im Nu holte Michael ein Päckchen Tabak aus der linken Tasche. »Wenn ich mir gestatten darf, Herr Bauernfeind?« Er hielt Onkel Hugo die kleine amerikanische Packung entgegen. »Wir Kriegsverletzte erhalten manchmal Bevorzugung …«

»Hm«, machte der Onkel und nahm den Tabak. Dann setzte er sich nieder, klopfte das Zeug aus, das in der Pfeife klebte, und stopfte sie langsam und sorgfältig mit der neuen Mischung.

»Danke«, sagte er dann. – Ich wandte mich an Tante Liese. »Soll ich rasch das Geschirr fertig machen, bevor ich geh?«

»Keine Eile«, gab sie zurück – also ging ich zur Küche. Durch die Tür hörte ich Michael in gewählter Sprache mein Ausbleiben erklären. Er sei schuld. Die anderen Ausflugsteilnehmer seien auf den Fahrrädern nach Hause geeilt, aber Fräulein Irene habe ihn nicht im Stich lassen wollen. Leider sei er jedoch nicht imstande, mit seinem einen Auge und der einen Hand ein Fahrrad zu lenken …

Hier schweifte er von der Entschuldigung ab und kam auf seine

Verwundung an der Front zu sprechen. Es war eine so rührende Geschichte, dass Tante Lieschen tatsächlich Tränen in den Augen hatte, als ich aus der Küche wiederkam.

»Das Geschirr ist fertig«, stellte ich fest.

Die Tante musste sich schnäuzen. »Unterbrich nicht«, rügte sie, fügte aber hinzu, »mein Kind.«

Dieser Ton war neu. Ich setzte mich und erfuhr bei weiterem Zuhören, dass ich mit Michael zur Straßenbahn gegangen war und die letzte versäumt hatte. Da all dies seine Schuld gewesen war, habe er mich zu seiner Mutter gebracht, die meine Übernachtung dortselbst gerne bestätigen würde. Ich hätte nur immer wiederholt, dass ich vor sechs Uhr morgens daheim sein müsse.

Die Tante wandte sich an mich. »Warum hast du denn das nicht gleich erzählt, Irene?«

»Ich – es war keine Gelegenheit«, stotterte ich.

»Man packt doch nicht gleich seine Koffer«, mahnte die Tante nicht unsanft. »Nach allem, was wir für dich getan haben«, setzte sie mit leichter Kränkung hinzu.

»Gnädige Frau«, warf Michael rasch ein, »Fräulein Irene hat immer davon gesprochen, wie gut Sie zu ihr sind!«

Aus des Onkels Pfeife strömte duftender Rauch, der in bläulichen Kringeln zur Decke zog. Die Tante seufzte zu Michael hinüber. »Man tut, was man kann –!« Dann wandte sie sich wieder an mich. »Pack den Koffer aus, Irene!«

Ich stand auf. »Danke, gern.« Michael stand auch auf.

»Bleiben Sie doch noch ein bisschen«, lud die Tante ihn ein.

Er entschuldigte sich mit tiefem Bedauern, aber die Pflicht rufe, diesmal nicht die Pflicht fürs Vaterland, hingegen sein Beruf. Er habe einen verantwortungsvollen Posten als Kassenbote einer Bank inne. »In vierzig Minuten beginnt mein Dienst«, sagte er. Es beeindruckte den Onkel so, dass er für einen Augenblick die Pfeife aus dem Mund nahm. – Ich muss mich nach der Bank erkundigen, dachte ich, ob das wenigstens stimmt …

Onkel Hugo schüttelte dem Frontkämpfer die Hand. »Kommen Sie nur jederzeit wieder«, sagte er mit einem Seitenblick auf den amerikanischen Tabak. Die Tante aber konnte sich doch nicht die Bemerkung verkneifen, dass der Herr Michael schon sehr jung gewesen sein müsse, bei Stalingrad nämlich –?

Er schlug die Hacken zusammen. »Ich war Ordensburg-Freiwilliger.«

Das saß. Die Tante blickte nur noch missmutig auf ihren Hugo, der nicht einmal zum Volkssturm tauglich gewesen war. Er sog an der Pfeife und versank in Schweigen. Mit entschuldigendem Lächeln versicherte Tante Lieschen dem Krüppel, wie sehr er sie an ihre eigene Jugendzeit erinnere, und bat ihn ihrerseits, bald wiederzukommen.

Ich führte den Sieger hinaus. »Hat tadellos geklappt«, flüsterte er stolzgeschwellt. Ich fragte nach der Bank, er nannte Namen und Adresse. »Kannst nachsehen kommen«, sagte er großzügig.

»Und die Mutter?«, wollte ich wissen.

Er zuckte die Achseln. »Hat doch ein jeder.«

»Und wirklich hier in der Nähe?«

»Ganz in der Nähe. Dort auf dem Friedhof.«

Ich musste schlucken, ehe ich weiterreden konnte. »Wenn das herauskommt –«

»Pst«, zischte er. »Meine Hausmeisterin hält dicht. Auf die ist Verlass, wie auf mich selber.« Er pfiff durch die Zähne. »Nur auf den Toni nicht.«

Ich zischte zurück: »Du willst ihn nur schlechtmachen.«

Die Tür quietschte, als Michael sie aufstieß. »Ist das dein ganzer Dank?«, fragte er und ging, ohne die Antwort abzuwarten.

Ich hätte auch keinen Dank über die Lippen gebracht.

Onkel und Tante waren des Lobes voll und erlaubten mir schon jetzt, den »Frontkämpfer« am nächsten Sonntag wiederzusehen. Ich schwieg und machte mich an die Hausarbeit wie gewöhnlich. Wenn ich ihn bloß nie wiedersehen müsste, dachte ich.

Mechanisch arbeiteten meine Hände, ich brauchte kaum hinzusehen. Ich versuchte nur krampfhaft, nicht an Toni zu denken. Niemand wusste von ihm außer Michael. Sollte ich am Ende einen Bittgang zu ihm machen müssen, nur weil ich für seine Lügen den Dank nicht fand?

Die Tage krochen leer dahin, endlos die Nächte. Ich konnte kein Auge schließen und starrte müde in den Mond, der voll war. Ein Abglanz davon war in jener Nacht zu uns in den Schuppen gedrungen, durch die Ritzen der Wand, hinter der Michael auf der Lauer lag. Damals kümmerte mich das nicht, ich lag neben Toni. Der Mondstrahl kroch auf mich zu, und ich schloss die Augen. Es roch nach fauligem Heu. Ich kann den Geruch nie mehr vergessen …

Keiner von uns hatte ein Wort gesprochen. Toni rührte sich nicht. Da griff ich nach seiner Hand und begann zu flüstern: »Sei lieb, bitte – Toni, sei lieb zu mir …« Ich legte seine Hand auf meine Brust. Dann küsste er mich, bis es hell wurde und seine Arme mich noch einmal umschlossen – dann war er weg.

Warum kam er bloß nicht wieder? Warum kam kein Wort, kein Zeichen?

Nichts wusste ich von ihm, als dass ich ihn liebte. Ich wusste nicht, wo er wohnte, ahnte nicht, wo er zur Arbeit ging. Ich fühlte mich wie halb, wie mitten entzweigeschnitten; ich war so allein wie noch nie, nur weil wir einmal zu zweit gewesen waren. Er musste es doch wissen, der Toni …

Der Mond wurde blass, auch diese Nacht ging vorüber. Ich zählte die Tage. Die Woche nahm ein Ende, aber keine Nachricht kam, nicht einmal von Michael. Ich begann den Krüppel herbeizusehnen und fand heraus, wie gut ich selber im Lügen war.

»Ich treffe ihn heute wieder im Café«, erklärte ich der Tante ganz selbstverständlich am Sonntag, zum Ausgang bereit.

»Grüß ihn von mir«, rief sie mir nach.

Unschlüssig stand ich an der Straßenecke. Dann, als riefe mich einer, ging ich ins Gasthaus »Zum Wolf«. Der übliche Fuselgestank schlug mir drinnen entgegen, und sobald meine Augen sich an das dunstige Halbdunkel gewöhnt hatten, erkannte ich Michael in unserer Ecke.

Er verzog keine Miene, erhob sich nur, um mich innen auf der Bank sitzen zu lassen, und nahm ruhig wieder Platz. »Ich war ganz sicher, dass du kommst«, bemerkte er trocken. Es gab mir einen Stich. »Was darf ich dir bestellen?«, fuhr er höflich fort.

Ich verlangte nur wieder schwarzen Kaffee. Die Kellnerin brachte ihn, und Michael blieb schweigend vor seinem halbleeren Glas sitzen.

»Ich bin nur gekommen, weil du mir Nachricht vom Toni versprochen hast«, warf ich ihm hin.

Er nickte bedächtig. »Ich weiß.«

Mir schoss das Blut in die Wangen, aber ich bezwang mich.

»Was weißt du noch alles, Michael?«

Er tätschelte meine Hand. »Neugierig, Kleines?«

Ich stand auf und wollte gehen. »Danke für deine Lügen«, sagte ich abschließend, da zog er mich sanft auf meinen Platz zurück.

»Nimm doch einen Schluck Kaffee«, meinte er begütigend. Ich tat es wirklich. Er sah mir zu, und als ich die Tasse wieder abgesetzt hatte, verzog er den Mund zu seiner Art Lächeln und machte eine wegwerfende Handbewegung. »Es ist schiefgegangen.«

Ich schnappte nach Luft. »Was ist schiefgegangen?«

»Erwischt worden ist er halt.«

»Wer?«

»Na, der Toni.« Er grinste.

Der Toni ... Ich versuchte, meine Gedanken zu ordnen. »Was hat er denn angestellt?«

»Reg dich nicht auf, Kleines«, mahnte Michael von oben herab. »Dein Toni traut sich sowieso nichts Rechtes, weil er zu feig ist.«

»Was heißt nichts Rechtes?«

Michael winkte der Kellnerin und bestellte mir eine zweite Tasse Kaffee, weil die erste geleert war. Ich nahm einen Schluck, und er erklärte sanft: »Der Toni tut doch nichts auf eigene Faust, und da wollt ich ihm Gelegenheit geben, dem Wolf zu zeigen, dass er auch zu was gut ist. Das war alles. Denn der Wolf war wütend, und das wär dem Toni schlecht bekommen –« Er brach ab.

»Warum war der Wolf wütend?«, wollte ich wissen.

Wieder das Achselzucken. »Deinetwegen«, warf er hin. »Weil du mit dem Toni heim bist.«

Ich sah ihm mitten in sein schiefes Gesicht. »Was geht das den Wolf an?«

Michael grinste. »Frag den Toni, wenn er aus dem Loch kommt.«

Da verstand ich erst. Deshalb hatte Toni mir kein Lebenszeichen geben können: Er saß im Gefängnis! Vor Schreck hörte ich nur halb zu, als Michael weitererzählte und sich dabei immer mehr aufzuregen schien. Er habe Toni sein eigenes Amt abgetreten: das Schmierestehen, das er, Michael, immer zu höchster Zufriedenheit besorgt habe. Niemand habe ihn, den Kriegsverletzten, je verdächtigt. »Aber mit dem Toni sind wir fein hereingefallen«, schloss er.

Als ich ihn so erregt sah, wurde ich sachlich. »Was war's denn, was ihr gemacht habt?«

»Gar nichts Besonderes. Bloß frischen Proviant aus dem Ami-Depot holen. Die Ami-Posten sind doch Trottel: Wenn ich aufgepasst hab, ist es immer gegangen wie geschmiert.«

Proviant aus dem amerikanischen Depot! Vor meinen Augen standen plötzlich wieder die Herrlichkeiten des Picknicks. Der Tabak, der Onkel Hugo so gut schmeckte; wenn der wüsste, wie er dazu gekommen war –! Nie darf er es erfahren, ging es mir durch den Sinn, und zugleich stieg die Angst in mir hoch, denn der Toni war ja erwischt worden …

»Dieser Feigling«, wetterte Michael, »hat auch gleich alle verraten, die dabei waren. Bis auf den Wolf.« Er grinste. »Vor dem hat er nämlich mehr Angst als vor der Polizei.«

Ich schwieg. Der Wolf sei entkommen, fuhr Michael fort, aber Hermann und Fritz säßen nun auch im Loch.

»Und der Fuchs?«, fragte ich. Es war der einzige Name, den ich sonst noch kannte. Warum fing der Kerl nur so zu grölen an? Er schlug sich mit seiner einen Hand auf die Knie und gluckste in sich hinein.

»Im Loch«, wiederholte er. »Ja, so kann man's auch nennen. Der Fuchs ist im Loch – hahaha –«

Mir wurde übel. Ich hielt es nicht länger aus, ich musste fort, musste auch den Toni vergessen. Es war eine Diebsbande, die mich so angezogen hatte, sie waren gar keine Pfadfinder. Ich schob Michael beiseite und sah ihn geduckt zu mir heraufstarren wie ein geprügelter Hund. Dann ging ich, ohne mich noch einmal umzudrehen. Ich würde der Tante sagen, dass wir uns verfehlt hätten. Der Gedanke war beruhigend.

VI

Nach der Abendmahlzeit pflegte im Salon des Hauses Bauernfeind etwas stattzufinden, das »gemütliches Beisammensein« genannt wurde. Während Tante Liese und ich in der Küche mit dem Geschirr hantierten, saßen die Gäste in der einen oder anderen Ecke und diskutierten persönliche Sorgen zugleich mit den Ereignissen des Tages. Diese steuerte Onkel Hugo allabendlich aus den »Neuesten Nachrichten« bei, der Zeitung, die sich seit Kriegsende zu den Stößen in meiner Kammer aufhäufte. Vorher war es natürlich der »Völkische Beobachter« gewesen.

Frau Eva, die Kriegerwitwe, deren alte Kleider ich tragen durfte, saß immer unter der Stehlampe bei Hugo und seiner Zeitung, sobald sie die Kinderchen schlafen gelegt und ihr unvermeidliches Strickzeug zur Hand genommen hatte. Es hieß, sie stricke zum Andenken an ihren gefallenen Mann: Während er im Felde gestanden war, hatte sie sich die Zeit mit der Anfertigung von warmem Unterzeug vertrieben, das ihn nun nicht mehr erreichen sollte. Und so strickte sie unentwegt weiter. Es war ein kleiner Trost, mit dieser Handarbeit etwas zur kärglichen Pension hinzuverdienen zu können, denn Kinder, wiederholte sie tagtäglich, Kinder kosten viel Geld …

Onkel Hugo las ihr meist nur die Lokalberichte vor, denn vom Weltgeschehen wollte sie gar nichts mehr hören. Dass der Krieg trotz der Aufopferung ihres Mannes verloren gegangen war, verbitterte sie tief. »Aber der Führer lebt«, sagte sie ab und zu, sich aufrichtend. »Ich fühle das. Er wird irgendwie wiederkommen und uns rächen«, sagte sie und fuhr sich mit den zerstochenen Fingern über das ausgeblichene, ohnehin glatte Haar.

In solchen Momenten schlich der Onkel zu einem Geheimschrank, nahm ein Fläschchen heraus, goss je einen Schluck in ein Schnapsglas und flüsterte: »Prost.«

Wenn freilich Tante Lieschen mit leicht gedunsenen Händen vom Abwaschen kam und sich dazusetzte, waren sowohl der Duft des Getränks wie der Führername von Hugos Lippen und denen der Witwe verschwunden. Mir war die Prozedur schon verschiedentlich aufgefallen, sogar beim eiligen Verschwindenlassen der Gläser hatte ich schon mithelfen müssen. Aber der Onkel traute meiner Verschwiegenheit. Seit meinem Einzug ins Haus Bauernfeind war mir längst klar geworden, was nur vor ihm, was nur vor der Tante, und was vor keinem von beiden zu erwähnen war.

An jenem Sonntag saß ich still zur Linken der Tante, auf meinem gewohnten Platz. »Am Abend sitzt du natürlich bei der Familie«, hatte es von Anfang an gnädig geheißen, und es war sicher nur ein Zufall, dass ich auf diesem Ehrenplatz auch zur Befehlsempfangnahme am bequemsten zur Hand war. Des Onkels buschiges Haupt schaute eben noch über den obersten Zeitungsrand hinweg, die Witwe klapperte lebhafter noch mit ihren Stricknadeln, in der gegenüberliegenden Ecke raunten zwei andere Pensionsgäste, ein wirklicher Kriegsinvalide und eine abgehärmte Frau, die immer zusammensteckten, obwohl sie gar nicht zueinander gehörten. Tante Lieschen seufzte. Es schien idyllisch.

Die Witwe hob die leicht geröteten Augen. Aus ihrer Stimme sprach stets ein leiser Wimmerton, als ob sie innerlich weine. »Lesen Sie doch mal was Gutes vor, Herr Bauernfeind – was Erfreuliches, und nichts von Politik, bitte, nicht!«

Hugo blätterte um. »Was Gutes?«, brummte er. »Na, vielleicht ist es gut, dass man wieder ein paar Diebe erwischt hat.« Sein Blick fiel auf mich. Hatte ich mich bewegt? »Irene«, gebot er, »sieh nach, ob die Tür fest zu ist. Alles Verbrecher heutzutage.«

Ich sprang auf und empfand es eher angenehm, den Salon einen

Augenblick verlassen zu dürfen. Die Hausbewohner kamen mir alle ein wenig gespenstisch vor, wie ruhelos irrende Geister aus einem Leben, das mir um ein Haar den Tod gebracht hatte; ich fühlte mich stets wie ein Eindringling und meines Bleibens nie sicher.

Die Tür war zu, fest verriegelt. Ich überprüfte die Vorlegkette und ging wieder an meinen Platz.

»Man kann sich nicht genug vorsehen«, wiederholte der Onkel. »Da haben sie also drei Einbrecher geschnappt, und einer ist ausgekommen. Wer weiß, wo der stecken mag.«

Tante Lieschen unterdrückte ein Gähnen. »Erzähl bloß nicht immer die gleichen Geschichten, Hugo. Diebe sind langweilig, die interessieren nicht mal unser Evchen.« Sie lächelte der Witwe zu. »Hast du ihr keine Werwölfe zu bieten? Oder was Saftiges wie Notzucht?«

Frau Eva lächelte verkrampft zurück und begann von dem Fünfzehnjährigen zu sprechen, der kürzlich eine Elfjährige lustgemordet hatte. Onkel Hugo hielt sich die Zeitung so dicht vor die Nase, dass ich unmöglich über seine Schulter mitlesen konnte. »Das waren auch wieder Jugendliche«, erklärte er.

»Was haben denn solche Kinder schon anderes gesehen als Mord und Totschlag?«, fand die Tante.

»Das Menschenleben gilt nichts mehr«, ächzte die Witwe – und ich dachte an das Lager, aus dem ich gekommen war.

Der verfeinerte Qualm aus Onkel Hugos Pfeife schlug mir ins Gesicht, denn ich konnte mich nun nicht mehr beherrschen: Ich stand über ihn gebeugt, um die Namen der drei Verhafteten zu sehen … Plötzlich stand der Toni vor mir. Ich fuhr mir mit der Hand über die Augen, aber das Bild blieb.

Es war ein abgedruckter Pfadfinderausweis. Tonis Fotografie, seine traurig-großen Augen schauten mich an. In blasser Handschrift stand sein Name darunter, darüber ein Stempel: »Bund deutscher Pfadfinder.« Rechts daneben, wie auf einer Kennkarte, waren Rubriken mit Schreibmaschine ausgefüllt: Geburtsdatum – er war fast ein Jahr jünger als ich, der Toni, das hatte ich gar nicht gewusst … Eintrittsdatum in den Pfadfinderbund, in diesem Jahr erst … Die Buchstaben verschwammen vor meinen Augen. Nur die fettgedruckte Zeile blieb. »Missbrauchte Pfadfinderideale« hieß sie.

Auf die Sessellehne gestützt, konnte ich ganz stillstehen, zuhören und unbeteiligt scheinen. Es war gut, dass die Sache mich nicht völlig überrascht hatte, sonst hätte man mir wohl doch etwas angemerkt. Onkel Hugo schien auf einmal erheitert. »An Menschenleben haben die Lauser sich nicht vergriffen – nur an dem Zeug, von dem die Amerikaner uns nichts abgeben wollen!«

Sein Ton war eher freundlich; im Vergleich zu Michaels Bericht klang die Sache nunmehr so, als hätte eine Handvoll Buben Räuber und Gendarmen gespielt. »Waffen haben sie auch gehabt – tüchtig! Altes Kriegszeug natürlich. Na, da haben sie halt losgeschlagen. Ziel: Ausräumung des feindlichen Vorratslagers. Deutsche Pfadfinder kämpfen weiter, haha!«

Er sog genussvoll an der mit amerikanischem Tabak gefüllten Pfeife. Ich dachte: Wenn er wüsste, woher der kommt! Aber die Waffen, die hat Michael nicht erwähnt. Die Waffen machen es schlimmer …

Tante Lieschen widersprach ihrem Hugo, schon aus Gewohnheit. »Der Krieg ist aus«, stellte sie fest, »verstanden? Die Jugend muss das lernen. Wir haben ein für alle Mal verloren«, sagte sie herausfordernd, obwohl ihn das in Wut bringen musste.

Er schlug auch mit der Faust auf den kleinen Rauchtisch, dass die Stehlampe hüpfte. »Ein für alle Mal? Das gibt's nicht. Bei uns nicht. Wofür hätten wir denn unsere Opfer gebracht?«

»Hans«, wimmerte die Witwe, »mein Hans ist nicht wiedergekommen«, und ihre Augen füllten sich mit Tränen.

Die Tante blieb erbost. »Verdankst du auch dem Führer«, zischte sie.

Frau Eva begann zu schluchzen. Ihr Strickzeug fiel zu Boden, ich hob es auf und wagte eine leise Frage: »Was geschieht mit den Jungen?«

Der Augenblick war gut gewählt, denn die paar Worte halfen den anderen aus ihrer Gereiztheit, und der Onkel konnte mich belehren. »Kommen vors Besatzungsgericht«, wusste er. »Na, da werden die Amerikaner kurzen Prozess machen.«

Die Amerikaner würden dem Toni den Prozess machen, dieselben, die mich gerettet hatten ... Ein Hoffnungsschimmer erwachte in mir. Vielleicht gab es da ein Recht – vielleicht sogar so etwas wie Gerechtigkeit? Der Toni hatte nicht viel angestellt, nur Schmiere gestanden, und wirklich schuld waren die anderen ...

Frau Evas Stimme schnitt durch meine Gedanken. »Besatzungsgericht für unsere Kinder – ausgebombt hat man uns – geplündert – bestohlen – die Besatzung frisst sich an und unsere hungernden Kinder kommen vors Besatzungsgericht ...« Wie Speere schossen die Stricknadeln hin und her.

»Diesmal sind aber die Amerikaner bestohlen worden!«, fuhr Tante Liese dazwischen. Sie war heute sehr streitsüchtig. Sollte sie am Ende den Schnaps gerochen haben?

»Keine Spur«, berichtete der Onkel, seiner Sache sicher, denn er hielt ja die Zeitungsnachricht in der Hand. »Man hat die Bürschchen erwischt – und sie haben nichts erwischt!« Er lachte laut über den guten Witz.

Niemand lachte mit. Quer durchs Zimmer kam der Invalide, der Krämer hieß, an der Ostfront einen Nervenschock erlitten hatte und seitdem ständig an allen Gliedern zitterte, als friere er sich zu Tode. Wenn er so auf einen zutrat, wirkte sein Gang fast wie ein eigentümliches Getänzel.

»Immer mit der Ruhe«, meinte er, und diese Bemerkung ließ sein Schlottern noch unheimlicher erscheinen. »Wenn die Kerle Waffen haben, warum gehen sie dann nicht gegen den Russen?«

»O Gott, o Gott, das kann man doch keinem zumuten, Herr Krämer«, tuschelte das verhärmte Weiblein, das ihm auf dem Fuße gefolgt war. Dies war Frau Müller – in Wirklichkeit halb so alt, wie sie aussah, und mit dem Invaliden durch eine Schicksalsgemeinschaft verbunden, denn auch ihr hatten die Russen Arges angetan, worüber nur flüsternd gesprochen wurde. Sie fühlte sich ständig verfolgt und sah sich auch jetzt nach allen Richtungen um, als könne sie einer belauschen.

»Setzen Sie sich bloß, Frau Müller«, sagte Tante Liese. »Hier tut Ihnen keiner was.«

Die Flüchtlingsfrau gehorchte. »Wissen Sie«, tuschelte sie, »ich wollte nur sagen: Drüben hätten sie die Jungs einfach in Viehwaggons und nach Sibirien, ohne Prozess, und kein Mensch hätte mehr von ihnen gehört! Sie wissen ja hier gar nicht, wie gut Sie's haben, Herr Bauernfeind.«

»Gut haben wir's? Na, da hört sich's aber auf.« Onkel Hugo war am Rande seiner Geduld. »Überhaupt können die Russen auch nur halb so wild sein, wenn man bedenkt, was sie alles zu uns herüberlaufen lassen aus ihrer angeblich so scharf abgeriegelten Zone –«

»Aber, Hugo«, rief die Tante empört, »du findest es wohl noch richtig, dass man uns zerstückelt hat? Wir gehören schließlich zusammen, nicht wahr, Frau Müller?«

Frau Müller blickte ängstlich vom Hausherrn zur Hausfrau, wusste nicht, wem sie es recht machen sollte, und schwieg also – wie ich selbst in solchen Fällen. Wer einmal verfolgt gewesen ist, der hat gelernt, sich vorzusehen. Ich mochte Frau Müller ganz gern, obwohl sie mir nie etwas schenkte. Sie hatte selber nichts.

»Wir kommen auch wieder zusammen«, versicherte Herr Krämer und zitterte. »Wenn es drüben zu einem Aufstand kommt –«

Das wurde dem Onkel zu bunt. »Aufstand – pfui Teufel!«, rief er aus. »Wir brauchen Ordnung im Lande. Erst muss hier alles wieder richtig arisiert werden!«

Er hatte wohl »organisiert« sagen wollen, doch außer mir fiel der kleine Fehler anscheinend niemandem auf. Onkel Hugo paffte hinter der Zeitung. Alles schwieg. Nur die Stricknadeln der Witwe klapperten und das Bein des Invaliden bebte gegen den Tisch.

»Ah, da schau her«, sagte der Onkel und schickte sich gewichtig zum Vorlesen an. »Der noch gesuchte Pfadfinderführer, Fuchs genannt, ist laut Angabe der Verhafteten in die Ostzone geflüchtet.« Onkel Hugo sah triumphierend auf. »Also, es geht immer auch umgekehrt. Wenn alle unsere Verbrecher hinübergehen, dann hätten wir endlich Ruhe.«

Der Fuchs war also in der Ostzone … Und Michaels Lachen klang mir im Ohr: »Der Fuchs ist im Loch – ja, so kann man's auch nennen, haha!« Was war so komisch an der Ostzone? Bevor ich weiterdenken konnte, lenkte Frau Müllers entsetztes Gesicht mich ab. »Dann sind die Burschen ja gar keine Pfadfinder – es sind Kommunisten!«, flüsterte sie und blickte entgeistert um sich.

»Man darf nicht alles glauben, was in der Zeitung steht«, sagte Tante Liese beruhigend. »Denkt bloß an die letzten Siegesmeldungen.«

»Ruhe!«, unterbrach der Onkel, der ebendiese gesammelt besaß und auf die Zeitung nichts kommen lassen wollte. »Hier steht es schwarz auf weiß. Aussage des Führers der Jungen, Wolf genannt –« Ich erschrak. Hatten sie jetzt auch den Wolf?

»Muss ein rechter Kerl sein«, fand der Onkel. »Hat sich selber gestellt, um die Aussage zu machen. Hat jedenfalls Mut. Vielleicht lassen sie ihn dafür laufen, wo doch sowieso nichts passiert ist –«

»Dann also Schluss mit dem Gerede.« Die Tante stand auf. »Komm, Irene, hilf mir mit dem Tee.«

Ich war froh, von der Unterhaltung wegzukommen, und setzte in der Küche das Wasser auf, während die Tante sorgfältig die Teeblätter abzählte, denn Verschwendung konnten wir uns nicht leisten. Sie machte auch in der Küche kein Licht, weil der Mond vor dem Fenster stand. Er war blass und rund.

»Irene«, rügte die Tante, »siehst du nicht, dass das Wasser schon kocht?«

Ich goss den Tee auf und sah wieder auf den Mond. Ganz deutlich spürte ich dabei den Duft – nicht von Tee, es war der Duft von fauligem Heu aus der Nacht mit Toni.

Sowie alle im Haus zu Bett gegangen waren, riss ich die Seite mit Tonis Bild aus der Zeitung heraus. Ich fand keine Schere, daher war der Rand ausgefranst, aber das machte mir nichts. Es war doch sein Bild, das einzige, das ich von ihm besaß – und besitze …

Der Rest der Zeitung kam auf den Stoß in meiner Kammer. Ich rechnete damit, dass der Onkel nicht nachsehen werde, weil ihm das Bücken immer schwerer fiel, aber das war ein Irrtum. Er erschien schon am nächsten Morgen, nahm sich einen Schemel und suchte nach dem Artikel.

»Da fehlt ja ein Stück«, fuhr er mich an.

Ich ließ mich nicht einschüchtern. »Dann haben es die Mistkäfer gefressen«, erwiderte ich, und da die Tante drohte, wegen der Mistkäfer den ganzen Zeitungsstoß verschwinden zu lassen, zog Onkel Hugo sich geschlagen zurück.

Ich schaute auf das Bild. Der Toni war ja noch ein Kind, er konnte nichts dafür, dass die älteren Freunde ihn missbraucht hatten. Tante Lieschen hatte recht: Was war diesen Kindern denn schon anderes vor Augen gekommen? Ich steckte das Bild wieder ein und kritzelte drei Worte mit Bleistift auf einen Zettel: »Toni – ich warte.« Dann steckte ich den Zettel zu dem Bild.

Die Tante wunderte sich wochenlang sehr über mich. Nie war ich an der Zeitung interessiert gewesen, aber jetzt las ich sie täglich. Außerdem kam ich an den Sonntagnachmittagen immer zeitig heim. »Mir scheint, dein Kriegsverletzter hat dich sitzen lassen«, meinte das Tantchen trocken.

Ich gab keine Antwort, denn Michael hatte sich tatsächlich im gewohnten Gasthaus nicht mehr blicken lassen. Ich fragte mich, ob er wohl auch »im Loch« sei. In der Zeitung war nichts mehr gestanden, weder über ihn noch über Toni und die anderen.

Als mich die Tante einmal zum Einkaufen schickte, nützte ich die Gelegenheit, Michaels Bank aufzusuchen. Sie lag mitten in der Stadt, wo schon viel wiederaufgebaut war, seit ich es das letzte Mal gesehen hatte. Es gab schon ganze Straßen und Plätze. Die Bank war ein Prachtgebäude. Ich wagte erst kaum, einzutreten.

An den Schaltern war großer Betrieb, aber als ich mich suchend umsah, kam ein älterer Mann in Uniform auf mich zu und erkundigte sich freundlich nach meinen Wünschen. Ich fragte nach Michael, und der Uniformierte führte mich durch Türen und Gänge vor einen vergitterten Raum und drückte auf eine Klingel.

Auf das Läuten erschien Michael hinter dem Gitter. Er sah sehr ordentlich aus. Sein Anzug war zwar etwas abgetragen, doch saß die Bügelfalte tadellos. Sogar die dunkle Binde über dem Auge wirkte hier respekteinflößend.

Er kam durch das Gitter, begrüßte mich und bot mir Platz an. Der Uniformierte zog sich zurück. »Warum suchst du mich?«, fragte Michael mit leisem Misstrauen.

»Ich dachte, du seist auch …« Ich hielt inne, denn es schien ganz unpassend, in diesen Räumen von Verhaftung zu reden. »Ich hatte Angst, dir sei was passiert«, sagte ich.

Er strahlte. »Angst um mich, Kleines?«

Ich rückte von ihm ab. »Du warst so lange verschwunden.«

Er nickte. »Ja, ich bin von unseren Stammplätzen weggeblieben. Ich hab befürchtet, ich könnte zu viel erzählen, wenn du mich fragst, Irene.«

Das gab mir beinahe die Oberhand. »Du hast dich gefürchtet«, wiederholte ich und setzte betont hinzu: »Vor mir.«

»Nur vor dir«, gab er grinsend zurück.

»Aber der Wolf hat ja selber alles erzählt!«, rief ich aus.

Er legte mir rasch die Hand auf den Mund. »Der kann alles«, erwiderte er leise. »Aber hier können wir nicht darüber reden, Kleines. Ich hab hier einen Vertrauensposten. Viel Geld geht durch meine Hand.« Er stand auf. »Ich komm dich heute Abend besuchen.«

Ich hatte nur noch Zeit, ihm zuzuflüstern: »Sag nichts davon, dass ich hier war«, und fand mich draußen auf der Straße. Der Zettel: »Toni – ich warte« war in meiner Tasche geblieben.

Als Michael pünktlich nach dem Abendessen im Haus Bauernfeind erschien, trug er ein kleines Paket in der Hand und eine schwarze Binde um den Arm. Er bat um Entschuldigung wegen seines längeren Fernbleibens: Seine arme Mutter sei indessen einem Herzschlag erlegen.

Alle sprachen ihm ihr Beileid aus. Ich schwieg. Die Tante stieß mich an und wisperte mir zu, in diesem Falle müsse ich alles verzeihen. Ich nickte. Michael überreichte dem Onkel sein Päckchen: Es sei der Rest seines amerikanischen Tabakvorrats, den er Herrn Bauernfeind zum Zeichen seiner Verehrung überbringen wolle. Der Onkel nahm ihn gerne entgegen, und die Tante lud den großzügigen Spender ein, an unserer Teestunde teilzunehmen.

Er ließ sich nicht lange bitten. Bald war er der Mittelpunkt des Kreises und begann mit dem wirklichen Kriegsinvaliden über Fronterlebnisse zu plaudern – mit solcher Sachkenntnis, dass ich selber nahe daran war, zu glauben, sie seien alle beide vor Stalingrad gestanden. Herr Krämer zitterte auch gleich viel weniger. Der Onkel schmauchte den köstlichen Tabak, die Tante goss mehr und mehr Tee ein, Frau Müller hatte vor Rührung Tränen in den Augen, und die Witwe vergaß minutenlang ihre Strickerei.

Auf dem Höhepunkt der Gemütlichkeit unterbrach Michael das Beisammensein, da er morgen sehr früh in der Bank sein müsse. Er trage nämlich die Verantwortung für alle Geldsäcke, die in den Panzerschrank geschafft oder daraus entnommen wurden; wenn nötig, habe er sie mit der Waffe zu verteidigen. »Mit der linken Hand«, schloss er lächelnd.

Ich begleitete ihn wieder hinaus. »Dass die so viel Vertrauen zu dir haben!«, flüsterte ich im Korridor.

»Deshalb können sie sich auch auf mich verlassen«, antwortete er stolz. »Wie meine Freunde.«

Das gab mir die ersehnte Gelegenheit. »Und der Toni?«

Michael stand sehr schief. »Wenn er mein Freund ist –?«

»Er ist meiner«, rief ich etwas unvorsichtig laut. »Wo ist er?«

Michael machte ein Zeichen, das zur Vorsicht mahnte, und antwortete tonlos, er könne ihn erreichen. Ich konnte nicht anders, ich gab ihm den Zettel, den ich in einen Umschlag gesteckt hatte. Aber ich brachte kein Wort mehr heraus.

Michael las den Namen, pfiff leise durch die Zähne und steckte den Brief ein. Wie unversehens strich er mir über das Haar. »Vergiss nicht, Kleines, jetzt bin ich der Verbindungsmann.«

Schritte kamen uns nach. Im Korridor stand die Tante. »Was macht ihr denn hier so lang?«, fragte sie.

»Entschuldigen Sie, gnädige Frau.« Michael verbeugte sich höflich. »Wir haben uns wieder verabredet.«

Die Tür fiel hinter ihm ins Schloss. Ich folgte der Tante. Michael trug meinen Brief mit sich: Toni – ich warte …

VII

Das Heu im Schuppen war den Winter über verfault, aber der Rasenfleck davor duftete schon nach jungem Grün. Michael ging bei uns ein und aus, sogar den oberen Stock kannte er schon gut, denn die Kriegerwitwe nahm ihn öfter zu sich auf die Bude, wenn er ihren Kindern Schokolade brachte.

Meine Dachkammer ließ ich ihn niemals betreten, wenn darin auch nichts nachzuspüren war. Den Zeitungsausschnitt mit Tonis Bild trug ich immer bei mir, und der große Zeitungsstoß – der mit den Siegesmeldungen – war indessen verschwunden, denn die Mistkäfer hatten derart überhandgenommen, dass Tante Lieschen eines Tages die Geduld verlor. Der Onkel, der auch keinen amerikanischen Tabak mehr zu genießen hatte, war seitdem brummiger denn je.

Von Toni war keine Antwort gekommen. Michael behauptete zwar, er habe ihm meinen Zettel zukommen lassen und der Toni käme auch bald wieder frei, weil ihm die Untersuchungshaft angerechnet worden war. Aber ich traute mich kaum, wirklich daran zu glauben.

Da erklärte er eines Tages: »Sonntag bring ich dir dein Babyface.« Sein Auge fixierte mich, und ich versuchte so angestrengt ein unbewegtes Gesicht zu zeigen, dass ich keine Antwort hervorbrachte. »Wart wieder an der Ecke«, schloss Michael.

Ich zählte die Zeit bis zum Sonntag. Jede Minute wurde endlos. Ich malte mir das Wiedersehen in immer neuen Farben aus und konnte nicht weiter denken, als sei mit diesem Augenblick alles zu Ende. Und es sollte doch damit alles erst wieder beginnen …

Mein Herz stand still, als ich Sonntag um die Ecke bog: Da stand der Toni leibhaftig, auf sein Rad gelehnt. Ich sah ihn wie durch einen Nebel mitten in der Frühlingssonne, dann flog ich auf ihn zu.

Seine Hände hielten die Lenkstange, und er schaute nur. Wir sagten kein Wort.

Jemand neben Toni räusperte sich. »Da hast du dein Babyface«, meinte Michael trocken.

»Lass uns allein!«, befahl ich. Tonis Hand rührte mich an; er zog mich auf sein Rad wie damals in der Nacht, und zwischen seinen Armen geborgen fuhr ich ins Sonnenlicht, während die schiefe Gestalt gebückt zurückblieb, ohne sich zu rühren. Wir hatten kein Ziel, fuhren kreuz und quer durch krumme Vorstadtgassen. Es war wunderbar und sollte nur kein Ende nehmen.

Auf einmal waren keine Häuser mehr um uns, der Weg durchlief eine Wiese. Und schon lag das Rad im Gras und wir saßen daneben. Es roch nach Frühling. Über unseren Köpfen rauschte eine Linde. Ich wollte den Toni nicht ansehen, weil ich durch den Nebel schon bemerkt hatte, wie mager und blass er war, und mir sein Blondschopf fehlte. Sträflinge sind kurz geschoren, dachte ich und der Gedanke würgte mich in der Kehle. Ich spürte, wie mir die Tränen hochkamen, und drehte den Kopf weg.

Seine Stimme war ganz unverändert und nah. »Du wirst jetzt nichts mehr von mir wissen wollen, Irene, wo ich vorbestraft bin.«

»Toni«, rief ich, »dass du nur da bist«, und auf einmal lag sein kurz geschorener Kopf in meinen Händen, er drückte sein Gesicht in meinen Schoß und sein Körper zuckte, als schluchze er. Es kam aber kein Ton heraus.

Ich streichelte unentwegt über seine Stachelhaare und wiederholte dazu: »Dummer Bub – dummer Bub – ich hab doch nur gewartet –«

»Ich auch«, kam es zurück, »ich auch.«

Wir klammerten uns so fest aneinander, als dürfe uns keiner mehr trennen – nie mehr. – Nach einer Weile flüsterte Toni mir ins Ohr: »Ich hab mich gefürchtet, Irene.«

Es riss mich aus einem Traum. Ich öffnete die Augen und sah ihn an. »Wie sie dich geschnappt haben?«

Er schüttelte den Kopf. Das war dann schon besser so gewesen, meinte er, gefürchtet habe er sich nur vor Wolf. Vorher. Er hatte nicht Nein sagen können, als der Wolf ihn aufforderte, an Michaels Stelle Schmiere zu stehen. Michael … da stand er schon wieder zwischen uns. Ich dachte daran, was er mir gesagt hatte, und rief: »Du darfst dich nicht fürchten, Toni!«

Toni schwieg. Er dachte nach. Wie es wirklich so weit war, erzählte er dann, hätte er alle Angst verloren. »Wie der Posten uns bemerkt hat, da wollte der Wolf auf ihn schießen …« Er machte eine kleine Pause und schloss: »Da hab ich ihm die Pistole aus der Hand geschlagen. Das vergisst mir der Wolf nie.«

Er vergrub das Gesicht in den Händen. Wieder strich ich über sein Stachelhaar. »Du musst die ganze Bande vergessen, Toni«, sagte ich.

Er fuhr auf. »Red nicht so. Es sind meine Freunde.«

Er legte mir die Hand auf den Mund und schaute sich ängstlich nach allen Seiten um, als könne uns einer belauschen. Aber wir waren allein. Bei der Kreuz- und Querfahrt hatte uns nicht einmal Michael folgen können. Leise fing Toni zu erzählen an. Mit dreizehn Jahren, im Landverschickungslager draußen, hatten sie den ersten Wolfsbund gegründet: Mit vermummten Gesichtern waren sie damals losgezogen, Äpfel und Birnen stehlen. Dumme-Jungen-Streiche, nichts weiter. Und der Wolf hatte auch diesmal ein vermummtes Gesicht gehabt, keiner erkannte ihn, als er sich dann freiwillig stellte, und die Amerikaner glaubten ihm jedes Wort: dass nur der Fuchs schuld gewesen sei und alles angezettelt und deshalb auch die Flucht ergriffen habe –

»Ja«, warf ich ein, »der Michael hat mir erzählt, dass der Fuchs in die Ostzone ist.«

Toni streifte mich mit einem Seitenblick, senkte den Kopf und schwieg.

»Du musst auch fort«, drängte ich. »Gehen wir zusammen, irgendwohin – nur fort von denen.«

Ich nahm seine Hände, sie waren eiskalt. »Ich kann nicht«, stammelte er. »Versteh mich doch, bitte – du musst mich verstehen. Wir haben Eide geschworen, unbedingtes Zusammenhalten, Eintritt und Austritt nur nach allgemeiner Abstimmung, Verrat wird bestraft.«

»Aber du hast sie doch verraten!«, rief ich.

Tonis Gesicht war weiß. »Nicht den Wolf«, antwortete er. »Ich muss mit ihm reden. Wir sind Blutsbrüder – wir gehören zusammen.«

»Du musst wissen, zu wem du gehörst!«

Er vergrub den Kopf in den Händen. »Der Wolf will nicht, dass ich mit dir gehe«, brachte er mühsam heraus. »Aber er muss dich nur besser kennenlernen – dann wird er mich verstehen, sicher –«

»Nein«, rief ich aus, »ich will mit denen nichts zu tun haben.«

»Red nicht so«, bat er verzweifelt. »Es sind meine Freunde.«

Ich blieb fest. »Toni, du musst dich trennen. Von denen oder von mir.«

Er hatte Tränen in den Augen, dann sagte er langsam: »Du musst wissen, Irene – wenn ich einmal weg sein sollte, dann bin ich in der Fremdenlegion.«

Da fiel ich ihm um den Hals. »Nur das nicht, Toni! Ich kann dich nimmer hergeben, nicht mehr so warten – ich tu, was immer du willst, wenn du nur bei mir bleibst –«

»Dank dir, Irene«, sagte er, und langsam kam die Farbe in seine Wangen zurück.

Auf dem Heimweg blieb er wortkarg und sprach nur davon, dass er jetzt dringend Arbeit suchen müsse, weil er Geld brauche. Aber auf den vielen Baustellen sei leicht was zu finden. Zum Abschied versprach er, mit den Freunden vernünftig reden zu wollen und unbedingt zu mir zu halten. Er konnte mir noch keine Adresse von sich geben, Michael müsse weiter unser Verbindungsmann sein.

Wir wurden Michael nicht los. Bei unserem nächsten Treffen blieb er einfach dabei. So saßen wir, statt ins Freie zu fahren, in der dunklen Gaststube »Zum Wolf« beisammen, die mir schon des Namens wegen unheimlich war. Michael sollte uns helfen, Wolf umzustimmen, Toni hatte ihn schon so weit, dass er sich nicht weigern wollte, mich zu sehen – wenn Michael mich wieder mitbrächte.

»Michael?«, fragte ich. »Warum nicht du, Toni?«

Die Antwort gab mir Michael. »Weil ich dagegen war, Irene – und bei uns müssen alle Beschlüsse einstimmig sein. Aber wenn der Toni dich mir wieder anvertraut, dann ist's was anderes. Dann stimme ich zu.«

Ich wurde gar nicht gefragt. Aber der Toni hatte so bittende Augen, dass ich nicht widersprach. Mein Schweigen wurde als Zustimmung genommen und kurz darauf kam Michael eines Abends wieder ins Haus Bauernfeind mit der guten Nachricht für mich, dass er ein harmloses Treffen arrangiert habe: einen kleinen Ausflug in die Berge am nächsten Sonntag. Tante Lieschen und der Onkel meinten, die frische Luft werde mir gewiss guttun, ich solle nur ja nicht wieder zu spät heimkommen. Michael gab ihnen sein Wort dafür. Auf meinen Einwand, dass ich keine festen Schuhe hatte, bot mir Frau Eva ihre Bergstiefel an, die sie durch den Krieg gerettet hatte und nun selbst leider nicht brauchte.

Am Sonntag holte Michael mich zeitig früh ab; Toni und die anderen, sagte er, seien mit den Rädern vorausgefahren und wollten uns an der Endstation der Lokalbahn erwarten. Sie lag etwa eine Stunde außerhalb der Stadt. So weit war ich überhaupt noch nicht hinausgekommen. Die Bahnfahrt war schön, der Michael besonders freundlich, er schien sehr stolz darauf, dass er es war, der mich wieder mitbrachte, und sagte, das habe sogar den Wolf beeindruckt und veranlasst, mit mir eine Ausnahme zu machen. Es werde nämlich nur die engste Freundesgruppe dabei sein – und kein Mädel außer mir, obwohl der Hermann nun auch eine Freundin hatte.

»Und gegen die hat der Wolf nichts?«, fragte ich.

»Zu der hat er Vertrauen«, erwiderte Michael. »Du musst halt auch sein Vertrauen gewinnen. Aber er weiß genau, dass du was gegen ihn hast.«

Ich schaute zum Fenster hinaus. Zwischen den Bäumen blinkte es blau auf: Ein lieblicher See, in dem die grünen Berge Kopf standen. »Ich bin ja mitgekommen«, sagte ich.

Es war ein sonniger Maientag. Wir stiegen aus, und Toni kam uns gleich lebhaft entgegen. »Das ist schön, dass du da bist«, rief er mir zu. »Ich hab auch meine Mundharmonika mit.«

Ich freute mich. Die anderen waren dabei, die Räder zu verstauen, die hier im Depot auf uns warten sollten. Fritz grüßte mich lebhaft, Hermann kühl, der Wolf kaum. Er nickte nur ein wenig und schaute durch mich hindurch auf Toni.

Toni schloss sich ihm an, und wir anderen folgten ihnen paarweise den schmalen Weg zum See hinunter. Die kleine Fähre, die wir dort bestiegen, hatte gerade Platz für uns sechs und den Mann, der uns zum anderen Ufer hinüberruderte, wo eine Seilbahn auf einen der Vorberge hinaufging. Wir stiegen ein. Der Wagen war eng, die Sitze links und rechts für je zwei Personen; wie von selbst ergab sich die Einteilung von vorhin. Wolf saß mit Toni, Fritz und Hermann saßen dahinter, und gegenüber saß ich mit Michael, der mir den Fensterplatz gab, denn ich sollte die Aussicht genießen. Die Seile setzten sich in Bewegung und unser Wäglein kroch über einer steilen Schlucht durch die Luft. Unten rauschte ein Wildbach zu Tal. Die Steigung schien fast senkrecht; der Waggon schwankte im Wind, der aus der Höhe kam. Immer tiefer sanken die Baumwipfel unter uns. Mir wurde schwindlig, wenn ich hinuntersah, und ich hielt mir die Hand vor die Augen.

Ein Ruck machte mich aufsehen – er kam von der Begegnung mit dem Gegenwaggon von oben. Michael erklärte, dass wir nun auf halber Höhe seien. Wir schwankten noch mehr, ich wurde etwas seekrank, nahm mich aber zusammen. Die Bäume unter uns wichen immer weiter zurück. »Wir kommen über die Baumgrenze«, wusste Michael. Zuletzt sah ich nur noch Krummholz auf dem Steilhang unter uns, der das Flussbett umschloss. Der Bergbach rauschte, als locke er in die Tiefe. Ich dachte daran, wie Michael damals meinen Stock in den Fluss geworfen hatte – wie er über Stock und Stein gesprungen war, um im Wirbel zu verschwinden. Ich meinte beinahe wieder nachspringen zu müssen.

Die Bäume schienen mir Kopf zu stehen, der Wildbach rauschte bergauf und ich konnte meine Übelkeit kaum mehr unterdrücken – da fuhren wir hart auf Schienen auf. Wir waren oben. Michael half mir ins Freie, ich stand mit beiden Füßen auf dem Boden und atmete tief. Die Luft war herrlich auf dieser Hochalm. Die Baumgrenze lag tief unter uns und nur ein paar gekrümmte Kletterkiefern wuchsen hier. Der Himmel leuchtete blau und schien zum Greifen nahe.

Den weiten Horizont umsäumten Bergketten, die wellenförmig ineinandergriffen und riesigen Stufen gleich zu den grünen Tälern hinabführten. Die höchsten Felswellen schimmerten weiß wie der Schaum der Brandung, die sich überschlägt – ich hatte das auf einem Bild vom Meer gesehen, das einst in Mutters guter Stube hing. »Übers Meer«, hatte sie gemeint, »übers Meer könnten wir uns retten …«

Ich hatte das Meer nie gesehen und war noch nie so hoch in den Bergen gewesen. Die Grenzpässe waren zu Mutters Zeiten strengstens bewacht, und von den Hitlerjugend-Fahrten war ich ausgeschlossen. Aber heute durfte ich dabei sein, es war eine Ausnahme, und neben mir stand Toni und wies auf den ewigen Schnee da drüben: »Schau, Irene!«

Ich schaute unentwegt. Ich war so dankbar und fühlte mich frei wie noch nie. Das Glück selber rührte mich an. Da winkte der Wolf. Toni ließ mich los. Michael drehte mich mit seiner Linken herum – ich stand vor einer Felswand. »Da geht's hinauf«, rief Michael. »Der Chef hat's befohlen.«

Die Wand war steil, und ich schüttelte den Kopf. »Ich wart lieber unten«, erklärte ich.

»Sei keine Spielverderberin«, gebot Michael, »wo der Chef dich mitgenommen hat! Mitgefangen, mitgehangen.« Er lachte.

Dabei sah ich Wolf die steile Serpentine angehen, von Hermann und Fritz in einigem Abstand gefolgt. »Du weißt doch, mein Fuß«, sagte ich entschuldigend, und die Schuhe der guten Frau Eva begannen mich beim bloßen Gedanken zu schmerzen.

Michael reichte mir einen Ast: »Hier, halt dich wieder an einen Stock!« Ich wollte nicht. »Dann halt dich an mich«, riet er.

Toni trat zu uns. »Sie will unten warten«, erklärte ihm Michael.

»Nein, dazu haben wir dich doch nicht mitgenommen«, rief Toni und folgte Fritz.

Da entschloss auch ich mich, und Michael, der die Nachhut bildete, rief Toni zu: »Ich pass schon auf sie auf!«

Ein Seil, das über Eisenstangen lief, begleitete den schmalen Pfad, der in immer enger werdenden Kreisen zum Gipfel dieses Vorberges führte. Ich schrak erst vor den Eisenstangen zurück – die meinte ich zu kennen. Die Schuhe der Kriegerwitwe drückten aber so, dass ich mich doch am Seil anhielt. Die anderen taten es übrigens auch. Da ich hie und da stehen bleiben und Atem schöpfen musste, waren sie bald weit voraus, nur Michael blieb hinter mir. Der Weg war nicht sehr lang, aber zuletzt so steil, dass ich den Grat auf allen vieren hinaufkroch. Toni winkte mir von oben zu und lachte.

Auf dem Gipfel wehte ein ausgeblichenes Fahnenstück im Wind und daneben wehten Wolfs helle Haare. Ihm hatte man sie nicht abgeschoren wie dem Toni, ihm hatte keiner ein Haar gekrümmt. Er ergriff die Fahnenstange mit der linken Hand und hielt die rechte über die Augen, um nicht von der Sonne geblendet zu werden, wie er Ausschau hielt über das Land. Er stand da, als gehöre ihm das Land – oder zumindest, als wolle er es bald erobern.

Wolkenfetzen schwebten unter uns in den Tälern. Der Bergkettenkranz hatte sich erweitert, und aus den Einschnitten glänzten schneeweiße Spitzen zu uns herüber. Sie glichen nicht mehr dem Meer: Wie Riesenmauern schlossen die Berge die Welt ein. Musik klang plötzlich auf, wie Vogelgezwitscher – ich wusste erst nicht, woher, aber dann sah ich Toni. Liegend spielte er auf der Mundharmonika und der Wolf strich ihm übers Haar.

Unter den Stricken, die die Fahnenstange gegen Stürme sicherten, war ein kleiner Geröllplatz, auf dem lagerten die Burschen. Michael führte mich hin. Außer ihm hatte nur Wolf keinen Rucksack getragen; die anderen packten nun aus, und Toni schob mir dann den seinen hin, zum Daraufsitzen. Er saß bei mir und legte seinen Arm um meine Schulter, zog ihn aber zurück, weil der Wolf uns im Auge behielt.

Wolf hielt ein Messer in der Hand und begann damit, Brot, Käse und Wurst zu schneiden. Hermann verteilte die Pracht. Ich bekam ein großes Stück, war aber zu müde, um hungrig zu sein. Auch Bier gab es wieder – diesmal in Flaschen, nicht in den amerikanischen Büchsen; der Schluck, den Toni mir gab, erfrischte mich sehr. Die Fahnenstange zerschnitt uns wie in zwei Lager: Hier ich mit Toni und Michael, dort Wolf mit Hermann und Fritz. Der Wind sauste mir um die Ohren, doch hörte ich Tonis leise Stimme dazwischen.

Er hatte wirklich Arbeit gefunden, auf einer Baustelle. Er gab mir sogar die Adresse. Der Stundenlohn war gering, aber mit den Überstunden reichte es fürs Nötigste; er konnte sogar seinem Vater ein wenig helfen. Zum ersten Mal sprach Toni von seinem Vater. Der alte Mann lebte kärglich von einer kleinen Beamtenpension, in der Wohnung von anderen Leuten, wo für den Sohn kein Platz war. Er wolle sich jetzt unbedingt eine eigene Bleibe suchen, sagte Toni, und sein Arm lag wieder um meine Schulter. »Vor allem deinetwegen, Irene – dass du mich besuchen kannst.«

Mir stieg das Blut zu Kopf, als ich Michael vor sich hinkichern hörte. Ein Zimmer zu finden, warf er ein, sei natürlich beinahe unmöglich, aber vielleicht – sein Auge zwinkerte – vielleicht könne er auch da behilflich sein. »Wenn der Fuchs wirklich nicht wiederkommt …«

Toni fuhr zusammen. »Ich will mir lieber selber was suchen«, wich er aus. Wolf erhob sich, damit war das Mahl beendet. Ich gab Toni den Rest meines Anteils, und er reichte das belegte Brot an Michael weiter, der es gierig verschlang.

Dienstfertig schnallten die Jungen ihre Rucksäcke wieder an. »Kraft durch Freude«, spottete Fritz, aber keiner stimmte in sein Lachen ein. »Komm, Toni!«, rief der Wolf.

Schon war ich wieder mit Michael allein. Wolf hatte mir keine Gelegenheit zur Annäherung gegeben. Einen Augenblick sah ich seine schmale Hand auf Tonis Schulter, dann glitten die langen Finger in losem Griff über das Seil, während er mühelos bergab schritt. Ohne sich auch nur nach mir umzusehen, huschte Toni ihm nach. Fritz ging als Nächster, und vor mir folgte Hermann in voller

Breite, sodass ich die anderen aus den Augen verlor. »Ich geh dir nach«, versicherte mir Michael, als ich mich anschloss.

Meine Zehen schmerzten beim Abstieg in den ungewohnt großen Schuhen, mich schwindelte, wenn ich hinuntersah, und ich klammerte mich ängstlich ans Seil. Das Geröll unter meinen Füßen gab keinen Halt. Meine Knie waren steif. Vor mir blieb Hermann jäh stehen und wandte sich um – wollte er mir etwas sagen?

Ich rutschte auf ihn zu und stolperte über seinen Fuß. Mir war, als greife er nach mir, doch statt mich zu halten, gab mir sein Arm einen Stoß. Ich glitt aus, fiel auf die Böschung, kollerte weiter, immer schneller dem Abhang zu, und fühlte Kleider und Haut an Dornen und Steinen reißen; ich fasste nach Krummholz, aber es schnitt mir nur in die Hand – ich fand keinen Halt – ganz nah schon gähnte die Tiefe …

Ein eiserner Griff umklammerte mich, sodass ich aufschrie. Keuchender Atem schlug mir ins Gesicht; ich sah eine leere Augenhöhle in einer grinsenden Fratze – dann sah ich nichts mehr. Erst als Wasser über mein Gesicht lief, wachte ich auf. Neben mir rauschte eine Quelle, über mir war das Gesicht, die schwarze Binde wieder über dem Auge, und Michael wusch mich mit Wasser, das er aus der Quelle schöpfte. »Ich hab dich grad noch erwischt«, sagte er.

Ich schämte mich, wie bei einer bösen Tat ertappt. Dann sah ich Toni schräg über den Abhang auf uns zukommen und fühlte mich besser. Er kniete neben mir nieder und nahm mich in die Arme. »Wenn dir nur nichts passiert ist«, sagte er, und wieder: »Wenn dir nur nichts passiert ist!«

Ich konnte mich schon wieder aufrichten. Es war mir nichts passiert, nur der Schreck und kleine Schürfwunden. »Nimm dich zusammen, Kleine«, sagte Michael. »Wir helfen dir schon wieder hinauf.«

Sie stützten mich von beiden Seiten. Beim Aufstehen bemerkte ich erst, dass ich den einen Schuh verloren hatte; Michael fand ihn und half mir hinein, während Toni mich hielt. Er sah verstörter aus als ich.

Es ging sehr langsam den Berg hinauf, weil ich stark hinkte. Ich war ein gutes Stück abwärts gerollt. Nicht weit von der Stelle, wo ich abgerutscht war, wartete Fritz.

»Gratuliere dem Retter«, sagte er etwas höhnisch, sie hätten von hier alles gesehen, vom Moment an, wo mir Michael nachgesprungen war. Der Chef, fügte er noch hinzu, habe die Ungeschicklichkeit des Fräuleins sehr übelgenommen; er werde sie nicht mehr mitnehmen und sei mit Hermann nach Hause gefahren.

»Das hab ich mir gedacht«, meinte Michael, den nie etwas zu wundern schien.

Toni schwieg bedrückt. Bei den Rädern musste er sich von mir und Michael verabschieden, der mich nach Hause brachte. »Nächsten Sonntag, wie immer«, hatte Toni mir zugeflüstert – so leise, dass nur ich es verstand.

Michael verabschiedete sich an der Tür der Pension. Wir waren rechtzeitig zurück, alles andere würde ich zu erklären haben. Für einen Augenblick hielt er meine Hand fest, als könne er sich nicht losreißen. Sein Atem war heiß auf meiner Wange. »Ich hab dich im Arm gehabt, Irene«, flüsterte er mir ins Ohr.

Ich schämte mich.

VIII

Am nächsten Sonntag erschien Toni allein zum gewohnten Rendezvous. Fast hätte die Tante mich nicht gehen lassen, nachdem ich so abgerissen und zerschürft vom Ausflug zurückgekehrt war – ich konnte den Vorfall wirklich nicht recht erklären und schob meinen Sturz auf die ausgeborgten Schuhe. Auch wurde ich nicht müde, Michaels Loblied zu singen. »Ja«, meinte Tante Lieschen, »er ist ein Held.« Damit war so weit alles in Ordnung.

Ich hatte gefürchtet, Toni wieder in Michaels Begleitung zu sehen, und atmete erleichtert auf, als ich ihn allein fand. Jetzt endlich, fühlte ich, jetzt endlich wird alles gut.

Wir suchten ein anderes kleines Café auf, um allein zu bleiben.

Toni ließ meine Hand nicht los, wie um mich zu schützen. »Der Hermann hat mich gestoßen«, flüsterte ich ihm zu.

Er beugte sich warnend vor: »Sag das nur ja keinem von ihnen!«

Ich schüttelte den Kopf. »Ich will sie nie wieder sehen.«

»Ich auch nicht«, antwortete er und drückte meine Hand.

Am liebsten hätte ich ihn gleich hier im Café umarmt. Doch die schönste Überraschung kam erst: Er sagte, er habe nun seine eigene Bude – zwar nur ein Loch, aber ganz privat und ganz in der Nähe – ob ich sie mal sehen wolle?

Wir zahlten und gingen.

Sein Zimmer war viel schöner als meines. Es lag zu ebener Erde, mit eigenem Eingang, sah sauber und ordentlich aus und hatte alle Möbel, die man braucht. Sogar eine Art Schreibtisch und eine Couch, die als Bett diente. Auf dem Tisch stand eine Flasche Rotwein mit zwei Gläsern. Wir ließen die Jalousien herunter und tranken einander zu. Dann sagten wir nicht mehr viel …

»Irene«, meinte Toni nachher, »ich will jetzt ein ganz neues Leben anfangen – mit dir.«

Mir liefen vor Glück die Tränen herunter. Er wollte mich auch seinem Vater vorstellen, dem er nun von seinem netten Verdienst an der Baustelle etwas abgeben konnte. Der Vater würde sich sehr über mich freuen. Das große Ereignis wurde auf den nächsten Sonntag angesetzt.

Für diesen Ausgang gab mir die Kriegerwitwe ein dunkles, einfaches Kleid, ich hatte ihr und Tante Lieschen erzählt, Michael bringe mich zu seinen Verwandten. Tatsächlich hatte ich ihn seit der Bergpartie nicht mehr gesehen. Toni hatte mit allen Schluss gemacht. Er ließ sich verleugnen, wenn Michael nach ihm fragte, und der hatte bald nicht mehr gefragt. Er war wieder verschwunden. Es wunderte und freute mich.

Es war ein weiter Weg zu Tonis Vater. Auf der Straßenbahn kamen wir an der Baustelle vorbei, wo Toni arbeitete. Vorläufig war dort immer noch Schutt wegzuräumen, aber dann sollte es eine neue, recht moderne Siedlung werden und der Toni war so stolz darauf, als gehöre sie ihm. Ich lachte darüber und schmiegte mich an ihn. »Aber du gehörst mir wirklich«, flüsterte er, und ich nickte.

Sein Vater wohnte draußen in der Vorstadt als Untermieter bei einer Tischlerfamilie. Er war Briefträger gewesen, und seine kleine Pension reichte kaum, das Zimmer zu bezahlen. Er humpelte uns durch den dunklen Korridor entgegen, auf einen Stock gestützt, und als er den Sohn sah, ging auf seinem runzligen Gesicht die Sonne auf.

»Vater«, sagte Toni, »also das ist meine Braut.«

Mein Herz pochte, als der Alte mir freundlich die Hand gab. »Das freut mich schon sehr«, sagte er und nickte mir zu. »Der Toni soll nur bald ein richtiges Heim haben. Er verdient's.«

Vom Heiraten hatte Toni zu mir nie direkt gesprochen, ich wusste nicht recht, ob er vielleicht nur eine kleine Komödie spielte, dem Vater zuliebe. Auf alle Fälle sagte ich zu allem Ja.

Die Hausfrau brachte Kaffee, der besser schmeckte als im Haus Bauernfeind, und Toni packte einen Kuchen aus. Es war ein Fest. Der Vater sprach von seiner Frau, sie war bei einem Luftangriff umgekommen. »Ihre Eltern ja auch, hör ich, Fräulein Irene«, fügte er hinzu.

Ich schluckte und nickte. Dann zeigte mir der Vater seine Briefmarkensammlung, die er durch alle Kriegsgräuel und Umzüge gerettet hatte. Sie war sein ganzer Stolz; er wusste nicht nur, aus welchen Ländern die Marken kamen, sondern meist auch, wer von den Parteien auf seiner Dienstroute sie ihm gegeben hatte. Die meisten waren schon tot. Auch bei Luftangriffen umgekommen. Dass er selbst noch lebte, war ein Wunder: Er hatte einen falsch adressierten Brief eigens noch einmal ausgetragen, damit der Adressat nicht bis zum nächsten Tage warten müsse – und deshalb war er nicht daheim gewesen, als sein Haus den Volltreffer abbekam. Keine einzige Mauer hatte er stehend vorgefunden. Nur die Briefmarkensammlung lag unversehrt im Schutt.

Mit seinen Marken und Stempeln reiste der Alte in Gedanken um die ganze Welt. »Kinder«, meinte er, »ihr seid jung – ihr sollt einmal wirklich selber reisen wie die Papierschnitzel da …«

Er schwieg versonnen. Strahlend nickte Toni. »Ja«, sagte er, »bis nach Amerika. Das ist mein Traum.«

Heiraten, ein Heim haben, Amerika – es klang alles wie ein Traum. Und als der Vater mich zum Schluss seine liebe Tochter nannte, fiel ich ihm einfach um den Hals. Ich hatte das Wort so lange nicht gehört.

»Dein Vater ist lieb«, sagte ich zu Toni, als wir wieder draußen waren.

»Du bist lieb«, antwortete er, »und jetzt sind wir verlobt …«

Zum nächsten Rendezvous kam er mit einem Ring, den er mir an den Finger steckte. Er war aus Silber und hatte ein Muster statt eines Steins, denn ein echter Stein wäre zu teuer gewesen und einen falschen wollten wir nicht haben. Der Ehering, versprach Toni, würde aus Gold sein. Weil wir aber darauf noch warten mussten, beschloss ich, ihm indessen auch meinerseits so einen Verlobungsring zu schenken. Ich sparte den Preis von dem niedrigen Lohn zusammen, den mir die Tante schließlich zubilligte, und vom Trinkgeld, das ich den Durchreisenden zu entlocken verstand, die nun ab und zu bei uns wohnten. Sie waren meist in den Filmateliers in der Nähe beschäftigt, die jetzt wieder in Betrieb genommen wurden, und sie hatten natürlich mehr Geld als unsere Stammgäste.

Wir nahmen unsere Ringe nie vom Finger, Toni und ich. In einem Jahr wollten wir heiraten. Dann, fanden wir, wären wir alt genug und sollten genug verdient haben, um ein Zimmer für zwei mieten zu können. Onkel Hugo und Tante Liese ahnten nichts von meiner Verlobung; sie ging sie auch nichts an. Wenn es so weit war, musste ich eben kündigen und mir eine andere Stellung suchen – nur tagsüber, versteht sich, vielleicht als Kellnerin. Aber das hatte noch Zeit.

Da Onkel und Tante und die ganze Pension sich oft nach Michael erkundigten, musste ich Ausreden finden. Ich erzählte, er sei verreist und ich träfe Sonntag seine Freunde. Am »gemütlichen Beisammensein« nach dem Abendbrot nahm ich nur noch selten teil. Ich übte mich ich Nähen und begann mir eine Aussteuer zusammenzustellen: vor allem Sachen fürs Haus, denn meine eigene Garderobe war nicht so wichtig und das Brautkleid hatte auch noch lange Zeit.

Jeden Sonntagnachmittag erwartete Toni mich in seiner Bude. Immer hatte er eine Überraschung für mich: Ein kleines Tuch, ein Glückbringsel oder irgendeinen Leckerbissen – denn viel ausgeben durfte er ja nicht, weil wir doch sparen mussten. Nur dass er immer so ängstlich war, störte meine Freude. Wir sprachen nicht mehr von der Bande, aber wir mussten immer wieder an sie denken, besonders an Michael. Ich hoffte schon fast, dass er wirklich verreist sei, als Tante Lieschen mich eines Abends aus meinem Zimmer rief, in dem ich wieder über meiner Aussteuer saß.

Da stand Michael im Salon und starrte mich an.

»Das ist aber schön, dass Sie wieder da sind«, versicherte die Tante, und Onkel Hugo stimmte zu.

»Du siehst gut aus, Irene«, sagte Michael. »Ich möcht gern mit dir reden.«

Es war so spät, dass die anderen Gäste sich schon zurückgezogen hatten. Nun zog die Tante den Onkel hinter sich drein und warf mir verständnisinnige Blicke zu. »Was willst du?«, fragte ich Michael.

Er setzte sich, als nehme er einen altgewohnten Platz wieder ein. Dann zündete er sich eine Zigarette an, wartete, bis ich ihm gegenübersaß, und erklärte: »Ich hab auch mit den anderen Schluss gemacht. Ich will lieber zu euch gehören.«

Er lügt – wie er lügt!, dachte ich, brachte aber kein Wort heraus. Da kam er auf mich zu. »Freust du dich gar nicht, mich wiederzusehen, Irene?«

Ich wich ihm aus. »Fürchtest du dich nicht vor den anderen?«

»Ich bin doch nicht der Toni!« Er lachte, dann wurde er ernst. »Aber ich will ihm sagen, was er tun soll, damit alles in Ordnung kommt.«

Ich schüttelte den Kopf. »Nein, nein –«

Er lachte wieder. »Du fürchtest dich auch? Was ihr für Angsthasen seid! Aber der Toni muss auf mich hören, ganz egal, was du sagst. Ohne mich wärt ihr ja nie zusammengekommen.«

»Der Toni wird tun, was er für richtig hält«, antwortete ich. »Aber er hat mir versprochen, die anderen nicht mehr zu sehen.«

»Dass du dahintersteckst, bezweifelt keiner«, sagte Michael achselzuckend. »Ich nehm's dir nicht einmal übel. Aber mit mir hat er schon gesprochen. Er hat gesagt, dass ihr verlobt seid. Gratuliere.«

Ich schwieg.

»Schließlich bin ich sein ältester Freund – und deiner auch«, fuhr Michael fort. »Alten Freunden gegenüber ist manches Ehrensache. Du verstehst das vielleicht nicht. Aber der Toni weiß es.«

»Warum kommst du dann zu mir?«, wollte ich wissen.

»Weil du mir die Hauptsache bist«, sagte Michael. »Und jetzt geh ich.«

Er vergaß auch nicht, Onkel und Tante freundlich auf Wiedersehen zu sagen.

Am nächsten Morgen fand ich einen Vorwand, auszugehen und Toni auf seinem Arbeitsplatz zu suchen. Es war gerade Mittagspause; so hatte er Zeit, ein paar Worte mit mir zu wechseln.

Ich konnte ihm keine Vorwürfe machen, er sah so abgespannt aus. Er sagte, Michael habe sich diesmal nicht abweisen lassen – und schließlich mussten sie ja einmal eine Aussprache haben. »Du bist mein Freund«, hatte Michael begonnen. Er halte es auch nicht mehr mit dem Wolf aus, der seit der Bergtour auf ihn böse sei, er wolle sich zurückziehen, der Fuchs sei auch nicht mehr wiedergekommen …

Toni brach ab. Der Schweiß stand ihm auf der Stirne, er strich sich die wieder langen Haarsträhnen zurück. Er sagte nur noch, Michael wolle eben anständig aus der Sache heraus. Er und Toni sollten der Bande zurückgeben, was sie noch von ihr hätten.

»Ja, was habt ihr denn noch?«, fragte ich.

»Werkzeug und so«, erwiderte Toni und wich meinem Blick aus. Am Sonntag versprach er mir alles genauer zu erklären; er bat mich, eine Stunde später als sonst zu kommen, weil er vorher Michael treffen müsse. Er werde ihn aber ganz gewiss nicht mitbringen.

Ich wollte weiterforschen, da wurde er vom Werkführer wieder zur Arbeit gerufen. »Auf Wiedersehen, Irene«, sagte er noch – und dann drehte er sich plötzlich wieder um, kam zurück, nahm mich vor allen Leuten in die Arme und gab mir noch einen Kuss. Ich war ja auch ganz offiziell seine Braut …

Am Sonntag kam ich, wie ausgemacht, eine Stunde nach der gewohnten Zeit bei ihm an, fand ihn aber noch nicht zurück. Ich hatte einen Schlüssel zu seiner Bude und wartete innen, wo die Flasche mit den zwei Gläsern vorbereitet auf dem Tisch stand, neben einem Teller mit Gebäck. Davor lag ein gesticktes kleines Taschentuch für mich. Sogar mein Monogramm war darauf. Ich küsste es.

Dann setzte ich mich auf die Couch, für die ich selber mehr und mehr Kissen gestickt hatte; die wollten wir in unser eigenes Heim mitnehmen. Die Möbel in Tonis Zimmer gehörten natürlich hier ins Haus. An der Wand hing eine alte Kuckucksuhr, deren Zeiger sich kaum vorwärtszubewegen schienen. Das Warten war endlos. Die Kuckucksuhr tickte, sonst war es grässlich still.

Die Jalousien waren heruntergelassen, sodass ich nicht auf die Straße hinunterschauen konnte. Jedes Mal, wenn Schritte draußen ertönten, fuhr ich auf, jedes Mal gingen sie vorüber. Endlich näherten sich welche dem Haus. Ich sprang auf, rannte zur Tür – Michael stand vor mir. »Wo ist der Toni?«, fragte er.

»Das hab ich dich fragen wollen!«

»Du versteckst ihn hier«, rief Michael, »damit er mich nicht treffen kann! Lass mich herein!«

Ich trat beiseite. Sein Auge glitt über den Tisch mit Wein und Gebäck, über das Taschentuch, über die Couch mit den Kissen. »Ich hab seit einer Stunde auf ihn gewartet«, sagte ich.

»Ich auch«, sagte Michael. Da warf ich mich über die Couch und begann sinnlos zu schluchzen.

Er klopfte mir auf den Rücken. »Dummes Ding! Warten wir halt zusammen.«

Die Kuckucksuhr gab einen krächzenden Laut von sich. Es sollte dazu auch ein hölzerner Kuckuck den Kopf herausstrecken, aber das funktionierte schon lange nicht mehr. »Er wird schon kommen«, tröstete Michael. »Es gibt ja allerhand, was einen aufhalten kann.« Ich versuchte krampfhaft, mir zu überlegen, was geschehen sein konnte und wo wir Toni suchen könnten, aber mir fiel nichts ein – gar nichts. Das Gefühl einer grenzenlosen Verlassenheit lähmte mein Hirn.

Ich weiß nicht, wie lange wir so da saßen und vor uns hinstarrten; der Kuckuck röchelte jedenfalls kein zweites Mal. »Na«, sagte Michael plötzlich, »wenn du nicht mit ihm unter einer Decke steckst, dann ist er eben vor dir auch davongelaufen. Hat kein Ehrgefühl, das Babyface.«

Ich stand auf und schlug ihm ins Gesicht. Er duckte sich und wollte fast demütig nach der Hand fassen, die ihn geschlagen hatte; ich stieß ihn zurück und ging an ihm vorbei. Er folgte in einigem Abstand.

Vor der Tür trafen wir Tonis Hausfrau. Ich fragte, ob sie wisse, wo er sei, und erfuhr, dass sie ihren Mieter seit ein paar Tagen nicht gesehen hatte – aber der junge Mann da sei doch gestern hier gewesen und habe nach Toni gefragt? Sie war eher freundlich, also bat ich sie auszurichten, dass wir gewartet hätten und später wiederkommen wollten. Es war ihr recht.

Ich hatte nicht die Kraft, Michael fortzuschicken. Ich war so verlassen, dass ich mich von ihm zu Tonis Vater begleiten ließ. Er fand das eine gute Idee. Wahrscheinlich, meinte er, sei was mit dem Alten los und wir würden Toni dort finden.

Die Straßenbahn trug uns wieder an Tonis Arbeitsplatz vorbei. Er lag in sonntäglicher Ruhe. Der Schutt war weg. Backsteine lagen sauber aufgeschichtet. Hier hatte Toni mich geküsst – vor einer Ewigkeit, schien es.

»Wenn wir ihn heute nicht finden«, sagte Michael, »morgen früh ist er bestimmt hier.«

»Morgen«, wiederholte ich dumm, »morgen«, und stellte mir nichts dabei vor. Mir war, als gäbe es kein Morgen.

Wir fanden den Vater bei seiner Markensammlung, wie ich ihn zuletzt gesehen hatte. »Wir suchen den Toni«, sagte ich und vergaß,

Michael vorzustellen, der aber gleich selbst seinen Namen nannte und erklärte, Tonis bester Freund zu sein.

»Freut mich, freut mich«, sagte der Alte – er erinnere sich aber nur an den Namen von Tonis Freund Wolf. Er glaubte, den habe Toni aufsuchen wollen.

Ich konnte meinen Schreck nicht ganz verbergen. »Wann hat er das gesagt?«

Der Vater kramte in seinem Gedächtnis, das bei Daten schon etwas nachließ. »Das muss so zwei, drei Tage her sein«, meinte er. »Jedenfalls hab ich ihn seitdem nicht mehr gesehen.«

Ich musste mich hinsetzen. »Ich – ich auch nicht«, stotterte ich.

»Und ich auch nicht«, versicherte Michael. Er dachte eine Sekunde nach und wandte sich dann lebhaft zu mir. »Wenn's dir recht ist, schauen wir jetzt beim Wolf nach und stören hier nicht länger.«

»Mich stören Sie nicht«, meinte der Vater, fügte aber hinzu, dass Toni am Sonntag nie bei ihm sei. Als wir uns empfahlen, saß er schon wieder vor seinen Briefmarken. »Die Sammlung ist was wert«, sagte er. »Die erbt einmal der Toni. Also dann auf Wiedersehen.«

Wir standen auf der Straße. Sie schien so abschüssig wie der Hang, auf dem mir Michael im Frühjahr nachgesprungen war. Ich bemerkte, dass er mich stützte, und war zu schwach, ihn abzuschütteln. »Also zum Wolf«, sagte er, als sei es das Selbstverständlichste auf der Welt.

»Ich auch?«, brachte ich heraus.

»Ich will dich dabeihaben«, sagte Michael. Seine Hand lag unter meinem Arm, als wir langsam zur Endstation der Straßenbahn hinunterschritten. Plötzlich drehte er den Kopf und pfiff – und im nächsten Augenblick hielt neben uns ein Taxi.

Die Tür öffnete sich vor mir, und ich ließ mir von Michael hineinhelfen, drückte mich in die Ecke und schloss die Augen. Ich war noch nie in einem Taxi gefahren, aber ich nahm die Fahrt kaum wahr. Toni hatte den Wolf wiedersehen wollen und es mir verschwiegen! Da wunderte einen schon gar nichts mehr … Aber wenn er mich wirklich hatte aufsitzen lassen wollen, warum war dann in seiner Bude alles so sorglich zu meinem Empfang vorbereitet? Ich wäre lieber dorthin zurück als zu dem »Chef«, der mich hasste. Dass man auch überall selber hinmusste, um wen zu finden! Mir fiel ein, was die Tante neulich gesagt hatte: »Nächstes Jahr bekommen wir ein Telefon.« Wenn nur alle Leute schon eins hätten … Meine Gedanken verwirrten sich immer mehr.

Das Taxi hielt vor einem Mietshaus, das unversehrt zwischen zwei ausgebombten Ruinen stand. Der Straßenname auf dem Nummernschild war mir fremd; wir mussten recht weit gefahren sein. Aber Michael kannte sich gut aus. Er ging nicht vorn ins Haus, sondern führte mich durch den Hof zum Hintereingang und zu einem engen, knarrenden Aufzug, den er selbst in Gang brachte. Ich fühlte mich plötzlich am Ersticken, um so mehr als Michael sich dicht an mich drängte – da stiegen wir aber schon aus, und er läutete an einer Wohnungstür.

Eine kleine, etwas zittrige Frau machte auf und begrüßte Michael wie einen guten Bekannten. Mir nickte sie zu. »Kommt nur herein«, sagte sie. »Es ist noch ein anderer Freund von meinem Sohn da.«

Der Toni!, dachte ich, und eine jähe Freude durchzuckte mich. Er hatte sich nicht getraut, mir zu sagen, dass er wieder zu Wolf ging – das war alles. Wenn du nur da bist, lieber kleiner Toni – wenn du nur da bist …

Eine Tür ging auf, und da stand Hermann. Er versperrte die ganze Öffnung, sodass nicht einmal Licht in den Korridor zu dringen schien; es war dunkel und beklemmend. Hermann pfiff durch die Zähne und schaute auf Michael und mich. »Ja, was verschafft uns denn die ungewohnte Ehre?«

Ich hätte ohnedies keine Antwort herauswürgen können, aber auch Michael schwieg. Hermann trat zurück. Hinter ihm stand der Wolf.

Er stand kerzengerade im Zimmer und wirkte doch schmächtig und klein neben Hermann, der eine abwartende Haltung einnahm, wie um zu hören, was nun geschehen solle. Mir fiel ein Bücherregal hinter den beiden ins Auge, da standen die Bücher in Reih und Glied, als harrten auch sie der Befehle des Chefs. Der fixierte mich mit seinen schmalen, undurchsichtigen Augen und sagte nichts.

»Ist der Toni hier?«, fragte schließlich Michael.

Hermann schnaufte vor Verwunderung. »Der Toni? Ja, gibt's denn den noch? Bei uns gewiss nicht – hahaha …« Er schien die Frage ungemein komisch zu finden.

Wolf zuckte nicht mit der Wimper. Sein kalter Blick ging mitten durch mich hindurch. »Wo der Toni ist, das müssen Sie doch besser wissen, Fräulein. Sie haben ja die Verantwortung übernommen. Auf Wiedersehen, Michael.«

Wir waren entlassen.

Ich weiß nicht, wie wir wieder auf die Straße kamen; ich erinnere mich nur an einen Moment der Verwunderung, als das Taxi noch unten stand und der Fahrer respektvoll die Tür offen hielt, während Michael mir mit seinem einen Arm hineinhalf. »Zurück zum Toni«, sagte er und nannte die Adresse. Er muss viel Geld bei sich haben, ging es mir durch den Sinn …

Tonis Zimmer stand unverändert und leer. Ich ließ mich auf die Couch fallen, Michael füllte die Gläser, und als er mir den Wein hinhielt, nahm ich einen Schluck. Eine Sanftheit kam über ihn, die ich noch nie an ihm bemerkt hatte.

»Danke«, sagte ich und gab das halbvolle Weinglas zurück.

Sein Gesicht leuchtete auf. Er setzte das Glas behutsam vor mich hin, als sei es wertvoll, dann saß er still neben mir, ohne es zu wagen, mich anzurühren. »Der Toni«, flüsterte er nach einer Weile, »der war doch mein bester Freund, bis –«

Ich zuckte zusammen. »War«, wiederholte ich. »War.«

»Bis er so von uns weg ist« , fuhr Michael fort.

Ein trockenes Schluchzen schüttelte mich, ich wusste weder ein noch aus. Meine Tasche fiel zu Boden, als ich mein Taschentuch nehmen wollte, und Michael kniete nieder, um sie aufzuheben. Kniend reichte er sie mir. Einen solchen Ausdruck von Demut wie in seinem einäugigen Gesicht hatte ich noch nie gesehen. Ich hielt mir das Tuch vor die Augen.

Irgendwann schlug wieder die Kuckucksuhr. Michael hatte Licht gemacht. Mein Kopf war schwer; er schien es zu erraten und schob mir ein Kissen unter, eines von unserer Aussteuer.

Lautlos weinte ich in mich hinein. Er fragte, ob er mir die Schuhe ausziehen dürfe, damit ich mich bequemer hinlegen könne – da setzte ich mich auf.

»Wie spät ist es?« Meine Augen brannten so, dass ich den Zeigern der Uhr nicht folgen konnte.

»Gegen zehn«, erwiderte Michael.

»Dann muss ich nach Hause«, sagte ich.

Er stand gehorsam auf. »Ich bring dich heim und komm dann wieder zurück und bleib die ganze Nacht hier«, erklärte er.

Die ganze Nacht, dachte ich, diese Nacht wird nie vorübergehen …

»Und wenn er heut Nacht nicht kommt«, fuhr Michael fort, »geh ich als Erstes in der Früh auf den Bauplatz. Da wird er sicher sein.«

»Und wenn er nicht da ist?«, schrie ich auf. Die Angst hielt mich an der Kehle. Es war nicht auszudenken!

»Dann muss er sich eine andere Arbeit suchen«, meinte Michael nachdenklich. »Vielleicht hat er schon was – und hat deshalb irgendwohin müssen! Dann kommt morgen Nachricht.«

Nachricht! Lag vielleicht eine Nachricht für mich in der Pension? Nun war ich plötzlich in Eile, aber Michael nahm kein Taxi mehr. Die Straßenbahn kroch die kurze Strecke dahin; das Haus Bauernfeind lag schon im Dunkel, als wir ankamen, doch war die Tür nur geschlossen, nicht verriegelt. Ich konnte niemanden mehr fragen, und kein Wort, kein Zettel war für mich hinterlassen. Mir war so elend, allein in meiner Dachkammer, dass mir sogar Michael fehlte. Angezogen, wie ich war, schluchzte ich mich in eine Art Halbschlaf, von Angstträumen weitergequält. Zweimal glaubte ich den Toni um Hilfe rufen zu hören und starrte hilflos, schreckgebannt in die Nacht.

Im Morgengrauen musste ich wirklich eingeschlafen sein, denn es war nach sieben, als ein Klopfen an der Tür mich weckte. Die Tante steckte den Kopf herein: Warum ich noch nicht auf sei? Das Haus mache sich nicht allein sauber – und übrigens sei mein Freund unten und wolle mich sprechen. Ich sprang auf, sah, dass ich noch ganz angezogen war, vergaß die ungekämmten Haare – der Toni ging um sechs zur Arbeit, das wusste ich …

Sekunden später stand ich vor Michael und wusste, dass alles umsonst war.

»Nicht zur Arbeit erschienen«, erklärte er. Neugierig stand Tante Lieschen hinter uns. »Darf ich eine dringende Bitte an Sie richten, gnädige Frau?«, wandte sich Michael so liebenswürdig an sie, dass ich sicher war, sie werde nicht widerstehen können.

»Aber gewiss doch – worum handelt es sich denn?«, wollte sie wissen.

»Darf ich Fräulein Irene heute ausnahmsweise um die Mittagszeit abholen?«, bat er. »Zu einem kurzen Besuch bei meinem besten Freund – er ist sehr krank und er wünscht es sich so.«

»Aber nur eine halbe Stunde«, entschied die Tante nach kurzem Zögern. Michael küsste ihr die Hand. Er habe sowieso in der Bank nicht länger frei, sagte er und verschwand mit tiefer Verbeugung.

Misstrauisch forschte die Tante, ob das der Freund sei, den ich in Michaels Abwesenheit gesehen hatte. »Dass du mir ja nicht einen gegen den anderen ausspielst«, warnte sie energisch. »Das tut nicht gut. Ich hätt mich auch an meinen Kriegsverletzten halten sollen. Der Michael ist solid, da weißt du, woran du bist.« Sie ging voraus in die Küche.

Durchs Küchenfenster sah man auf die Straße, die der Briefträger täglich entlangkam. Sobald ich ihn um die Ecke biegen sah, lief ich hinaus, ihm entgegen, kam aber gleich wieder und brachte der Tante den Stoß für sie und die Mieter. Für mich war nichts darunter.

»Was erwartest du denn?«, erkundigte sich die Tante, aber ich wusste es selbst nicht mehr. Das letzte Mal hatte ich in der Zeitung gelesen, was vorgefallen war. Saß der Toni wieder »im Loch«? Aber die anderen waren doch alle frei und schienen nichts zu wissen! Hatte er allein was angestellt? Das konnte ich mir nicht vorstellen. Auch Michael hatte es ihm nie zugetraut. »Der Toni tut doch nichts auf eigene Faust«, klang die höhnische Stimme des Krüppels in meinen Ohren.

Punkt zwölf kam er. Er war unterwegs noch einmal am Bauplatz vorbeigegangen: Der Werkführer war wütend, weil der Toni einfach weggeblieben war. »Aber wenn er zurückkommt, werden sie ihn doch wieder nehmen«, tröstete mich Michael.

Wenn er zurückkommt, dachte ich nur immer wieder, wenn er zurückkommt … Automatisch ging ich neben dem Einarmigen her. »Wohin willst du denn?«, fragte ich schließlich.

»Zur Polizei «, erwiderte er. »Ich glaube, wir sollten doch die Anzeige machen – auf alle Fälle.«

Ich zitterte von oben bis unten. »Es ist was passiert – was kann bloß passiert sein –«

»Aber geh«, beruhigte mich Michael, »es braucht doch nicht gleich wirklich was passiert zu sein. Aber auch das wüssten sie auf der Polizei.«

Ich ging verstört neben ihm weiter, bis er an einer Ecke stehen blieb. »Das dritte Haus rechts ist die Wachstube«, sagte er. »Ich wart besser hier.« Er hatte wohl Angst, sie könnten ihn erkennen und gleich dortbehalten, dachte ich mir, sagte es aber nicht. »Ich bin's gewohnt, Schmiere zu stehen«, grinste er.

Das Herz klopfte mir im Halse, aber ich ging in die Polizeistube hinein. Ich musste warten, bis eine Diebstahlsanzeige und die Geburt eines Kindes zu Protokoll gebracht waren, dann kam ich an die Reihe.

»Mein Bräutigam ist verschwunden«, meldete ich dem Uniformierten hinter dem Pult.

Es schien ihn höchlichst zu amüsieren. »Schon wieder 'ne verlassene Braut«, erklärte er seinem neugierig aufsehenden Kollegen.

»Wissen Sie, Fräulein«, meinte der gemütlich, »wenn wir alle durchgebrannten Bräutigämer fangen müssten, da hätten wir viel zu tun.«

Ich stand hilflos da. Der erste kam heraus und klopfte mir auf die Schulter. »Malheur passiert, was? Na, da kommen Sie eben in neun Monaten wieder Meldung machen.«

Ich begann von Tonis Vater zu stottern, von seinem Arbeitsplatz und davon, dass ihm etwas zugestoßen sein müsse. Schließlich bequemten sich die zwei zu einem Blick in ihre Akten, fanden aber nichts den Toni Betreffendes. Ich sollte abwarten, meinten sie, und gelegentlich wieder nachfragen, der sei halt mit einem anderen Fräulein oder so. »Nicht den Kopf hängen lassen«, ermunterte mich der eine noch. »Manchmal kommen die Brüder auch wieder.«

Der Fuchs ist aus der Ostzone nicht wiedergekommen, ging es mir durch den Sinn. Ich musste etwas davon gemurmelt haben, denn die Polizisten schüttelten die Köpfe: Mit der Ostzone stünden sie in keiner Verbindung.

Ich ging hinaus. An der Ecke stand Michael, unbeweglich, wie ich ihn verlassen hatte, obwohl ich mindestens eine Stunde auf der Wachstube gewesen war. Statt zu berichten, fragte ich sinnlos, ob Nachricht vom Fuchs gekommen sei.

»Ja, öfter. Dem geht's recht gut drüben.«

Irgendwie beruhigte mich das. »Hat der Toni auch von der Ostzone gesprochen?«

»Das nicht. Nur von der Fremdenlegion.«

Ich schlug mir an den Kopf. »Wenn ich einmal weg bin«, klang es mir plötzlich im Ohr, »dann bin ich in der Fremdenlegion.«

Michael versprach, mir die Adressen aller Meldestellen für die Fremdenlegion zu besorgen – aber jetzt müssten wir schleunigst zur Pension zurück. Es sei zwar auch für ihn in der Bank schon spät geworden, aber er käme jedenfalls mit mir, damit ich keine Unannehmlichkeiten hätte. Nur rasch jetzt, sagte er. Wir liefen den ganzen Weg.

Die Tante empfing uns in heller Wut. »So eine Rücksichtslosigkeit!«, schmetterte sie uns entgegen.

Michael zog den Hut und wartete, bis sie Atem holen musste. »Wir müssen sehr um Verzeihung bitten«, sagte er dann mit eiserner Ruhe, »aber unser Freund ist tot.«

Ich wusste: Das ist die Wahrheit … Ich fühlte, wie das Blut aus meinen Wangen schoss und mein Herz sich verkrampfte. Der Boden unter meinen Füßen gab nach, die Wände drehten sich wild um mich – ich suchte nach einem Halt, griff auf etwas Hartes, spürte einen Anprall und Schmerz und hörte ein Klirren. Wie in zwei Teile zerschnitten, fiel der Ring von meinem Finger, als ich mit dem Kopf auf den Boden schlug.

IX

Toni … Toni …, rief mein Herzschlag, und von weither antwortete eine Stimme: »Irene –« Ich schlug die Augen auf. Alles um mich war weiß: Die Wände, das Zimmer, das Bett – war ich hier nicht schon einmal gewesen? Ja, damals war ich auch gestorben … Ich hatte auch wieder dieselben Schmerzen im Bein, nur tat jetzt oben im Kopf auch etwas weh. Ich musste abgestürzt sein, über einen Fuß gestolpert – jetzt erinnerte ich mich – und dann streckten sich Arme nach mir; auch jetzt suchte jemand meinen wunden Kopf hochzuheben, jemand mit einer Nonnenhaube – es musste eine barmherzige Schwester sein. Und wieder hörte ich meinen Namen: »Irene, Irene …«

Eine Fratze hing über mir. Ich sah nur den grinsenden Mund und schrie auf: Das war wieder der Tod! Aber die Stimme fuhr unbeirrt fort: »Irene, kennst mich denn wirklich nicht? Ich bin doch der Michael …«

Es wurde dunkel, aber Stimmen drangen weiter zu mir: »Sie erkennt niemanden, auch ihre Tante nicht. Schwere Gehirnerschütterung.« Eine Spritze stach in meinen Arm, und wieder konnte ich mich nicht wehren, wie damals – wann war es bloß? Ich wurde müde, todmüde, und schlief ein.

Wie lange ich schlief, weiß ich nicht. Als ich wieder aufwachte, war die barmherzige Schwester um mich bemüht, sie gab mir zu trinken und ich konnte mühsam schlucken. Sie sagte, es gehe mir schon viel besser. Ich sei im Spital, mit einer kleinen Gehirnerschütterung.

Ich konnte mich erst gar nicht erinnern, wie ich dazu gekommen sein mochte, aber als ich mich am Arm der Schwester anhalten wollte, sah ich, dass der Ring nicht mehr an meinem Finger war – Tonis Ring.

Der Name Toni war der Schwester unbekannt. Meine Tante habe mehrmals nachgefragt und ein anderer junger Mann sei täglich gekommen, erzählte sie und zeigte mir eine Vase mit roten Rosen, die er gebracht hatte. Die Blumen waren schön, aber sie freuten mich nicht. Der junge Mann sei ein Kriegsverletzter, schloss die Schwester, und werde sicher bald hier sein – er komme jeden Tag nach Schluss der Geschäftszeit, und es war schon fünf Uhr vorbei.

Die Besuchsstunde am Nachmittag lag so, dass die Männer nach der Arbeit kommen und eine Stunde bleiben konnten. Ich bemerkte jetzt erst, dass ich keineswegs allein in einem kleinen Raum lag, sondern in einem großen Saal und nur durch Wandschirme von anderen Kranken getrennt; ich konnte aber keine davon sehen, hörte nur ab und zu ein Stöhnen oder einen Ruf nach der Schwester, die es verstand, lautlos um die Wandschirme herum von Bett zu Bett zu gleiten.

Mein Wandschirm nahm mir auch die Aussicht auf die Saaltüren, aber ich sah nun verschiedene Männer kommen, die sich nacheinander an den fremden Betten – wie meinem – vorbeidrückten, um zu den richtigen zu gelangen. Sie trugen die Hüte in der Hand und manche ein Blumensträußchen dazu, und alle waren verlegen und bemühten sich, so leise wie möglich zu sein.

Vor mir blieb eine schiefe Gestalt zurück, die weder Hut noch Blumen trug. Der rechte Ärmel hing leer herunter, und die schwarze Augenbinde war mir vertraut. »Michael«, sagte ich.

Die Gestalt sank vornüber, wie von dem Namen erdrückt. Die Hand suchte nach einer von meinen und zum ersten Mal fand Michael nicht gleich die passende Redewendung. Seine Lippen bewegten sich tonlos, als schlucke er meinen Namen in sich hinein, und dann kam heraus: »Du – du kennst mich ja wieder …«

Ich wollte eine abwehrende Bewegung machen, aber sie schien

mir missglückt zu sein, denn er nahm sie als Aufforderung, sich auf den kleinen Stuhl am Fußende des Bettes niederzulassen, den die Schwester vorher benutzt hatte. Nun war er wohl für den Besucher bestimmt. Es durfte immer nur einer zu einem herein, waren mehrere gekommen, so mussten sie einander ablösen.

Geduckt saß Michael zu meinen Füßen, als warte er auf mein Geheiß.

»Hast du vom Toni gehört?«, fragte ich.

Er suchte nach dem rechten Wort. »Noch nicht direkt«, meinte er entschuldigend, »aber ich hab die Adressen von allen Meldestellen der Fremdenlegion für dich beisammen, wenn du hinschreiben willst. Oder soll ich –«

Ich schüttelte den Kopf. Das hatte doch alles keinen Sinn … »Warst du auf der Polizei?«

»Ich nicht«, antwortete er rasch, »aber Tonis Vater. Der wird auf dem Laufenden gehalten. Sie suchen auch weiter.«

Ich atmete schwer.

»Sie werden ihn finden«, versicherte Michael und wiederholte, wie um mir damit das Leben wiederzugeben: »Wir werden ihn finden –«

Wie ein Blitz kamen mir seine Worte ins Gedächtnis – die letzten Worte, die mich umgeworfen hatten. Ich schnellte vor: »Du hast doch gesagt, dass er tot ist!«

Er schüttelte hastig den Kopf. »Doch nicht der Toni«, flüsterte er beschwörend. »Das war doch eine dumme Ausrede wegen des kranken Freundes, den wir für deine Tante erfunden haben. Den gibt's doch gar nicht!«

Ich starrte durch ihn hindurch wie durch eine Glaswand. »Du hast es gesagt«, keuchte ich. »Du – du weißt, dass er tot ist …«

Er hob abwehrend die Hände gegen mich, dann schlug er sie vors Gesicht, als könne er meinen Blick nicht länger ertragen. Er schien zu frösteln und senkte den Kopf auf den Bettrand. »Verzeih mir doch, Irene – verzeih mir –«

Die weiße Haube der Schwester kam zwischen uns. Sie legte den Finger auf den Mund: »Pst, nicht aufregen, bitte.«

Michael stand stramm, so stramm er konnte mit seinem einen Arm an der Hosennaht. Sein Mund zuckte. »Pardon«, sagte er, »nur noch eine Frage, Irene: Wie kann ich mein dummes Gerede wieder gutmachen?«

Mein Kopf tat weh, aber meine Gedanken waren klar. »Zeig mir's«, erwiderte ich. »Zeig mir, dass es nichts war als dummes Gerede.«

Er nickte. »Ich werde ihn finden«, versprach er und griff nach dem Zettel mit den Adressen der Fremdenlegion.

»Lass das hier«, sagte ich.

Er gab mir das Blatt.

»Und jetzt lass mich allein.«

»Darf ich wiederkommen?«

»Wenn du was über den Toni weißt«, gab ich zurück. Er hielt mir die Hand hin, aber ich nahm sie nicht; sie fiel ins Leere. Dann ging er.

»Einen Schluck Wasser«, bat ich die Schwester. Meine Lippen brannten, ich trank gierig. »Jetzt erinnere ich mich an alles«, sagte ich.

»Also war der Besuch doch gut für Sie«, meinte sie freundlich lächelnd und stellte das Glas auf den Nachttisch zurück. »War das Ihr Bräutigam?«

»Der Krüppel? O nein. Mein Bräutigam –« Ich stockte. »Mein Bräutigam ist verschwunden.«

Die Schwester nickte, als verstehe sie nun manches, und ich hatte plötzlich den Wunsch, sie zu beeindrucken. »Er ist wahrscheinlich zur Fremdenlegion«, erklärte ich und griff nach der Liste. »Darf ich schreiben?«

Wieder nickte die Schwester wohlwollend. »An Ihren Bräutigam? Das kann nur guttun. Aber heute haben wir schon genug Aufregung gehabt. Morgen bring ich Ihnen Schreibzeug, wenn es der Herr Stationsarzt erlaubt.«

Der junge Stationsarzt kam am nächsten Morgen. Er schien in Eile und sah hastig auf die Tabelle, die unten an meinem Bett hing, während die Schwester ihm knapp Bericht erstattete. »Seit gestern abend bei Bewusstsein, hat klar mit einem Besucher gesprochen und will Briefe schreiben –«

»Tadellos«, sagte der Doktor. »Und die Flecken am Bein?« Er sah von der Tabelle auf mich. »Tut's weh da unten?«

»Nicht schlimm«, gab ich vorsichtig zur Antwort.

Er nickte. »Wohl mal erfroren oder verschüttet gewesen, Leute in der Heimat haben ja auch allerhand mitgemacht. Tadellos. Nur ruhighalten, Schwester – und so weiter.«

Ich warf der Schwester einen flehenden Blick zu, und sie fragte rasch: »Darf sie Briefe schreiben, Herr Doktor?«

»Wenn sie aufstehen kann«, erwiderte er und entschwand.

Also wollte ich aufstehen. Es ging nur langsam, Zug um Zug, auch erschreckte es mich einigermaßen, als ich, statt dass meine Füße zu Boden strebten, den Eindruck hatte, der Boden strebe herauf. Auf die Schwester gestützt, stand ich schließlich einen Augenblick neben dem Stuhl, um dann darauf niederzusinken. Bei alledem war ich ängstlich darauf bedacht, hinter meinem Wandschirm zu bleiben. Ich wollte die anderen nicht sehen …

Am Nachmittag wiederholte ich die Prozedur des Aufstehens, und die Schwester brachte mir das versprochene Schreibzeug, doch stellte es sich heraus, dass das Schreiben im Bett leichter ging. Es lenkte mich so ab, dass ich sogar den Druck im Kopf vergaß, ich dachte nur mehr an meine Briefe an die verschiedenen Meldestellen der Fremdenlegion.

Es fiel mir kaum auf, dass tagelang kein Besuch für mich kam.

Erst als ich die Schwester bitten wollte, die Briefe aufzugeben, kam mir zum Bewusstsein, dass ich ohne einen Pfennig Geld hier lag. Ich musste warten, bis jemand wieder den Weg zu mir fände, den ich um Beförderung der Briefe bitten konnte, doch Tante Lieschen hatte wohl andere Sorgen, und Michael hatte ich selbst ja verboten, ohne Nachricht von Toni wieder zu erscheinen. Es war grässlich – immer brauchte ich Michael!

Die Schwester versicherte täglich, es gehe mir besser. Der Stationsarzt, in Gedanken anscheinend immer noch im Feldlazarett, war vor allem bestrebt, sich nicht zu lang bei einzelnen Patienten aufzuhalten; er lief immer wie hinter einem unhörbaren Befehl drein. Mir war das recht, denn ich wollte lieber nicht näher über die Flecken an meinem Bein befragt werden und ließ ihn gerne dabei, dass ich einmal erfroren oder verschüttet gewesen war. Mit großem Stolz spritzte er mir neue Wundermittel ein – nicht ohne jedes Mal die Rücksichtslosigkeit der Amerikaner zu erwähnen, die diese Mittel erfunden hatten und jetzt der deutschen Bevölkerung kaum etwas abgäben … Was mich betraf, so fürchtete ich mich vor allen Spritzen, aber ich nahm mich zusammen. Und wie gesagt, es ging mir besser.

Täglich wurde im Krankensaal Post verteilt. Auch Zeitungen waren darunter. Eines Morgens sah ich, wie die Schwester hinter dem Wandschirm meiner Nachbarin eine Zeitung aufs Bett legte, und ich musste plötzlich daran denken, wie ich Tonis Namen schon einmal in der Zeitung gefunden hatte. Ich beschloss gerade, die Frau im Nachbarbett später um das Blatt zu bitten, da reichte mir die Schwester zu meiner größten Verwunderung einen Brief.

Ich erkannte Michaels Gekritzel. Aus dem Kuvert fielen mir erst einmal Briefmarken entgegen – Michael dachte auch an alles! Er schrieb, er glaube, dem Toni auf der Spur zu sein, ihre Verfolgung führe ihn ein paar Tage aus der Stadt hinaus, aber nach seiner Rückkehr werde er sich sofort melden und mir berichten. Die Marken seien für meine Briefe an die Fremdenlegion. Alle guten Wünsche – »immer dein Michael«.

Ich war fast gerührt. Die Schwester versprach, meine Briefe sofort aufgeben zu wollen. Sie half mir beim Aufstehen, und ich hinkte um den Wandschirm herum ans Bett der Nachbarin mit der Zeitung. Es war eine ausgemergelte alte Frau; die Zeitung lag auf ihrer Bettdecke. Sie hielt die Augen geschlossen und schien zu schlafen. Ich wagte nicht, sie zu wecken, und setzte mich geduldig wartend neben sie.

Von meinem Platz aus konnte ich die fettgedruckte Überschrift lesen: »In die Ostzone verschleppt.« Das und Michaels Brief – ich war gewiss, es ging um Toni. Nach einer Weile konnte ich mich nicht mehr beherrschen und beugte mich über die Frau. »Entschuldigen Sie …«

Sie hörte nicht. Die Zeitung vor ihr war so gefaltet, dass ich nicht mehr entziffern konnte. »Entschuldigen Sie«, murmelte ich noch einmal und griff danach – da fiel das Blatt zu Boden. Bücken konnte ich mich noch nicht.

Ratlos rief ich nach der Schwester. Die Alte im Bett wachte nicht auf. Als die Schwester kam, deutete ich auf die Zeitung; sie aber schaute auf die Frau. Sie schlug ein Kreuz über ihrer Brust, nahm mich am Arm und führte mich zu meinem Bett zurück, legte mich nieder und schob den Wandschirm zurecht. Er verdeckte die Zeitung auf dem Boden.

Auch die Schwester verschwand, kam aber alsbald mit zwei weiß uniformierten Krankenpflegern zurück, die eine Bahre schoben. Es fiel kaum ein Wort nebenan, nur das Bett quietschte ein wenig, dann schoben die Männer die Bahre wieder an mir vorbei. Mit einem Laken zugedeckt, lag die alte Frau darauf. Der eine Pfleger hielt die Zeitung unter dem Arm und der Fettdruck starrte mir entgegen: »In die Ostzone verschleppt …«

»Kann ich bitte die Zeitung haben?«, fragte ich.

Die Schwester reichte sie mir und nickte mir zu, dann folgte sie der Bahre.

Die Zeitung in der Hand, sah ich ihr nach. Um Gottes willen – die Frau musste tot gewesen sein! Ich hielt die Zeitung krampfhaft fest, damit sie nicht wieder hinunterfiel; umblättern konnte ich sie noch nicht. Ich war wie gelähmt. So lag ich, bis das Bett umgeräumt war und eine andere Bahre hereingeschoben wurde, auf der ein blasses Gesicht aus den Laken sah. Die Bettfedern hinter dem Wandschirm quietschten nochmals. Eine neue Patientin …

Wenn ich bloß bald hier herauskam, dachte ich und richtete mich etwas auf, um lesen zu können. »In die Ostzone verschleppt« – da war es. Es handelte sich um eine politische Persönlichkeit, die wohl ein doppeltes Spiel getrieben haben mochte, dem Bericht nach. Er interessierte mich nicht. Er betraf nicht den Toni.

Mechanisch blätterte ich weiter. Es standen immer Verlustanzeigen in der Zeitung, vielleicht hatte der Vater eine aufgegeben? Auf einer Innenseite stockte ich plötzlich, als könne ich meinen Augen nicht trauen, aber die Überschrift blieb unverrückt stehen: ÜBERFALL AUF PENSION BAUERNFEIND …

Immer, immer hatte Onkel Hugo sich davor gefürchtet! Immer war er besorgt gewesen, ob die Tür auch fest verriegelt sei – manchmal hatte die Tante dann für mich offen gelassen, aber nun war ein Einbruch verübt worden, gerade als ich nicht dabei war. Wenn nur keinem etwas passiert ist, dachte ich entsetzt, wenn nur niemand umgekommen ist! Und ich las:

Genau um 20 Uhr dreißig klingelte es am vergangenen Sonntagabend in der kleinen Pension Bauernfeind. Der Inhaber öffnete selbst …

Also einfach geklingelt hatten sie – einfach geklingelt!

Draußen standen zwei maskierte Männer und hielten ihm Pistolen vor die Brust. Als er nicht Miene machte, die Tür freizugeben, fasste ihn einer der Banditen an der Brust und warf ihn zurück. Einer hielt ihn mit der Pistole in Schach, der zweite durchschnitt das Telefonkabel, erwischte dabei auch die Lichtleitung und schlagartig lag das Haus im Dunkel. Frau Bauernfeind stürzte mit einer Kerze herbei; da feuerte der erste Bandit vor ihr einen Schuss ins Leere. »Halt«, schrie er, »wir sind keine Mörder, wir brauchen nur Geld.« Und er befahl Herrn Bauernfeind, sich mit erhobenen Händen gegen die Wand zu drehen. »Hilfe, Hilfe«, kreischte Frau Bauernfeind, »sie erschießen meinen Mann!« Da schlug ihr der zweite die Kerze aus der Hand, trat darauf und hielt ihr den Mund zu. In diesem Augenblick drangen zwei weitere vermummte Gestalten durch die Tür, und obwohl es dunkel war, fanden sie ohne zu zögern den Weg in den ersten Stock. Kindergekreisch ertönte. Doch liegt die Pension so weit abseits, dass kein Nachbar es hörte. Es waren Ilse und Friedel, acht und drei Jahre alt, die Kinder einer Kriegerwitwe, die lange schon in der Pension wohnt. Schreckgelähmt erzählten sie später von dem »schwarzen Mann«, der vor ihnen in der Tür stand. »Schlaft ihr noch nicht?«, fragte er. »Dann rührt euch nicht.« Erstarrt sahen sie ihn im Zimmer herumsuchen, dann schloss er sie ein mit »Gute Nacht«.

Nebenan wurde indessen ihre Mutter geknebelt, bevor sie einen Schrei ausstoßen konnte. Ein Kriegsinvalide aus demselben Stock, der zitternd zu Hilfe kommen wollte, wurde mit der Faust niedergeschlagen. Es war sonst kein Mann im Haus. Mit vorgehaltenem Revolver wurde Herr Bauernfeind gezwungen, den Räubern die Kasse auszuhändigen. Da ihnen der Inhalt von 320 Mark zu wenig erschien, setzten sie ihm ein langes Küchenmesser an den Hals und forderten noch mehr Geld.

»Ich bin sonst ein nervöser Mensch«, erzählte er später, »aber in dieser ungeheuren Gefahr war ich die Ruhe selbst. Die Banditen waren ihrerseits sehr aufgeregt: Sie wirkten jung, beinahe noch Kinder – Anfänger, ging es mir durch den Sinn, Anfänger. Ich rührte mich nicht. ›Nicht schießen‹, flehte meine Frau, ›nicht schießen!‹ Dann fiel sie ohnmächtig um.«

Indessen ging oben die Ausplünderung der Gästezimmer weiter. Der Kriegsinvalide, der gefesselt und geknebelt worden war, konnte ein ständiges Zittern auch später nicht lassen …

Nein, ging es mir durch den Sinn, das kann er nie lassen … Ich las weiter:

»Ich hatte im Kriege viele schreckliche Erlebnisse«, berichtete er später, »aber dieser Überfall übertraf alles. Ich sah die arme Frau Müller mit der Pistole bedroht – ich hatte ständig das Gefühl, die Kerle würden doch auf sie schießen, denn Frau Müller besaß nichts, gar nichts. Ich sehe immer noch ihre verzweifelten Augen auf mich gerichtet, wie auch sie gefesselt und geknebelt wurde. Ich war so hilflos wie noch nie.«

Es war ein Glück, dass sich danach in der Pension doch noch eine größere Summe fand …

Wer, wer konnte bei uns so reich gewesen sein? Ich verschlang den Rest des Berichts.

Im Zimmer einer amerikanischen Filmschauspielerin, die auf der Durchreise im Haus Bauernfeind abgestiegen war, konnten die Räuber 2000 Mark in bar und Schmuck im Werte von über 6000 Mark an sich nehmen. Das war kurz vor neun Uhr – nun schienen sie mit ihrer Beute zufrieden. Bevor sie abzogen, zwangen sie alle Hausbewohner mit vorgehaltenen Revolvern in den Weinkeller hinunter, wenn einer sich rühren wollte, schossen sie in die Luft. Auch die Kinder schleppten sie dazu. Dann sperrten sie den Keller ab und nahmen die Schlüssel mit.

Dem Pensionsinhaber gelang es nach verzweifelten Versuchen, seine Hände zu befreien und das Kellerfenster einzuschlagen. Er verletzte sich dabei, doch kletterte er blutüberströmt ins Freie, erreichte das Nachbarhaus und verständigte die Polizei.

Wenige Minuten später traf ein Funk-Streifenwagen in der Pension Bauernfeind ein, aber die Banditen waren mit einer Ausbeute im Werte von 8000 Mark verschwunden. Noch fehlt der Polizei jede Spur.

Ich las und las immer wieder. Toni war verschwunden, die Banditen waren verschwunden; mein Heim, oder was ich so nannte, war ausgeraubt. Wo sollte ich hin? An wen mich halten?

Ich merkte erst später, dass mir immerzu die Tränen über die Wangen liefen. Ich war außerstande, einen klaren Gedanken zu fassen, ich wusste weder ein noch aus.

Ein Fremder stand neben mir und fragte nach meiner früheren Bettnachbarin. Ich brachte keinen Ton heraus. »Die ist heute früh selig entschlafen«, antwortete die Stimme der Barmherzigen Schwester.

Der Mann stammelte etwas, und die Schwester führte ihn hinaus.

Wäre lieber ich gestorben, dachte ich, dann wäre alles vorbei, und keiner hätte sich aufgeregt! Ich würde keinem mehr fehlen. Toni war fort und Onkel und Tante hatten andere Sorgen …

Wieso stand jemand vor mir? Das musste ein Irrtum sein. Ich hatte keinen und wollte auch keinen mehr. Die Zeitung lag vor mir, ich hob sie abwehrend hoch. »Ich bring dir eine gute Nachricht«, sagte Michaels Stimme. »Wir wissen jetzt wirklich, wo der Toni ist.«

Ich ließ das Blatt sinken. Der Kerl grinste mich an. Das Blut sauste in meinen Ohren, und ich verstand kaum, was er weiter erzählte: Der Toni halte sich in der Ostzone versteckt, aber der Fuchs sei ihm einmal begegnet. »Wir werden ihn bald ausfindig machen«, sagte Michael.

Mein Herz blieb kalt. Er lügt, wusste ich – er lügt mit jedem Wort. Ich schüttelte den Kopf und reichte ihm die Zeitung.

Er las und fasste sich an den Kopf, als könne er nicht glauben, was da stand. »So was«, zischte er. »Da hätt ich aufpassen sollen!«

»Was hast denn du damit zu tun?«, stieß ich hervor.

Er saß ruhig vor mir, die Beine übergeschlagen, etwas vorgeneigt, wie um mit seinem einen Auge die unausgesprochenen Worte von meinen Lippen zu lesen. Er war tadellos rasiert, hielt den Hut in der Hand und trug eine rote Krawatte. Ich hasste ihn.

»Der Toni hält sich versteckt«, wiederholte er scheinbar zusammenhanglos. »Ich hätte wohl woanders suchen sollen …« Er drehte den Hut in der Hand, wie einst meinen Stock, und mir drehte sich alles vor den Augen.

»Der Fuchs will ihn doch gesehen haben«, stammelte ich verwirrt.

Er lachte auf. »Ja, ja – die sind schon beisammen.«

Ich verstand nichts mehr. Ich wollte nur fort, fort von dem da, fort von hier – wohin nur?

Als hätte ich es ausgesprochen, beugte Michael sich über mich. »Ich will mit dem Doktor reden«, versprach er, »wann ich dich herausholen kann.«

Er – immer er, dachte ich und schüttelte den Kopf.

»Ich geh jetzt zu deinen Leuten«, fuhr er unbeirrt fort, »und werde sehen, wie ich helfen kann. Ich werde bei meiner Bank ein

Darlehen aufnehmen. Bei meinem guten Ruf kann ich mir das leisten«, fügte er stolz hinzu.

»Misch dich nicht ein!«, rief ich.

Er stand auf. »Dann hast du also auch vom Toni genug?«, fragte er freundlich. »Das ist gut. Besonders nach dem, was vorgefallen ist.«

»Was soll das heißen?«, schrie ich ihn an. »Was hat der Toni damit zu tun?«

Er zuckte die Achseln.

»Lügner«, schrie ich, »Lügner! Geh, komm mir nicht mehr unter die Augen …«

Er drehte sich langsam in der Richtung der Saaltür und dann noch einmal zurück. Er hatte seinen Hut auf meiner Bettdecke liegen gelassen und hob ihn nun auf. Darunter lag ein Päckchen. »Ein Andenken«, sagte Michael, verbeugte sich und verschwand.

Ich riss die Umschnürung auf – und hielt den Ring in der Hand, Tonis Ring. Ob meinen oder seinen, wusste ich nicht. Ein krampfhaftes Schluchzen schüttelte mich von oben bis unten.

Eine weiße Haube beugte sich über mein Bett. »Nur nicht aufregen«, mahnte die Schwester. »Wir wollen Sie doch bald entlassen, Kind. Da müssen Sie sich aber schon erst brav zusammennehmen.«

Wie macht man das bloß?, dachte ich und versprach, mich zusammenzunehmen.

X

Sich zusammennehmen, fand ich bald heraus, heißt sich verstellen. Darin hatte ich ohnedies Übung. Freilich gehört auch Kraft dazu, und die besaß ich nicht immer. Ich wäre gewiss nicht so rasch entlassen worden, hätte man nicht jeden Bettplatz so dringend gebraucht. Das war meine Chance.

Michael hatte ich nicht wiedergesehen, seit er mir das »Andenken« gebracht hatte. Den Ring erkannte ich als meinen eigenen, und zwar daran, dass er in der Mitte gelötet war – ich erinnerte mich jetzt genau: Er war zersprungen, als ich umfiel und mir die Gehirnerschütterung zuzog, derentwegen ich im Spital lag. Michael hatte ihn also für mich reparieren lassen. Das war eigentlich nett von ihm und konnte gewiss nicht schaden. Wie ein Hoffnungsschimmer war der silberne Ring …

Als ich endlich entlassen wurde, holte die Tante mich ab, nicht Michael. Sie sprach aber nur von ihm und strahlte dabei über ihr ganzes, ein wenig abgemagertes Gesicht.

»Dieser rührende Invalide – ich meine, Frontkämpfer«, verbesserte sie sich, »was wäre ohne ihn aus uns geworden?« Er hatte für die Bauernfeinds ein Darlehen von seiner Bank aufgenommen, wo er die große Vertrauensstellung besaß, und sie mussten nicht einmal die Zinsen in bar bezahlen, sondern Michael zog sie von seiner Miete ab. Er war nämlich in die Pension gezogen – jawohl, und für einen hohen, anständigen Preis, versicherte die Tante.

Ich musste mich noch einmal hinsetzen. Michael im Haus – das war das Ende!

Tante Lieschen redete ohne Unterlass, immer auf demselben hohen Ton, der mir wie ein Messer durchs Hirn schnitt. Michael wohnte nicht nur da, er war auch ein ganz unbezahlbarer Schutz, denn er besaß ja einen behördlichen Waffenschein und einen Revolver, um notfalls die Geldsäcke in seiner Bank verteidigen zu können. Er war der ordentlichste Mensch ihrer Bekanntschaft, schwor die Tante.

»Mir ist nicht gut«, sagte ich. »Kann ich nicht noch ein paar Tage hierbleiben?«

Mein Bett war schon abgezogen. Eben brachte die Schwester die Leintücher für meine Nachfolgerin. Es war hoffnungslos. Ich musste fort. Tante Lieschen half mir in meinen fadenscheinigen Mantel. Sie trug meinen Koffer, der nichts als mein Nachtzeug enthielt – tagsüber hatte ich ja Spitalkittel getragen –, und sie stützte mich beim Hinausgehen. Ich warf einen Blick auf mein Bett, das neuer Inanspruchnahme entgegensah, und ging.

An der Straßenbahnhaltestelle wurde indessen auch aufgebaut. Ich konnte mich auf einen Stein setzen, während wir warteten. Es war eine doppelte Erleichterung, für meine Füße und für meine Ohren, denn es unterbrach auch Tante Lieschens Redeschwall. Als der Wagen schließlich herbeiratterte, fanden wir zwei Sitze frei, doch nicht nebeneinander. Auch das war mir angenehm. Ich lehnte mich zurück und schloss die Augen.

Die Tante weckte mich auf, als wir aussteigen mussten – an der Endstation, wo mich Michael so oft erwartet hatte und manchmal auch Toni. Die Ecke war leer. Die Straßenbahn klingelte und fuhr ohne uns zurück. Ich schaute ihr nach, wie sie um die Kurve verschwand. »Komm«, sagte die Tante.

Ich folgte ihr. Der Vorgarten unserer Pension war von einem neuen Stacheldrahtzaun umgeben. »Besser als gar nichts«, sagte die Tante und fügte hinzu, dass es Stacheldraht nun billig zu kaufen gäbe, weil noch so viel übrig sei »von früher«, wie sie es ausdrückte.

Ich erinnerte mich an den Stacheldraht von früher. Er war jahrelang das Ende meiner Welt gewesen. Damals hielt er uns im Lager gefangen – und jetzt hielt er die Einbrecher aus dem Haus, vielleicht war der Stacheldraht selber gar nichts so Schlimmes. Ich ließ mir jedenfalls nichts anmerken und ging weiter. Aber da erschrak ich erst wirklich.

Vor der Haustür saß ein großer Hund. Er saß ganz still, wie leblos, und knurrte leise. Mich überlief es eiskalt. Genau solche Hunde hatte es im Lager gegeben, sie waren meist vor dem SS-Dienstraum angekoppelt und dienten zum Einfangen von Flüchtlingen. Einmal mussten wir alle zusehen, wie ein Mann, den die Hunde im Sumpf aufgespürt hatten, zurückgebracht wurde …

»Das ist Ali«, sagte die Tante stolz. »So ein Wolfshund ist ein großartiger Wächter.«

Erst als der Hund sich zu voller Größe erhob, sah ich, dass er angekettet war. Vielleicht konnte ich mich vorbeischleichen –

»Nachts läuft er frei«, erklärte die Tante. »Manchmal auch tagsüber, damit er keinen hereinlässt. Wir haben ihn heute nur deinetwegen angebunden, weil er dich noch nicht kennt.«

Ich zitterte immer noch am ganzen Leibe, obwohl ich mich angestrengt zu beherrschen suchte. Ein Wolfshund, ging es mir durch den Sinn. Er sah auch wie ein Wolf aus mit seinem grauen Fell und den schrägen Augen, die mich abwartend musterten.

»Er war sehr teuer«, sagte Tante Lieschen, »aber wir haben ihn auch bitter nötig. Weißt du, dass seit der Schreckensnacht hier in der Gegend ein Einbruch nach dem anderen war? Und die Polizei findet ja nichts.«

Der Hund kam auf uns zu, soweit die Kette es ihm gestattete. Ich wich zurück. »Ali, das ist Irene«, sagte die Tante.

Er schaute mich an, als verstünde er. Seine Nasenspitze war feucht und glänzend und bebte ein wenig in meiner Richtung, zugleich begann der buschige Schwanz sich leise hin und her zu bewegen. Und auf einmal sah ich mich selbst als kleines Kind, lang bevor ich den Bluthunden im Lager begegnet war – ich war mit Mama und einem ähnlich großen Hund, vor dem ich Angst hatte, und Mama streichelte ihn und mich und zeigte mir, wie er mich schnuppernd und wedelnd begrüßte. »Guter Hund«, sagte Mama, »guter Hund«, und sie schärfte mir ein: »Kein Hund ist so böse wie die Menschen …«

Ich zwang mich, einen Schritt auf Ali zu zu machen. »Guter Hund«, murmelte ich, »guter Hund –«

Der Wolfshund spitzte die Ohren, legte den Kopf schräg, setzte sich und hob die rechte Vorderpfote.

»Pfötchen – er gibt Pfötchen!«, rief Tante Liese entzückt.

Das Pfötchen war eine kräftige Tatze, aber ich griff danach, ohne zu überlegen. Sie lag so leicht in meiner Hand, als bemühe sich der Hund, mich nicht zu drücken, und er hielt sie noch hoch, als ich sie schon wieder losgelassen hatte. Ich stand und starrte ihn an. Wie schön er war!

»Fürchtest du dich noch, Irene?«, wollte die Tante wissen.

»Vor ihm?«, fragte ich verwundert. »Wieso denn?«

Ali hielt den Kopf schräg und lauschte. Während die Tante die Haustür aufschloss und voranging, schaute ich mich noch einmal nach ihm um und fand, dass er auch mir nachsah. Unsere Blicke trafen sich, aber er wandte den seinen sofort ab und schleckte gedankenvoll an seiner Pfote. Ich ging ins Haus.

»Wir haben viel mitgemacht, seit du weg warst«, begrüßte mich drinnen der Onkel. Er hätte mir gleich alles noch einmal erzählt, wenn ich nicht gebeten hätte, erst auf mein Zimmer gehen zu dürfen.

»Ja, da wirst du ja auch dein blaues Wunder erleben«, verkündete Tante Lieschen vergnügt. – Ich sah sie fragend an.

»Ein rührender Mensch«, wiederholte sie – und ich wusste schon, dass das nur Michael sein konnte. Bevor er einzog, hatte er ihr ganz offen gesagt, wie viel er von seinem schönen Gehalt für Miete ausgeben könnte. Es entsprach genau dem Preis des vorderen Eckzimmers, des besten im Haus, wo die amerikanische Filmschauspielerin gewohnt hatte, die nach dem Einbruch leider sofort ausgezogen war. Nun aber kam die Überraschung: Michael wollte das Zimmer der Amerikanerin gar nicht! Die Aussicht sagte ihm nicht zu. Welches er partout wollte – und wofür er ebenso viel zahlte wie für das vordere Eckzimmer – würde ich nie erraten, meinte die Tante.

Ich ahnte es zwar, sagte aber, ich sei ich Raten immer schlecht gewesen.

»Deine Dachkammer«, triumphierte sie. »Ist er nicht ein Engel?« Das vordere Eckzimmer blieb so für Durchreisende zur Verfügung, die die wohnungsamtlich festgesetzte Miete plus Touristenaufschlag zahlten, und für mich war das Kämmerchen neben dem Zimmer der Kriegerwitwe frei, worin ihre Kinder geschlafen hatten. Sie schliefen nun – zum gleichen Preis – bei ihr, weil sie in der Kammer allnächtlich schreiend aufgewacht waren: Der »schwarze Mann« sei wieder da …

Ich hatte keine Lust mehr, auf mein Zimmer zu gehen. »Soll ich in der Küche helfen?«, fragte ich.

Die Tante strahlte. Das sei unnötig. »Gnädige Frau«, hatte Michael ihr kürzlich auseinandergesetzt, »ich kann das nicht mehr mit ansehen, wie Sie sich abrackern. Und wenn Irene aus dem Spital kommt, wird sie ja auch nicht voll arbeitsfähig sein.« Seitdem gab es eine Hausgehilfin im Haus Bauernfeind, eine ältliche Frau, deren Mann in Russland verschollen war und die Anna hieß. Auch an ihr war, nach Tante Lieschens Ausdruck zu schließen, Michael zumindest beteiligt.

Ich ging also doch auf mein Zimmer. »Du weißt – zweite Tür oben links«, sagte die Tante, als ich mein Köfferchen aufhob.

»Danke, ich weiß«, sagte ich.

Das Kämmerchen war ordentlich gehalten, das eiserne Bett sauber zugedeckt, der Krug im Waschbecken mit Wasser gefüllt. Ein frisches Handtuch lag daneben und weiße Vorhänge hingen vor dem Fenster. Die Verbindungstür zum Zimmer der Witwe, früher immer offen, war verriegelt. Auf dem kleinen Tisch stand eine Vase mit Blumen. Ein Brief darunter war in Michaels linkischer Schrift adressiert: »Für Irene.«

Die Blumen ließen die Köpfe hängen. Tante Lieschen hatte nicht daran gedacht, sie mit Wasser zu versorgen. Als ich es nachholte, bemerkte ich, dass die Vase gesprungen war und kein Wasser hielt. Arme Blumen! Ich steckte sie in den Krug im Waschbecken und stellte die Vase auf die Kommode. Die Schubfächer waren sauber ausgeräumt, und in einem lag ein Rock und sonst einiges von mir; ich erkannte die Kleidungsstücke, die ich am Tag meines Unfalls zum Waschen vorbereitet hatte.

Ich öffnete die Schranktür. Da hing ein etwas verschossenes Kleid der Kriegerwitwe auf einem einsamen Haken. Es war ihr wohl zu eng geworden. Immerhin, ein Gruß … Dabei fiel mir ein, dass ich Michaels Brief nicht aufgemacht hatte. Ich war nicht sehr neugierig, ich wollte doch nichts mehr von ihm wissen, besonders da er Tante Lieschens Herz erobert hatte. Er würde abends noch früh genug aus der Bank kommen, dachte ich und öffnete den Brief.

Aus dem Umschlag fiel mir nur ein ausgefranster Zeitungsausschnitt entgegen. Ich drehte ihn um; es war der Abdruck von Tonis Pfadfinderausweis mit seinem Bild und den fettgedruckten Worten: »Missbrauchte Pfadfinderideale.«

Wo sind wohl die anderen Sachen aus meinem Zimmer hingekommen?, ging es mir durch den Sinn – wie einem ja oft die unwichtigsten Dinge zuerst einfallen. Dann begriff ich, dass Michael wieder an alles gedacht hatte. Natürlich hatte er das Bild gefunden und für mich aufbewahrt, damit es nicht den Bauernfeinds in die Hände fiel …

Michael, Michael, Michael – immer der Michael! Ich hielt das nicht länger aus, ich musste frische Luft schöpfen, weg aus diesem fremden Haus, in dem Michael herrschte. Die Stiege knarrte, aber niemand hörte es. Die Küchentür war zu, als ich durch den

Korridor schlich. Draußen war Ali, aber der würde mir nichts tun, er würde im Gegenteil das Haus bewachen, selbst wenn die Tür ein paar Minuten offen blieb.

Ich riegelte auf und trat hinaus. Ich atmete tief. Von Ali war keine Spur – streunte er etwa? Ich ging zum Schuppen hinüber, wo ich einmal glücklich gewesen war. Die Tür stand halb offen, und doch fiel kaum ein Lichtstrahl auf das Heu hinein. Eine dunkle Gestalt erhob sich, aber ehe ich erschrecken konnte, sah ich sie wedeln.

Der Hund kam zu mir und legte stumm den Kopf auf mein Knie. Ich streichelte ihn und fühlte mich geborgen. Langsam gewöhnten sich meine Augen an das Halbdunkel; ich sah eine große Wasserschale in der Ecke und auf dem Heu den Abdruck des Hundekörpers. Es freute mich. »Guter Hund«, sagte ich leise, »also hier wohnst du.«

Er ging auf das Heu zu und scharrte. Ein roter Fleck wurde sichtbar, ein Fetzen, ein Stückchen Tuch. Ich griff danach und meinte, es zu kennen: Es war ein Schal, wie Toni ihn immer getragen hatte. Ich nahm ihn an mich und hörte zugleich draußen meinen Namen. – »Irene! Irene!«

Tante Lieschens Stimme hatte ihren schneidenden Klang. »Ja«, antwortete ich, »ich komm schon«, und lief zum Haus hinüber.

Die Tante stand in der Tür. »Tu das nie mehr«, fauchte sie. »Nichts sagen und einfach verschwinden – dazu sind wir zu nervös, nach allem, was vorgefallen ist.«

Ich entschuldigte mich damit, dass ich gedacht hätte, der Ali sei verschwunden.

»Übertreib nicht mit dem Hund, Irene. Er hat im Schuppen einen guten Platz, wir hatten nicht das Geld, auch noch eine Hundehütte anzuschaffen. Hugo hat ihn eben losgelassen. Aber jetzt muss er angebunden werden – Ali!«, rief sie.

Der Hund kam sofort. Er streckte ihr den Hals hin, und sie legte ihn an die Kette. Er setzte sich wachsam nieder und schien nichts dagegen zu haben.

»Warum muss er jetzt angebunden werden?«, fragte ich.

»Weil Michael jeden Moment kommen wird – und den mag er nicht«, erwiderte die Tante. »Keine Ahnung, warum. Tatsächlich sorgt Michael auch noch für sein Futter, er bringt ihm immer Knochen vom Fleischer an der Ecke. Aber der Hund will nicht einmal die Knochen von ihm selber nehmen.«

Guter Hund, dachte ich und schwieg. Jeden Moment würde Michael kommen …

»Komm mit in die Küche«, gebot die Tante. Ich folgte ihr und wurde von der neuen Hausgehilfin mit tiefem Misstrauen begrüßt. Anscheinend fürchtete sie eine Konkurrentin in mir, aber den Ehrgeiz hatte ich gar nicht. Ich band mir eben eine Küchenschürze um, um mich irgendwie nützlich zu machen, da stieß Ali draußen einen lang gezogenen Laut aus, einem Wolfsgeheul ähnlich. Das Tantchen lachte. »So meldet er den Michael«, erklärte sie.

Mir lief es kalt den Rücken hinunter.

»Wir entschuldigen dich«, fuhr sie fort. »Begrüß deinen Freund nur, wie es sich gehört.«

Ich legte die Schürze wieder ab, was mir einen bösen Blick von der Anna eintrug, und trat in den Korridor hinaus. Da stand wahrhaftig Michael, stand nur ganz still und strahlte mich an.

Er strahlte und erschien mir doch grundböse – vielleicht konnte er gar nichts dafür, und es lag nur an seiner Einäugigkeit. Er hielt mir die eine linke Hand hin, die er besaß. Sie fasste sich kalt an. »Da bist du ja«, sagte er leise.

Ich schluckte etwas hinunter. »Dank dir für die Blumen«, sagte ich. »Und – und für den Brief.«

Er trank die Worte förmlich in sich ein. »Schön, dass du einmal Danke zu mir sagst«, stellte er dann fest. »Ich hab mir gedacht, den

Brief hebst du besser selber auf.« Ich nickte. »Ist schon geschehen.«

Michael nahm den Mantel ab und den Schal von seinem Hals. Ich zuckte zusammen: Es war derselbe rote Schal, von dem ich ein Stück im Schuppen gefunden und eingesteckt hatte. Er hängte ihn über den Mantelkragen.

»Hübscher Schal«, bemerkte ich leichthin.

»Solltest ihn kennen«, gab er ebenso zurück. »Wir hatten alle die gleichen in unserer Gruppe.«

Mir schoss das Blut in den Kopf. »Du meinst –?« Ich brach ab, als er sich mir zuwandte. Es war sinnlos, mit ihm zu reden.

Er nahm ein braun verpacktes, fettiges Paket aus seiner Manteltasche und ging zur Küche. »Knochen für den Hund«, erklärte er. Ich ging mit.

In der Küche wurde er herzlichst von der Tante und der neuen Anna empfangen; sie plauderten lebhaft über alles Mögliche mit ihm, während er die Knochen auf eine Blechschüssel tat. »Ich bring sie hinaus«, rief ich und war froh, mich entfernen zu können.

Ali hob sich auf die Hinterbeine, sobald er mich und die Knochenschüssel sah. Sein Kopf war hoch über mir, ohne mich zu schrecken. Ich stellte die Knochen vor ihn hin; er stand abwartend davor, bis ich ihm den größten mit der Hand reichte. Dann nahm er ihn vorsichtig aus meinen Fingern, legte sich hin, hielt den Knochen zwischen den Pfoten und fing genussvoll zu kauen an.

Ich beugte mich über ihn. »Du bist mein Freund«, flüsterte ich, »nicht der da drin!«

Ali kaute weiter.

Die Tage vergingen. Ich wohnte in meiner neuen Kammer, tat genug Hausarbeit, um die Tante zufriedenzustellen und die Anna doch nicht eifersüchtig zu machen, und vermied es trotz Michaels fast schüchterner Aufforderung, mir meine Sachen aus meinem alten Zimmer zu holen, das jetzt das seine war. Es war mir klar, dass ich ihm nichts vorwerfen konnte; er war wirklich rührend zu mir und zu uns allen. Ich war auch sicher, dass er in seinem Zimmer nicht anders sein würde. Ich brachte es aber doch nicht über mich, hinaufzugehen, bevor es unbedingt nötig war – und da ich bei meiner Rückkehr genug frisch Gewaschenes zum Anziehen vorgefunden hatte, war es nicht nötig.

Abends nach dem Essen, wenn Onkel Hugo nach alter Gewohnheit aus der Zeitung vorlas, saß ich jetzt meist so nah bei ihm wie sonst nur Eva, die Witwe. Denn nur so brauchte ich nicht neben Michael zu sitzen. Es war schon störend genug, dass er mich quer durchs Zimmer unentwegt anstarrte. Ich vermied seinen Blick und versuchte krampfhaft, an Toni zu denken, aber im Bewusstsein des auf mir ruhenden einen Auges war das nicht so leicht. Auch was der Onkel vorlas, erschwerte es.

Seit ich wieder da war, kamen seine Neuigkeiten glücklicherweise nicht mehr aus der unmittelbaren Nachbarschaft. Die Einbruchswelle in unserer Gegend war abgeflaut, obzwar die Polizei die Banditen keineswegs gefasst hatte. Trotzdem bot der Lokalteil der Zeitung immer noch genug Stoff für abendliche Aufregung bei uns, vor allem, als in der Innenstadt ein unbeschreiblich frecher Überfall auf einen von Michaels Kollegen verübt wurde, einen Kassenboten, der bei einer anderen Bank angestellt war. Es war ein älterer Mann, Michael kannte ihn flüchtig. Am helllichten Tage war er auf offener Straße niedergeschossen worden, die Aktentasche mit 5000 Mark wurde ihm von zwei Burschen entrissen, die in einem gestohlenen Taxi flüchteten, ihr Opfer blieb schwer verletzt liegen.

Zum ersten Mal nahm auch Tante Lieschen regen Anteil an so einer Kriminalgeschichte. »Das ist ja unsagbar«, stöhnte sie mit einem zärtlich-besorgten Blick auf Michael, »was Sie in Ihrem Beruf für Gefahren ausgesetzt sind!«

»Pflicht ist Pflicht«, meinte er bescheiden. »Im Felde war man auch immer in Gefahr.«

»Aber jetzt – mitten im Frieden! Es ist gar nicht auszudenken. Wenn zum Beispiel Ihnen so etwas passieren sollte, wo Sie doch behindert sind –«

Er zuckte die Achseln. »Mir passiert schon nichts. Der arme Kerl tut mir ja leid, aber schließlich trug er eine Schusswaffe, genau wie ich. Er hätte halt aufpassen und rechtzeitig davon Gebrauch machen müssen.«

»Könnten Sie denn wirklich schießen?«, fragte die Tante, und man sah förmlich das angenehme Gruseln, das sie überlief.

»Ich kann's hier nicht vormachen, gnädige Frau«, grinste Michael, »aber vielleicht kommen Sie einmal mit auf die Schießbude. So zehn bis elf Tontauben aus dem Dutzend hol ich auch mit der Linken noch herunter …«

Am nächsten Samstagabend hatte Onkel Hugo schon die Zeitung vor sich und wartete nur mit dem Vorlesen auf die Witwe, die dabei war, ihre Kinder zu Bett zu bringen; da schlug Ali an und gleich darauf läutete es. »Kriminalpolizei!«, rief jemand durch die Tür.

Bis auf Michael erhoben sich alle erschrocken. Der Onkel ging aufmachen. Draußen standen ein stämmiger Polizist in Uniform und ein Herr mit einer Hakennase, der sich als Kriminalkommissar vorstellte. Sie wollten nicht stören, sagte er höflich, aber mit einem grimmigen Unterton. »Ist bei Ihnen alles in Ordnung? Es war nämlich hier in der Nähe schon wieder was los.«

»Um Gottes willen«, zeterte Tante Lieschen. »Noch ein Einbruch!«

Er nickte. »Diesmal ist es weniger glimpflich abgegangen.«

»Der Gärtner hat sich gewehrt«, erläuterte der Polizist, »und da haben die Kerle ihn über den Haufen geschossen. Sofort tot.«

Die Tante sank ächzend in einen Sessel. Der Onkel wischte sich den Schweiß von der Stirn, er war völlig verstört. »Der Gärtner – wir haben keinen Gärtner«, wiederholte er sinnlos.

Der Uniformierte setzte sich beinahe vertraulich neben Michael. Sie schienen einander zu kennen. »Immer noch keine Spur?«, fragte Michael, und der Polizist schüttelte den Kopf. Ich hörte den Namen des überfallenen Kassenboten – also darum handelte es sich. Dann hörte ich das Wort »Ostzone« und erschrak durch Mark und Bein.

Ostzone – meinten sie Toni? Wusste man etwas von ihm? Michael sprach jetzt so leise, dass ich ihn nicht verstehen konnte. Sprach er von Toni?

Der Kriminalkommissar trat hinzu und beteiligte sich am Gespräch. Ich hatte die Angst vor der Polizei nie ganz überwunden – auch nicht, als ich Tonis wegen hingegangen war –, und es machte mir einen tiefen Eindruck, wie gut Michael mit den Beamten auskam. Sie schienen geradezu um sein Wohlergehen besorgt. »Wo sind Sie denn hier im Haus untergebracht?«, fragte ihn der Hakennasige.

»Im Dachgeschoß oben, Herr Kommissar.«

»Im Dachgeschoß? Ist das die Kammer, die zur Zeit des Einbruchs leerstand?«

»Ja, die. Ich hab's da sehr gemütlich«, sagte Michael.

»Wir hätten ihm ja gern ein besseres Zimmer gegeben«, fiel Tante Lieschen ein, die sich inzwischen erholt hatte. »Aber er wollte unbedingt da hinauf, wegen der Aussicht –«

»Ja, die muss wirklich schön sein.« Der Kommissar nickte dem Michael freundlich zu. »Die möchte ich mir direkt selber schnell einmal ansehen, wenn's Ihnen recht ist?«

Michael sprang auf. »Es ist mir eine Ehre, Herr Kommissar. Darf ich vorausgehen?«

»Wenn ich bitten darf«, sagte der Freundliche. »Übrigens, weil es sich gerade so ergibt: Vielleicht haben wir da oben doch irgendwas übersehen, bei der Haussuchung nach dem Einbruch. Wir waren so in Eile damals. Kommen Sie, Meixner«, gebot er dem Uniformierten und sie stiegen beide hinter Michael die Treppe hinauf.

Ich wusste nicht mehr, was ich denken sollte. Hausdurchsuchung – Ostzone – der Kassenbote und die Aussicht aus meiner Dachkammer – alles schwirrte mir durch den Kopf, und irgendwie drehte alles sich um Toni … Die Tante rief aus der Küche. Folgsam stand ich auf und bemerkte jetzt erst, dass ich allein im Salon war und der Rest der Hausbewohner sich verzogen hatte.

»Misch dich nur nicht ein«, empfing die Tante mich in der Küche. Und Anna warf mir einen Blick zu, als wäre ich an allem schuld.

Die Polizisten waren mit ihrem Besuch bei Michael früher fertig als wir mit dem Abwaschen. Als ich aus der Küche kam, hatten sie sich schon entfernt und Michael saß allein im Salon.

Onkel Hugo, dem der Schreck wohl noch in den Gliedern saß, war mit seiner Zeitung zu Bett gegangen. Auch von den Pensionsgästen hatte keiner den Wunsch nach einer Fortsetzung des geselligen Beisammenseins verspürt. Wozu die Polizei doch manchmal gut ist, dachte ich mir.

»Vielleicht traust du dich jetzt doch zu mir hinaufzukommen!«, meinte Michael. Nachdem die Polizei gerade alles untersucht hat, kann's doch nicht so gefährlich sein.«

»Ich hab's nie für gefährlich gehalten«, gab ich zurück. »Ich hab bloß keine Lust.«

Er grinste. »Mir macht das ja nichts – aber geschaut haben die schon ein bisserl, wie sie deine Sachen bei mir gesehen haben.«

Mir verschlug es die Rede. Ich starrte ihn nur an. Dann drehte ich mich auf der Ferse um und rannte die Treppe hinauf.

»Was ist denn los?«, rief er, mir nachkeuchend. »Was willst denn – ich hab ihnen doch nicht gesagt, dass die Sachen von dir sind –« Er holte mich am Fuß der Holzstiege ein, wo ich Atem schöpfen musste. »Was willst denn, Irene?«

»Raus«, tobte ich. »Das Zeug muss bei dir raus – sofort raus –«

»Na, dann hol's halt«, meinte er vergnügt. »Für dich steht meine Tür immer offen.«

Die Stiege knarrte, als ich hinaufging. Oben war es dunkel. Die Tür war angelehnt. Ich trat ein und machte Licht.

So etwas von Ordnung hatte ich noch nicht gesehen. Alles blitzte, nicht einmal der Fleck vom früheren Zeitungsstoß war in der Ecke geblieben. Michael hatte das Bett und die Wände frisch gemalt. Um den Waschtisch stand ein Wandschirm, den musste er mitgebracht haben. An der Wand hing kein Spiegel mehr, nur auf der Kommode lag einer zum Rasieren, neben feinen, sauberen Schächtelchen, Tuben und Fläschchen mit französischen Namen. So weit hatte ich es nie gebracht. Auf einmal erschrak ich. Eine reglose Gestalt schien über dem Sessel zu liegen … Es war aber nichts als mein zweiter Mantel und meine paar Kleider, alles sorglich auf Bügeln belassen und so gelegt, dass nichts verdrücken konnte. Es war ganz leicht, alles über den Arm zu nehmen. »Ich helf dir tragen«, sagte Michael hinter mir. Er musste lautlos eingetreten sein.

»Danke«, erwiderte ich. »Ich kann's allein.« Mein Blick fiel aufs Fenster. Es war Nacht geworden, der Himmel sah schon fast so schwarz aus wie die Bäume, durch die ein paar Lichter blinkten. »Wie hat der Polizei die Aussicht gefallen?«, fragte ich.

Er griff in die Tasche, zog eine Zigarette heraus und zündete sie an. »Gut«, antwortete er dann, ohne mich anzusehen. »Interessiert dich sonst was?«

»Nein«, sagte ich. »Warum wollten sie denn die Aussicht sehen?«

»Weil die Polizei halt alles interessiert. Mich haben schon ganz andere hereinlegen wollen, Irene«, sagte er und lachte.

Ich schwieg. Es klang, als meine er mich, nicht die Polizei – und ich wusste doch gar nicht, wie ich ihn hätte hereinlegen können! Er hielt sein eines Auge von mir abgewandt, aber sein Lachen kam mir so grundböse vor wie schon lange nichts. Wie seit dem Lager nichts.

»Du bist ein gescheites Mädel«, sagte er plötzlich ganz ernst, »aber man soll manchmal nicht zu gescheit sein. Besser, ich bin der Gescheite von uns zweien.«

»Du bist überhaupt nichts von uns zweien. ›Uns zwei‹ gibt's nicht. Wir haben nichts miteinander zu tun«, sagte ich und wandte mich zur Tür. Den Toni, dachte ich, kann ich auch anders finden …

»Vergiss die Schubladen nicht«, sagte er, ohne sich zu rühren.

Ich sah ihn an und ging zur Kommode.

»Die zwei oberen«, sagte er.

In den zwei oberen Schubfächern lag meine Wäsche und was sonst von mir dagewesen war – alles nach Gattungen in offene Schachteln eingeteilt, viel ordentlicher, als ich es zurückgelassen hatte. Die Mühe hatte Tante Lieschen sich gewiss nicht gemacht. Das war Michaels Werk.

Ich nahm Stück um Stück heraus und legte jedes einzeln auf die Kleider über meinem Arm.

»Es fehlt nichts«, sagte er. »Nur – nur ein Nachthemd ist mir heruntergefallen. Ich will's dir auswaschen.«

Sein Auge hatte einen fast bettelnden Ausdruck, als er das zerknüllte Nachthemd aus einem kleinen Handkoffer zog. Es war hellblau, auch von der Witwe geerbt und schon öfter geflickt.

»Gib's her, wie es ist«, sagte ich.

Michael hielt es in der Hand, als wiege es schwer. Seine Finger verfingen sich in einem zerrissenen Saum, weil er zitterte. »Ich hab's nicht zerrissen«, flüsterte er. »Wirklich nicht.«

»Gib's her«, wiederholte ich und griff danach. Plötzlich umschloss die Hand mit dem Nachthemd mein Gelenk. Der Griff war wie Eisen. Ich quietschte. – Sein Atem schlug mir ins Gesicht: »Du – ich will dir doch nicht wehtun – Irene –«

Ich warf alles, was ich auf dem Arm hatte, zu Boden und schlug ihm mit der freien Hand ins Gesicht. Er war ganz rot angelaufen und glotzte mich an. »Behalt den Fetzen«, schrie ich, ließ alles liegen und stürzte die Stiege hinunter, sein Keuchen noch immer im Ohr.

Ich schob den Riegel vor meine Tür, bevor er nachkommen konnte, doch hörte ich kurz darauf Schritte. Am Morgen fand ich alle meine Sachen liebevoll auf einen Stuhl vor meiner Kammer geschichtet. Nur das blaue Nachthemd fehlte, aber für nochmaliges Flicken war es ohnehin zu zerfetzt gewesen.

XI

»Es passt mir nicht, dass der Michael bei uns wohnt«, erklärte ich der Tante beim Frühstück.

»Dann zieh du aus«, erwiderte sie verdrossen. »Der Michael zahlt.«

Dagegen war schwer etwas zu sagen. Und der Onkel pflichtete wie immer seiner Frau bei: Es sei überhaupt gut, noch einen Mann im Haus zu haben, besonders bei den Zuständen heutzutage, wo die Polizei immer zu spät käme und der Ali auch nichts könne als bellen.

Wenn ich hier ausziehe, dachte ich, seh ich den Ali nicht mehr. Aber auch Michael nicht ... Ich beschloss, Tonis Vater aufzusuchen.

»Ich muss noch einmal zum Doktor«, sagte ich und erhielt Erlaubnis, mich nach dem Mittagessen auf zwei Stunden zu entfernen.

Ich fand Tonis Vater in der gleichen Wohnung, doch sah er aus, als seien Jahre vergangen. Er musterte mich so misstrauisch, dass ich zuerst meinte, er erkenne mich kaum. Er schüttelte immer wieder den Kopf, und ich merkte erst allmählich, dass dies keine Verneinung, sondern ein nervöser Tick war.

»Ich versteh's nicht«, sagte er mir, »ich versteh's nicht. Der Toni hat mir gar nicht Adieu gesagt, und seit er weg ist, fragen immerfort Leute nach ihm. Hie und da kommt Polizei, aber die haben's langsam aufgegeben. Dafür kommt jetzt öfter ein Freund von ihm. Ein ganz netter Bursch. Fritz heißt er. Der sagt mir wieder, der Toni schickt Grüße aus« – er neigte sich vor, als dürfe er das Wort nur ganz heimlich aussprechen –, »aus der Ostzone …«

Ich horchte auf. »Weiß er eine Adresse?«

Wieder das Kopfschütteln. »Nichts weiß er. Keine Adresse und gar nichts. Mich freut schon meine ganze Markensammlung nicht mehr.«

»Aber wenn der Toni wiederkommt«, antwortete ich, »dann wird er sich damit freuen.«

Der Alte unterbrach sein Kopfschütteln, er schaute richtig auf. »*Wenn* er wiederkommt«, sagte er.

Ich schluckte Tränen hinunter und ging bald fort. Vor dem Haus Bauernfeind kam mir Ali in großen Sprüngen entgegen, in immer enger werdenden Kreisen lief er um mich herum, als führe er eine Art Freudentanz auf. In der Tür stand die Tante. »Was sagt der Doktor?«

»Alles in Ordnung«, erwiderte ich.

»So«, machte sie. »Willst noch ausziehen?«

Ich schüttelte den Kopf und sah dabei Tonis Vater vor mir. Nein, wusste ich, das halt' ich nicht aus.

»Dann mach dich nützlich«, sagte Tante Liese. »Der Michael räumt sein Zimmer selber auf, der wird dir keine Arbeit machen.«

Ich holte den Besen aus dem Küchenschrank, auch die Mistschaufel. Die Anna, mürrisch wie immer, war beim Silberputzen. Die Kupferpfannen über dem Herd glänzten makellos wie zu Großmutters Zeiten. »Für die sorg ich selbst«, sagte die Tante.

Michael, entschied ich für mich selbst, muss mich mit Fritz zusammenbringen …

Gegen Abend verkündete das Wolfsgeheul, dass er im Anzug war. »Geh hinaus und halt den Hund«, gebot die Tante.

Es war mir recht. Ali stand mit gefletschten Zähnen am Eingang; als ich rief, kam er und ließ sich an die Kette legen. Michael näherte sich langsam. Er hatte wieder das Paket und diesmal auch eine Flasche unter dem Arm, konnte mir also nicht die Hand geben.

»Nett vor dir, dass du mich begrüßen kommst, Irene. Alles in Ordnung?« – »Nicht wie bei dir«, gab ich zurück.

Er grinste. »Schon gut, dass du wieder mit mir sprichst.« Ich schwieg. »Du bist ja heute beim Alten gewesen«, fuhr er fort.

Ich dachte einen Augenblick nach und wusste: der Fritz … »Du hast den Fritz gesehen.«

»Gescheites Mädel«, lobte er. »Das war rasch.«

»Ich will ihn auch sehen«, erwiderte ich.

Wir standen noch immer vor der Tür. Ali saß mit gespitzten Ohren dabei, wartete er auf die Knochen oder hörte er zu? »Hier, für deinen neuen Liebling«, sagte Michael und reichte mir das Paket. »Was willst du eigentlich vom Fritz?«

»Hören, was mit dem Toni ist.«

»Kannst das nicht von mir?«, fragte er.

Ich antwortete nicht, sondern zog einen der Knochen aus dem Paket und reichte ihn Ali, der kaum daran schnupperte. Er ließ ihn liegen und beobachtete weiter Michael, bis der ins Haus ging.

In der Flasche, die er unter dem Arm getragen hatte, war roter Wein, er gab ihn Onkel Hugo – um, sagte er, endlich meine Heimkehr gebührend zu feiern. Der Onkel nahm die Flasche mit Dank an und meinte, feiern sei immer gut. Mir tat das Herz weh, als ich den Wein auf dem Tisch sah, denn es war derselbe, mit dem Toni mich jeden Sonntag erwartet hatte.

Beim Essen nahm ich kaum einen Schluck, nur genug, um nicht aufzufallen. Auch an den Tischgesprächen beteiligte ich mich nicht. Es ging wieder um die Einbrüche und Überfälle, und auch Michael mischte sich kaum ein. Den Möglichkeiten, wer die Banditen sein mochten, schien keine Grenze gesetzt: »D.P.s«, Amerikaner, Ostflüchtlinge – »Anwesende natürlich ausgeschlossen«, sagte Onkel Hugo mit einem Seitenblick auf unser Paar – oder auch Juden, die zurückgekommen, oder Nazis, die entlassen worden waren, und was es sonst noch Anrüchiges gab. Die Mahlzeit wollte kein Ende nehmen. Nachher kam Michael in die Küche, er erbot sich, beim Geschirrwaschen zu helfen, konnte aber mit seiner einen Hand natürlich nur das Einräumen besorgen. Tante Lieschen lobte seinen Ordnungssinn.

Die ganze Zeit überlegte ich hin und her, wie ich allein mit ihm reden könnte, ohne zu ihm aufs Zimmer zu gehen. Er schien meine Gedanken zu erraten. Als ich einen Augenblick auf den Korridor hinausging, kam er mir nach. »Nächsten Sonntag gehen wir wieder zum Wolf«, sagte er leise.

Ich schrak zusammen.

»In das Wirtshaus natürlich«, fügte er ruhig hinzu.

Als habe sich nichts geändert, seit Toni damals im Gefängnis gesessen war, zählte ich die Tage, Nächte, Stunden bis zum Sonntagsausgang. Ich vermied es, Michael vorher allein zu sprechen. Aber was würde er mir im Wirtshaus »Zum Wolf« schon anderes erzählen als Lügen, immer mehr Lügen? Dass der Toni ihm und

Fritz Nachrichten zukommen ließ und sich nicht bei mir meldete, schien mir undenkbar. Er konnte denen doch nicht mehr trauen als mir! Dass er in der Fremdenlegion sei, glaubte ich selbst nicht mehr, sonst hätten meine Briefe oder die polizeilichen Nachforschungen irgendein Ergebnis haben müssen. Er war eben in die Ostzone, statt in die Fremdenlegion.

Michael hatte einmal angedeutet, Toni habe mit den Einbrüchen etwas zu tun und müsse sich deshalb versteckt halten. Das war natürlich eine niederträchtige Verleumdung – oder war doch ein Körnchen Wahrheit daran? Nur so ließ es sich vielleicht erklären, dass Toni, ohne mir ein Lebenszeichen zu geben, mit den anderen in Verbindung stand. Es hieß, dass sie ihn wieder in ihrer Gewalt hatten und an allem schuld waren! Auch wie er verschwunden war, deutete darauf hin: Erst hatte er mir geschworen, die anderen nie mehr zu sehen, dann hatte Michael ihn zu einem letzten Treffen überredet – und bevor es dazu kam, war er weg. Aber das behauptete ja nur Michael. Warum sollte es eigentlich nicht dazu gekommen sein? Und warum sollten sie da nicht Toni in etwas verstrickt haben, das ihn zum Verschwinden und Verschwunden bleiben zwang? Der Fuchs hatte ja auch von einem Tag zum anderen verschwinden müssen, für alle bis auf den Fritz. Wenn es Toni noch gab, dann war eben wirklich Fritz der Verbindungsmann und die ganze Bande arbeitete wieder zusammen … Das Herz klopfte mir im Halse vor Aufregung, dass ich nicht gleich daraufgekommen war.

Ich schob Michael einen Zettel durch die Tür in sein Zimmer: »Bring den Fritz mit zum ›Wolf‹.« Kein Wort weiter – ich unterschrieb nicht einmal. Er kannte meine Schrift.

Am Sonntag zog ich das Kleid an, das die Kriegerwitwe mir in den Schrank meines neuen Zimmers gehängt hatte. Ich hatte mich schon sehr dafür bedankt. Das Kleid stand mir gut, ich trug es für

Fritz. Dem Michael gefiel, was immer ich anhatte. Ich wusste schon, dass er mir ziemlich verfallen und sogar zu benützen war, wenn ich es geschickt anfing – besonders, wenn er den bettelnden Ausdruck ins Auge bekam. Ich war sicher, dass er mir den Fritz herbeischaffen würde. Und auf den wollte ich Eindruck machen: Ich hatte ihn zwar seit der verunglückten Bergtour nicht gesehen, aber damals war er ganz nett zu mir gewesen. Beim Fortgehen stand mein Entschluss fest: Und wenn Michael zerspringt – ich halt mich an den Fritz, der ist nicht so verschlagen …

Michael war schon seit frühmorgens aus dem Haus. Er bringt den Fritz, dachte ich. Aber als ich das Wirtshaus betrat, saß Michael allein in seiner Ecke. Im ersten Augenblick wollte ich umkehren, da kam er schon auf mich zu.

»Also du hast ihn nicht gebracht«, sagte ich zur Begrüßung.

»Noch nicht«, erwiderte er.

Wir saßen schweigend nebeneinander. Er hatte etwas für mich bestellt, doch ich wollte nichts anrühren. Meine Gedanken jagten einander. Was war zu tun – heute, jetzt, sofort? Ich zog meinen Mantel, der neben mir lag, wieder über und stand auf. »Ich geh zur Polizei.«

»Schon wieder?«, meinte er gelassen. »Du bist doch immerzu dort gewesen. Die finden dir deinen Toni im Leben nicht.«

Ich sah ihn so hasserfüllt an, dass er zurückwich. »Den Toni finden sie vielleicht nicht«, sagte ich, »aber die Bande, derentwegen er nicht wiederkommt, die werden sie finden.«

Er rührte sich nicht, aber ich sah, wie er die Zähne zusammenbiss. Dann fühlte ich seine Hand um meinen Arm. Er hielt mich fest. »Die Bande gibt es nicht mehr. Wir haben uns getrennt, und jeder geht jetzt ruhig seinem Beruf nach. Der Hermann hat sich übrigens verlobt. Nettes Mädel.«

»Also siehst du sie ja doch.«

»Nein, nur den Fritz.«

Ich nickte. »Darauf bin ich schon gekommen. Der Fritz ist also jetzt der Verbindungsmann.«

»Mit der Ostzone«, sagte Michael. »Wenn irgendwo etwas stinkt, dann nur dort. Der Fuchs steckt dahinter, verstehst du – der hat's mit dem Toni –« Er stockte.

»Was hat er mit dem Toni?«, wollte ich wissen.

»So Zeug, was dich nichts angeht.«

»Du Schwein«, fauchte ich ihn an. »Den Toni beschuldigen und gleichzeitig behaupten, du wärst nicht dabei – dich werd ich anzeigen!«

Er wurde ganz ruhig. »Bitte schön, wenn's dir Spaß macht.« Er zuckte die Achseln. »Ich hab keinen Dreck am Stecken. Der Fritz wird übrigens gleich hier sein.«

»Warum hast du das nicht gleich gesagt?«, rief ich.

Er sprach ruhig und sehr eindringlich. »Ich wollte dir raten – ich wollte dich bitten, ihn nicht zu treffen und woanders mit mir hinzugehen. Du musst los von denen, von all denen – auch vom Toni. Es tut nicht gut. Es stinkt.«

»Ich warte auf den Fritz«, erwiderte ich und setzte mich, ohne Michael noch eines Blickes zu würdigen. Er versuchte ein Gespräch über die Leute in der Pension anzubahnen, ich hörte einfach nicht zu. Mir fiel ein, wie Ali, der Hund, ihn hasste …

Auf einmal stand Fritz vor uns. Ein hübscher Junge, dachte ich als Erstes, ich hatte gar nicht mehr gewusst, wie gut er aussah. Vielleicht fiel es auch nur im Vergleich mit Michael so auf.

Fritz hatte Grübchen in den Wangen, wenn er freundlich lachte wie jetzt. Er freute sich herzlich, mich wiederzusehen, und hoffte nur, dass ich wieder ganz gesund sei. Ja, Michael sei so gut gewesen, ihn auf dem Laufenden zu halten. Freilich hätten sie sich überhaupt nur meinetwegen noch getroffen – weil ich ja leider immer noch am

Toni hänge und man mit der Ostzone halt nur hintenrum durch besondere Beziehungen in Verbindung treten könne. Für gewöhnliche Sterbliche sei es dort ja überhaupt nicht sehr schön.

»Warum kommt er dann nicht zurück?«, entgegnete ich.

Fritz warf mir einen bedauernden Blick zu. »Für ihn wär das nicht so einfach, Fräulein Irene. Und man könnt es auch nicht gut verlangen.« Dann machte er mir eine überraschende Mitteilung: Der Toni tue in der Ostzone, nach dortigen Begriffen, sogar sehr gut – nur nach hiesigen nicht! Er sei nämlich durch den Fuchs in die Politik gekommen und im Begriff, eine große Karriere zu machen, was man ihm bei uns im Westen natürlich verübeln würde, wenn er zurückkäme.

»Er hat sich doch nie für Politik interessiert!«, rief ich.

»Es hat auch nicht damit angefangen«, bestätigte Fritz. Dann beschrieb er mir in allen Einzelheiten den Bauplatz, auf dem Toni zuerst gearbeitet habe – an einem der großartigen Prachtbauten, wie sie die Ost-Regierung jetzt stellenweise errichten ließ, um die Ruinen dahinter zu verstecken. Das habe Fuchs ihm verschafft, weil es gut bezahlt sei, und dann habe er Toni in die FDJ gebracht, die Freie Deutsche Jugend – das sei wie bei uns die Hj seinerzeit …

Damals war Toni aber ein Kind, dachte ich und sah ihn wieder vor mir – aber nicht so, wie ich ihn zuletzt geküsst hatte. Ich sah nur das Bild aus der Zeitung, das ich nun wieder immer bei mir trug, mit der Überschrift »Missbrauchte Pfadfinderideale«.

»Und den großen Erfolg hat er dann mit der Mundharmonika gehabt«, fuhr der Fritz munter fort. »Die hat er bei einem Verbrüderungsfest mit der Sowjetjugend so gut gespielt, dass er's mit der Vopo-Kapelle hat wiederholen müssen. Die Vopo – das ist die Volkspolizei, stramme Kerle, sehen genau wie SS aus. Da sieht man gleich, dass haufenweis' alte Kämpfer dabei sind –«

Mir lief es kalt den Rücken hinunter. Toni muss von da weg,

dachte ich, wie vom Wolf und seiner Bande; er muss weg ... »Kann er denn gar nicht mehr herüber?«, unterbrach ich den Fritz.

Er senkte seine Stimme. Doch, nächstens käme Toni wieder herüber, zu einem geheimen Treffen mit irgendwelchen Roten hier. Da müsste er aber achtgeben und sich sorgfältig versteckt halten, besonders vor der Besatzungsmacht. »Denn wenn ihn zum Beispiel die Amis bei so was erwischen, käm's ihm übler zu stehen als der Konservendiebstahl damals im Depot, da riskiert er schon, dass es ihm an den Kragen geht«, flüsterte Fritz. »Wissen Sie, Fräulein Irene: Für die Ostzone ist Toni jetzt nämlich ein Held.«

Und für mich, dachte ich, ist die Ostzone jetzt schlimmer als die Wolfsbande, aber wenn die beiden hier das merken, krieg ich Toni nie mehr heraus ... Ich sah Michael an. »Also – was ist er? Ein Verbrecher oder ein Held?«

»Ansichtssache«, sagte Michael mit einem Dolchblick auf Fritz.

Der stand auf. »Ich muss gehen, ich hab noch eine Verabredung.« Er gab mir die Hand zum Abschied. »Der Toni hat nur einen Wunsch: Sie wiederzusehen. Was soll ich ihm ausrichten?«

Mein Herz schlug zum Zerspringen. Meine Finger zitterten, als ich nach meinem Notizbuch suchte. Ich riss ein Blatt heraus und schrieb darauf nur wieder: »Toni – ich warte.«

Michael war weiß wie die Wand geworden. Er beugte sich plötzlich vor: » Tu's nicht, Irene – bitte nicht –«

Da konnte er lange bitten ... Ich setzte rasch unsere neue Telefonnummer statt meines Namens unter den Zettel und gab ihn Fritz.

Er strahlte mich an. »Danke. Auf Wiedersehen!« Schon war er draußen.

Schweigend saßen Michael und ich voreinander. »Er lügt«, sagte er schließlich. »Er lügt mit jedem Wort, das er spricht. Du darfst nicht auf ihn hereinfallen, Irene.«

Nein, dachte ich, er lügt nicht, denn sie sagen ja beide dasselbe … Auch Michael hatte erzählt, dass man durch Fuchs in der Ostzone Toni auf die Spur gekommen sei. Jetzt gab es auch einen Sinn, dass er sich nicht bei mir hatte melden können. Mir traten Tränen in die Augen: Es waren wieder missbrauchte Pfadfinderideale, wie damals … »Ich will den Toni wiedersehen«, antwortete ich.

»Irene«, beschwor mich Michael. »Hör einmal auf mich: Es handelt sich nicht um den Toni. Es handelt sich um Fritz –«

Da musste ich lachen. »Eifersüchtig auf den Fritz? Na, vielleicht gefällt er mir. Hübscher Junge.«

Er gab keine Antwort, er verlangte nur die Rechnung und zahlte für uns drei. Dann begaben wir uns auf den Heimweg, der ja jetzt der gleiche war. Es kam kein Gespräch mehr auf. Vor der Pension begrüßte mich Ali, der diesmal Michael ignorierte.

Die nächsten paar Tage ignorierte ich selber den Michael.

Am Donnerstag war es ein Glück, dass er das Haus morgens verlassen musste, bevor die Post kam, sonst hätte er bestimmt das Schreiben abgefangen, worin Fritz mich um ein Rendezvous bat. Er schrieb, er habe Antwort von Toni, könne sie mir aber nur persönlich geben, er werde mich Freitag um elf Uhr vormittags anrufen, um ein Treffen zu verabreden.

Antwort von Toni! Bedeutete das einen Brief? Ich glaubte beim Warten auf den Anruf verrückt zu werden, aber ich brachte es fertig, dass niemand es merkte, nicht einmal Michael. Ich hatte wirklich gelernt, mich zu verstellen.

Das Telefon, das wir endlich bekommen hatten, als die Einbrecher schon dagewesen waren, befand sich im Vorzimmer, um allen zugänglich zu sein. Ich war imstande, ebendort mit Abstauben beschäftigt zu sein und selbst den Hörer abzunehmen, als es Punkt elf zu läuten begann.

»Hallo«, sagte Fritz. Seine Stimme klang fern und leise. »Ich könnt Sie Sonntag um drei an Ihrer Ecke mit dem Motorrad erwarten und wir könnten gleich losfahren –«

Ich musste mich anhalten, um nicht umzufallen. »Ja«, sagte ich, »ja –«

Im Hörer klickte es. Wir waren unterbrochen. Die Tante, die das Läuten gehört hatte, stand hinter mir. »Ein Anruf für dich?«, fragte sie . »Wer war's?« – »Der Michael«, erwiderte ich prompt.

»Der sieht dich doch hier«, meinte sie misstrauisch.

»Er hat nur angerufen, weil er heute etwas später kommt«, sagte ich, ohne lange nachzudenken. Dann fiel mir ein, dass die Tante ihn ja sicher zur gewohnten Zeit bemerken würde, und so fügte ich rasch hinzu: »Er wird aber versuchen, rechtzeitig zum Essen da zu sein.« Schon fühlte ich mich verstrickt …

Die Tante merkte es. »Lass dich nur ja nicht mit anderen ein«, warnte sie. Ich war sicher, sie würde Michael am Abend stellen und befragen. Was tun? Ich musste versuchen, ihn außer Haus abzufangen, ihn aufzuhalten, ohne etwas zu erklären. Ich beeilte mich mit der Arbeit und wurde früher fertig. Wie dumm, dachte ich, dass ich nicht einfach gesagt hatte, ich würde ihn vor dem Essen treffen – ich war eben nicht so schlagfertig wie er.

Er war einen Augenblick erstaunt, als ich ihm an der Straßenbahnhaltestelle entgegentrat. »Ich wollte dich allein sprechen«, sagte ich, und da schien er sofort zu begreifen, worum es sich handelte.

»Aha«, machte er, »du hast schon von den Fingerabdrücken gelesen.«

Ich zwang mich, ganz ruhig zu nicken und keine Frage zu stellen, bis er weitersprach.

»Ich weiß auch nicht mehr, als in der Zeitung steht. Die Polizei hat die Aktentasche gefunden – leer natürlich – mit Fingerabdrücken darauf, die nicht von dem überfallenen Kassenboten stammen. Ob ihr das was hilft, weiß sie wahrscheinlich selber noch nicht.« Er warf mir einen schiefen Blick zu. »Warum regt dich denn das so auf?«

»Weil du immer so getan hast, als ob der Toni damit zu tun hätte.«

»Inzwischen hast du doch alles über seine großartige Karriere gehört«, grinste er. »Mir glaubst du ja sowieso nichts.«

»Nicht viel«, antwortete ich.

Wir waren am Haus. Ali erkannte mich und blieb still an der Kette liegen. Zugleich kam uns die Tante entgegen. »Also deshalb haben Sie angerufen, Michael – weil ihr euch vorher treffen wolltet!«

Michael warf mir wieder einen Seitenblick zu. »Jawohl, gnädige Frau.«

Ich atmete auf. Er schien zu glauben, dass ich den Anruf erfunden hatte. Aber ich sah schon, wie unsinnig meine Verabredung mit Fritz war. Sonntagnachmittag an unserer Ecke – Michael würde einfach mitkommen. Und ich konnte Fritz nicht erreichen …

Am Sonntag erzählte ich Michael, dass ich Tonis Vater besuchen wolle, und er kam nicht mit. Ich ging erst eine Weile allein spazieren und kam um drei Uhr zu unserer Ecke zurück.

Kein Fritz und kein Motorrad war zu sehen. Ich wartete eine Viertelstunde – eine halbe Stunde – dann kam Michael und verbeugte sich zum Gruß.

»Der Fritz lässt sich entschuldigen«, begann er. »Sein Motorrad hat leider eine Panne gehabt. Du musst schon mit mir vorliebnehmen.«

»Tonis Vater erwartet mich«, sagte ich eigensinnig.

»Gut, ich will auch zu ihm«, sagte Michael. Auf der Straßenbahn sprach er kaum ein Wort. Ich saß; er stand vor mir. Am Ziel angelangt, hörten wir von der Hausfrau des Alten, er sei ausgegangen, er habe jetzt jeden Sonntag eine Tarockpartie.

Michael hielt es für unnötig, mir die Schlussfolgerung unter die Nase zu reiben. »Hör jetzt einmal zu, Irene«, sagte er. »Hör gut zu: Wenn du den Fritz ohne mich triffst, gibt's ein Unglück.«

Meine Gedanken überschlugen sich. So eifersüchtig konnte er auf Fritz nicht sein, nur zu Toni wollte er mich unter keinen Umständen lassen. Die Geschichte, die Fritz erzählt hatte, war schon die einzige Erklärung für alles.

»Lass mich in Ruh!«, fuhr ich Michael an. »Das ganze Unglück bist du! Misch dich nicht mehr in meine Angelegenheiten!«

Er sank in sich zusammen. »Aber – aber, Irene«, stammelte er, »wer soll denn sonst auf dich aufpassen?«

»Niemand«, schrie ich rasend, »niemand!« Und ich begann zu schluchzen.

»Darf ich dich nach Hause bringen?«, fragte er, und schon stand ein Taxi vor uns. Ich antwortete nicht, aber ich stieg ein. Er gab dem Fahrer die Adresse und drückte sich schweigend in die Ecke neben mir. – »Schon zurück?«, empfing uns die Tante.

»Mir ist schlecht«, erwiderte ich, lief auf mein Zimmer und weinte mich aus, mutterseelenallein. Toni, Toni …

Als ich zum Abendessen kam, saß Michael mit Onkel Hugo bei der Stehlampe. Sie spielten Schach. Der Onkel gewann. Ich wusste: Michael lässt ihn gewinnen, er ist doch so viel besser … Aber vielleicht verlor er diesmal auch, weil er nur mehr mich zu sehen schien. Ich hielt mich von ihm fern, aber als wir dann das Geschirr in die Küche trugen, stand er mir plötzlich im Wege und flüsterte mir etwas zu, so leise, dass nur ich es verstehen konnte.

»Vergiss nicht, Irene –« Jetzt kommt die Drohung, wusste ich. Doch er schloss: »Ich liebe dich.«

Ich stand wie gelähmt.

Am verabredeten Treffpunkt, in einem kleinen Café neben einem Vorstadtkino, erwartete mich Fritz. Es war uns gelungen, Michael hinters Licht zu führen, und bei der Begrüßung beglückwünschten wir uns gegenseitig zu unserer Schlauheit. Er hatte die großartige Idee gehabt, im Hospital die Adresse meines Arztes zu erfragen und mir in einem Kuvert, das diese Adresse als Absender trug, ein paar Telefonnummern zu senden, mit Zeitangaben, wann er dort jeweils zu erreichen war. Von einer Telefonzelle aus hatte ich die Verbindung bekommen.

Und so war ich glücklich hier angelangt – an einem Mittwochnachmittag, während Michael in seiner Bank arbeitete und die Tante glaubte, ich sei beim Doktor.

Fritz sah etwas abgespannt aus, doch hatte er sich für den Ausgang mit mir sichtlich schön gemacht. Er trug eine rote Seidenkrawatte und einen tadellosen grauen Anzug, er war wirklich ein gut aussehender Junge. Seine stete Freundlichkeit und sein eher sanftes Wesen waren mir angenehm und erstreckten sich auch auf seine Berichte von Toni.

Wir saßen in der dunkelsten Ecke des Cafés. Fritz erzählte mit gedämpfter, ein wenig nervöser Stimme, er habe mein Brieflein Toni selbst übergeben, und dem seien beim Anblick meiner Schrift die Tränen gekommen. Mir kamen auch die Tränen. Es musste einfach wahr sein.

Ich streckte die Hand aus. »Geben Sie mir die Antwort – er muss doch geantwortet haben?«

»Die gibt er Ihnen selber«, sagte Fritz. »Heute Abend.«

»Heute Abend?«, stotterte ich. »Das – das gibt's doch nicht – wo ist er denn? Warum hat er denn kein Wort geschrieben?«

Fritz gab mir eine lange Erklärung, warum Toni nichts Schriftliches aus der Hand geben dürfe. Ich verstand kein Wort. »Wo ist er?«, fragte ich nochmals.

Er nannte eine andere Stadt. Über die Autobahn sei es dorthin gar nicht so weit, mit einer schweren Maschine wie seiner könnten wir es in zwei Stunden schaffen.

»Ich muss zum Abendessen zu Hause sein«, erklärte ich.

»Unsinn«, sagte Fritz. »Sie werden doch für die Frau Tante noch eine Ausrede finden? Rufen Sie sie halt an.«

»Und der Michael?«

»Der kommt heut auch nicht nach Haus.«

»Woher wissen Sie denn das?«, fragte ich.

»Weil er beim Hermann seiner Braut ist. Da wird immerzu Verlobung gefeiert, ich hätte auch kommen sollen. Hab schon abgesagt.« Er lachte. Mir war nicht zum Lachen zumute, wenn auch seine Heiterkeit fast etwas Ansteckendes hatte. »Sie können mir glauben, dass alles tadellos funktionieren wird« , versicherte er.

Wenn du den Fritz allein siehst, hatte Michael mich gewarnt, dann gibt's ein Unglück … Aber Michael glaubte ich noch weniger als Fritz. Dass Toni sich hier versteckt halten musste, wenn er mit politischen Aufträgen aus der Ostzone kam, war sehr wohl möglich; ich hatte die Frage einmal vorsichtig in unserer Pension angeschnitten – selbstverständlich nur ganz allgemein – und das halbe Haus war in Schreikrämpfe verfallen. Aufhängen war viel zu gut für solche Agenten, hatte Frau Müller betont.

Und doch – und doch …

»Warum schreibt der Toni nicht wie ich«, fragte ich Fritz, »nur ein paar Worte ohne Namen, wenn er mich sehen will?«

Er zuckte die Achseln. »Das kann ich ihn ja heute Abend fragen. Aber es wäre halt so eine gute Gelegenheit! Überlegen Sie sich's noch einmal, mit dem Losfahren haben wir sowieso Zeit, bis es dunkel wird. Vielleicht darf ich Sie inzwischen nebenan ins Kino führen? Es ist ein amerikanischer Film, mit der Bergman.« Bei dem Namen strahlten seine blauen Augen auf.

Ich hatte die Bergman nie gesehen und war überhaupt fast noch nie im Kino gewesen. Im Kino konnte es doch wirklich kein Unglück geben, dachte ich mit dem erleichterten Gefühl, dass die Entscheidung hinausgeschoben war. »Gehen wir ins Kino«, sagte ich, »und nachher kann ich ja zu Hause anrufen.«

»Gut, das geht sich gerade mit der Zeit aus«, sagte Fritz sehr freundlich und zahlte die Zeche. Draußen gerieten wir in ein Gedränge von Leuten, die aus dem Kino kamen, und solchen, die hineinwollten; anscheinend wechselte gerade das Programm. Fritz stand begeistert vor einem großen Plakat mit dem Bild von Ingrid Bergman. »Schön ist die –!«

»Rauslassen! Erst die Leut' rauslassen!«, befahl eine Stimme von der Kinokasse her. Fritz nahm mich unter dem Arm und führte mich beiseite. »Möchten Sie sich schnell meine Maschine anschauen?«, fragte er stolz. »Da steht sie –«

Er brach ab. In der Hofeinfahrt zwischen Kino und Café stand ein Motorrad. Davor ging ein Polizist auf und ab. Er hatte die Hände auf dem Rücken verschränkt, sah in die Luft und schien sonst nichts zu tun zu haben.

Fritz wischte sich mit der Hand über die Stirn.

»Was ist los?«, fragte ich.

Er nahm mich fester am Arm. »Kommen Sie, schauen wir uns die Bergman an«, sagte er und zog mich hastig zur Kasse. Ich kam nicht dazu, weitere Fragen zu stellen, denn wir betraten das Kino gerade, als es dunkel wurde und der Hauptfilm begann. Fritz drängte mich auf einen Sitz in der letzten Reihe, gleich beim Ausgang, und er selbst nahm den Eckplatz daneben.

Von Anfang an faszinierte uns der Film. Wir sahen die Bergman einem Mann verfallen, der es auf ihre Erbschaft abgesehen hatte. Selig und arglos wurde sie seine Frau, doch kaum waren die Flitterwochen vorüber, da begann er ein grausiges Spiel mit ihr zu treiben, heimlich Dinge in ihre Taschen zu stecken und sie dann des Diebstahls anzuklagen. Da sie sich nicht erinnern konnte, erklärte er ihr, sie müsse wahnsinnig sein. Bald war sie wirklich nahe daran.

Fritz neben mir atmete schwer. Ich sah mich einen Augenblick nach ihm um – war ihm nicht gut? Er starrte nur auf die Leinwand. »Schön ist die«, flüsterte er wieder.

Sie war wirklich hinreißend, wie sie einen Schluck aus der Mokkatasse nahm, die ihr Mann ihr eingegossen hatte. Ihre Hand zitterte, ihre Augen suchten die seinen in hilfloser Angst und Hörigkeit. Sie musste ahnen, dass der Kaffee vergiftet war, dass die tödliche Schlinge sich immer enger zuzog – ich drehte kaum den Kopf, als ich den Sitz neben mir knarren hörte. »Ich bin gleich wieder da«, flüsterte es, und ich hörte Fritz hinausschleichen und sah weiter nur auf das Bild.

Ein Schuss fiel. Ich schrak zusammen, aber die da oben spielten ruhig weiter; auf der Leinwand hatte niemand geschossen. Ein zweiter Schuss – der Film brach ab – ein dritter – der Laut kam vom Ausgang her und ging schon im Gekreisch des Publikums unter. Es wurde hell. Eine Panik war ausgebrochen. Die Platzanweiser rissen alle Türen auf, suchten verzweifelt Ordnung in das wilde Gedränge zu bringen; ich fand mich eingekeilt, zerquetscht, gestoßen, hilflos an den Sitzreihen vorbeigezerrt.

Draußen heulte eine Polizeisirene. Ich konnte plötzlich wieder Atem schöpfen, die Leute beruhigten sich und wurden langsam, Schritt für Schritt, durch den Haupt- und rechten Seitenausgang hinausdirigiert. Der linke Seitenausgang war von Polizisten abgesperrt, wie auch die Herrentoilette, durch deren offene Tür man eine blutüberströmte Gestalt auf den weißen Steinfliesen liegen sah. Das Gesicht war zu Boden gekehrt, die eine Hand ausgestreckt; daneben, von einem Polizisten bewacht, lag ein Revolver. Ich glaubte den Blondkopf, den grauen Anzug zu erkennen – »Fritz«, wollte ich rufen, aber die Stimme versagte mir wie in einem Angsttraum. Meine Füße bewegten sich automatisch weiter in dem Menschenstrom, der auf die Straße gelenkt wurde. Mein Kopf dröhnte vom Stimmengewirr ringsum, aus dem ich hie und da einzelne Worte auffing: »... sich selber angeschossen ... zweimal daneben ... ganz junger Kerl ...«

Frische Luft schlug mir entgegen. Ich war auf der Straße, vor dem Bild der Bergman, das Fritz so hingerissen angestarrt hatte. »Ist er tot?«, hörte ich mich selbst die Menschen fragen, »ist er tot?«

»Hoffentlich«, antwortete jemand.

Wieso kam mir die Stimme so bekannt vor? »Wenn du den Fritz ohne mich triffst, gibt's ein Unglück« – das war die Stimme. Michael stand neben mir. Sein Griff um mein Handgelenk hinderte mich daran, mitten in der Menschenmenge umzufallen.

»Komm«, sagte die Unglücksstimme. Ich folgte mit geschlossenen Augen und sah immerfort kreisende Blutflecken hinter den Lidern. Eine Tür drehte sich um mich, dann zog die Hand, die mich führte, mich auf einen Sitz nieder. »Setz dich.«

Ich gehorchte stumm. In meinem Kopf brannte irgendwo ein lichter Punkt, sonst war es dunkel.

»Ein Schnaps wird dir guttun«, sagte Michael neben mir. Ich sah das Glas, das er mir entgegenhielt, und konnte danach greifen und daraus trinken; jetzt brannte es mir auch die Kehle hinunter. Michael saß neben mir. Er hat einen Totenkopf, erkannte ich, einen Totenkopf mit einer schwarzen Binde über der einen Augenhöhle. Aber das andere Auge kann er zusammenkneifen ...

»Starr mich nicht so an«, sagte er mit weißen Lippen. »Ich hab dir das Leben gerettet.«

Das hatte ich doch schon einmal gehört –? Ja, nach dem Absturz in den Bergen. »Schon wieder?«, fragte ich. »Damals hat das der Fritz gesagt ...«

»Jetzt wird er's nicht mehr sagen«, stieß er heraus. »Es ging nicht anders, Irene. Ich musste es tun –«

»Was?«

»Ich hab das Motorrad gefunden. Die Polizei hat es schon lang gesucht; da hab ich sie verständigt – hintelefoniert – anonym natürlich«, schloss Michael.

Mit aller Anstrengung suchte ich zu verstehen. »Was ging denn dich das Motorrad an?«, war alles, was ich hervorbringen konnte.

»Er wollte dich fortnehmen«, antwortete er eiskalt.

»Du eifersüchtiges Schwein«, brach ich los, »und da hast du ihn verpfiffen? Der arme Fritz! Wenn er nur nicht tot ist –«

Der blutleere Mund verzog sich zu einer Fratze. »Auf Verrat steht Tod«, schnarrte er. »Aber die Toten schweigen, und ihr wisst ja alle nichts ...«

In mir kochte die Wut. »So?«, rief ich. »Ich weiß alles – alles! Der Fritz hat mir erst alles erzählt!«

Seine Züge krampften sich zusammen, ich sah nur noch die schwarze Binde auf Weiß. Die linke Hand fuhr wie von selbst in seine Tasche – wollte er sich den Schweiß von der Stirne wischen? Es war still geworden in der Bar. Die anderen Gäste sahen zu uns herüber.

»Wenn dich einer zum Toni bringt«, sagte Michael leise, »muss ich es sein.«

»Du?«, höhnte ich. »Fährst du Motorrad?«

Er nahm die Hand aus der Tasche, griff nach dem Schnapsglas und leerte es mit einem Ruck. Etwas schüttelte ihn von innen her und kam als Lachen heraus, tonlos, ein teuflisches Kichern.

Er sollte tot sein, nicht Fritz, schoss es mir durch den Sinn. Ich sah eine Bronzefigur auf dem Sims über unserem Tisch stehen. Damit könnt ich ihm den Schädel einschlagen, fühlte ich, und mein Arm zuckte in die Richtung des schweren Gegenstandes, aber die

Toten schweigen und ich wusste ja nichts, nichts ... »Der Fritz«, stammelte ich, »der hätt mich zum Toni gebracht –«

Er war jetzt ganz ruhig. »Der Fritz lügt – hat gelogen«, verbesserte er sich. »Er weiß schon, warum er sich umgebracht hat. Er kann nicht mehr heraus. Auch der Toni nicht.«

»Wo ist der Toni?«, kam es von meinen Lippen.

»Egal, wo – der Feigling wird sich nie mehr zu dir trauen, hörst du? Nie mehr«, wiederholte er.

Ich war ratlos. Sein Blick hatte etwas Beschwörendes. »Ich liebe dich«, sagte er heiser, »nur dich, und wir dürfen mit der ganzen Sache nichts mehr zu tun haben – alle beide nicht! Begreif doch endlich: Wir müssen fort – rasch, eh's zu spät ist. Ich hab das Motorrad angegeben, damit du nicht wegfährst, ich bin auf der Seite der Polizei. Du kannst dich mir anvertrauen, Irene, ich kann für dich sorgen. Bei mir bist du sicher ... Nur bei mir.«

Seine Stimme hatte die Heiserkeit verloren, sie klang zum ersten Mal weich. Sein Auge war klar. Er war gar nicht so hässlich. Ich fürchtete fast: Jetzt meint er es gut! Mein Hass verschwand, aber auch meine Haltung. Ich schlug die Hände vors Gesicht, um dem forschenden Blick vor mir zu entrinnen. Da war kein Michael mehr, aber auch kein Toni; war ich einem Phantom nachgejagt, all diese Zeit des irrsinnigen Suchens? War Toni ein Verbrecher, ein Held – oder tot?

In mir war es stockdunkel. Ich hatte nichts, niemanden auf der Welt. Ich gehörte nirgendshin auf der Welt.

Da spürte ich eine heiße Hand auf der meinen. »Irene –« Die Stimme klang wie von weither. »Irene, ich kann ohne dich nicht leben.«

Ich schaute auf, erkannte Michael – und da war wieder die Angst, die mir die Kehle zuschnürte. »Bring mich heim, Michael«, sagte ich.

Er warf mir einen langen, unendlich traurigen Blick zu, aber er widersprach nicht. Er zahlte, wie immer. Behutsam führte er mich aus der rauchigen Bar ins Freie. Die Menschenmenge hatte sich verlaufen. Es war dunkel und droben kreiste der Mond in einem weiten Hof aus Nebel.

»Ja«, klang die Stimme, nah und doch weit, »ich bring dich heim.« Er hielt ein Taxi an, stieg hinter mir ein und nannte unsere Adresse. »Ich tu, was du willst, Irene – was du willst«, sagte er leise, hingebungsvoll. Dann verfiel er in Schweigen und hielt meine Hand auf der ganzen Fahrt nach Hause durch die Nacht. Ich rührte mich nicht.

XII

An unserer Straßenecke ließ Michael plötzlich halten. »Wir müssen umkehren«, flüsterte er mir zu. »Frag nicht, Irene – wenn wir nicht umkehren, sind wir beide verloren!« Er gab dem Fahrer eine Adresse an, die ich nicht kannte.

Ich benützte den Augenblick und sprang aus dem Wagen.

Es war nicht mehr weit bis zum Haus, aber meine Augen mussten sich erst an das Dunkel gewöhnen. Dichter Nebel verdeckte Mond und Sterne und den Boden; auch das Licht des Taxis, in dem wir gekommen waren, verfing sich darin – es kehrte wirklich um und nur das rote Schlusslicht blinkte noch wie ein Blutfleck aus der watteartigen Masse.

Fröstelnd strebte ich vorwärts, aber wieder hielt mich eine Hand zurück und zog mich seitwärts in die Büsche. Ich konnte Michael kaum sehen, aber ich kannte den Griff und die tonlos flehende Stimme: »Komm mit, Irene, hier hintenherum – ich kenn den Weg

– vertrau mir doch, Irene! Ich tu alles, was du willst – nur komm jetzt, sonst sind wir verloren –«

Er wollte mich wegzerren, aber mir graute vor ihm, vor dem keuchenden Atem, der mir ins Gesicht schlug. Ich riss mich los und rannte dem Haus zu. »Kehr um«, klang es mir nach, »kehr um – lass dir erklären –«

Ich hörte seine Schritte hinter mir. »Zum Toni«, stammelte ich sinnlos, »ich will zum Toni«, und ich rannte wie um mein Leben. Vor der Pension schien ein anderer Wagen halb verdeckt zu warten; ich stieß die Gartentür auf, hörte das Gestrüpp hinter mir knacken und lief, lief …

Ein Laut erklang wie von einer Tierstimme. Dann ein Schuss – noch einer – und ein halb erstickter Schrei, als sei ein Mensch getroffen. Ich stand starr, konnte weder vor noch zurück. Das grelle Licht eines Scheinwerfers blitzte auf. Ich war geblendet, sah nichts, spürte nur, dass jemand mich ergriff; es war nicht Michael. Es war Polizei – sie kamen vom Haus her, einer hielt mich fest, zwei rasten mit gezückten Revolvern an mir vorbei auf die Straße, wo ein Knäuel sich auf dem Boden wälzte …

»Nicht schießen«, schrie ich, »nicht schießen!« Michael lag still, über ihm erkannte ich eine gesträubte Mähne. »Ali –«

Der Hund schüttelte sich, löste sich von Michael los, zwei grünleuchtende Punkte kamen auf mich zu. Ich konnte ihm nicht entgegengehen, aber da war der Kopf mit den gespitzten Ohren schon bei mir. »Ist er verletzt?«

Ich meinte den Hund, aber die Gendarmen sprachen von Michael, den sie mehr herbeischleppten als führten. »Warum hat der Kerl Sie erschießen wollen?«, fragte der eine.

»Mich?« Ich verstand nicht recht.

Michael hob den Kopf. Seine Lippen waren weiß und fest geschlossen. Eine kleine Blutsträhne lief über seine Stirn, dicht neben der schwarzen Binde. Sein Arm hing über dem des anderen Gendarmen herunter. Er starrte mich an wie ein Wunderwesen.

»Mich?«, wiederholte ich und schüttelte den Kopf. »Das glaub ich nicht.«

Es war, als ob Michaels starre Züge sich lösten, sein Auge ließ mich nicht los, als er sich das Blut von der Stirne wischte. »Der Hund«, sagte er mühsam, »er hat mich nur gestellt – ich bin selber gefallen –«

Ali bewegte sich. Ich sah erst jetzt, dass die Haustür offen stand und Tante Liese im Türrahmen sichtbar war. Ali ging langsam auf sie zu, so sanft wie immer. »Der Hund«, rief sie händeringend, »was hat er nur gegen Sie, Michael – er ist doch sonst ein so guter Hund, der uns alle beschützt!« Sie legte die Kette um seinen Hals. Ali kauerte sich vor der Schwelle nieder. Er zitterte.

»Er hat mich beschützen wollen«, rief ich, von Angst um Ali erfüllt, »es ist ja gar nichts geschehen –«

»Das werden wir schon feststellen«, sagte mein Polizist.

Wir wurden alle ins Haus gebracht, an Onkel Hugo vorbei, der ein Licht hielt. Er leuchtete uns in den Salon. Auf der Treppe sah ich das weiße Gesicht der Kriegerwitwe. Dann wurden Onkel und Tante hinauskomplimentiert, und zwei Uniformierte blieben mit Michael und mir allein.

Der eine hielt Michaels Revolver in der Hand. »Waffenschein?«, fuhr er ihn an.

Michael zog ein Papier aus der Brieftasche, die von Banknoten strotzte. Der Polizist prüfte den Schein und reichte ihn seinem Kollegen weiter. »Stimmt, Herr Wachtmeister«, kommentierte er.

»Wofür erteilt?«, fragte der Wachtmeister und zog ein Notizbuch. Er war ein stämmiger Mann mit Fleischerhänden, dem das Schreiben nicht leicht zu fallen schien, er notierte sorgfältig

Michaels Namen und Adresse, seine Stellung in der Bank, und dass er den Waffenschein bekommen hatte, um die Geldtransporte nötigenfalls verteidigen zu können. Das in ihn gesetzte Vertrauen sei immer gerechtfertigt worden, sagte Michael stolz.

Die Polizei ging zu meiner Identifizierung über. »Aha«, sagte der Wachtmeister. »Sie sind das Fräulein, auf das wir gewartet haben.«

»Auf mich?«, fragte ich wieder verständnislos.

»Ihr Freund verlangt nach Ihnen. Hat sich heute Nachmittag im Kino angeschossen – keine Angst, er lebt, ist nur etwas verwirrt. Unkraut verdirbt nicht, wissen Sie.«

»Der Fritz?« Ich schüttelte den Kopf. »Das ist nicht mein Freund, nur ein Bekannter.«

»Woher wissen Sie denn dann, von wem ich spreche?«

»Ich war doch mit im Kino –«

»Ach so.« Das polizeiliche Grinsen schloss nun Michael ein. »Und wie steht dieser Herr zu Ihnen?«

Was sollte ich sagen? Michaels Lippen bewegten sich. »Wir wohnen beide hier im Haus«, begann er. »Wir kennen uns schon lange. Ich hab das Fräulein im Kino abgeholt.«

»Waren Sie auch mit im Kino?«

»Nein«, sagte Michael. »Ich wollte das Fräulein nur heil nach Hause bringen …«

Der Wachtmeister grinste noch breiter. »Den Eindruck scheint das Fräulein aber nicht gehabt zu haben, wie sie von Ihnen weggelaufen ist.«

Michael wandte den Blick nicht von mir. »Ich wollte sie küssen«, sagte er leise.

»Ja, ja«, nickte der andere Gendarm, »der Lebenswandel der Damen macht uns immer am meisten zu schaffen.«

Michaels Gesicht zuckte. »Die Dame ist einwandfrei«, erklärte er. »Sie wollte auch von mir nichts wissen.«

»Haben Sie deshalb auf sie geschossen?«, kam es blitzschnell zurück.

Michael schüttelte stumm den Kopf.

Der Wachtmeister wandte sich mir zu. »Hat er Sie bedroht?«

»Nein, nein«, erwiderte ich. »Er hat nur gesagt, ich soll mit ihm fort.«

»Ah«, machte der Polizist.

Michael sank in sich zusammen. »Ich hab den Streifenwagen gesehen und mir gedacht, das gilt Fräulein Irene, wegen dem Selbstmordversuch im Kino – sie hatte aber auch mit dem nichts zu tun. Es ist alles ein Irrtum –«

»Dass Sie geschossen haben, ist kein Irrtum.«

»Der Hund hat mich angefallen«, gab Michael zurück, »da ist die Pistole losgegangen.«

»Wieso war die Pistole in Ihrer Hand?«

»Ich wollte mich gegen den Hund verteidigen –«

Ich hob flehend die Hände. »Der Hund ist nicht böse! Er wollte mich nur schützen – er hat mich immer beschützt –«

»War denn schon öfter Gelegenheit?«

»Nur so. Nicht, was Sie meinen! Der Hund folgt mir aufs Wort, ich hab nur deshalb nicht bemerkt, dass er da war – dem Hund darf nichts geschehen, er ist ein guter Hund –«

Tränen rannen über meine Wangen. Die Polizisten beachteten es nicht. Nur Michael schaute mich unverwandt an.

»Er ist ein guter Hund«, wiederholte er. »Ich habe ihn selbst für die Familie Bauernfeind besorgt, zum Schutz gegen Einbrecher. Er ist scharf dressiert. Der Fehler lag bei mir, er hat geglaubt, ich wollte das Fräulein belästigen. Sie wird Ihnen selbst sagen, dass das Ganze ein Irrtum war.«

Auf einmal spielten wir irgendwie zusammen. »Ein Irrtum«, bestätigte ich.

Michael nickte. »Ich bin nur froh, dass ich den Hund nicht getroffen habe.«

Ich warf ihm einen dankbaren Blick zu.

»Na«, meinte der Wachtmeister, »wenn Sie keine Beschwerde gegen den Hund einlegen, haben wir's zunächst nur mit Ihnen wegen nächtlicher Ruhestörung zu tun. Schießereien sind auch mit Waffenschein nicht erlaubt. Kommen Sie mit auf die Wache.«

Michael erhob sich, ich blieb sitzen. Der Uniformierte nahm mich am Arm. »Tut mir leid, Fräulein, aber Sie brauchen wir auch, wenn's auch schon spät ist. Wir müssen Sie rasch mit dem anderen Herrn konfrontieren, ehe er uns am Ende doch noch abkratzt.«

Michaels Auge wich nicht von mir, als wir hinaus zu dem Streifenwagen gebracht wurden ...

Zum Umkehren war es zu spät. Die Wagentür stand offen, der Wachtmeister schob mich vor Michael hinein. Wir saßen eingekeilt zwischen Polizisten. »Erst zum Spital, dann zur Polizeidirektion«, erging die Weisung an den Fahrer. Die Tür fiel zu, wir waren gefangen.

Eine Sirene heulte auf, als wir losfuhren. Hinter dem vergitterten Fenster der Wagentür versanken die Lichter der Pension im Dunkel. In solchen Wagen hatte man uns ins Lager gebracht – auch Polizei. Sie war mein Feind, schon immer. »Erst zum Spital« – das war der Fritz. »Konfrontieren, eh er uns abkratzt.« Der arme Fritz, was hatte er denn schon getan? Ein Motorrad gestohlen, um mich zum Toni zu bringen.

Zum Toni ... Um Gottes willen, durchzuckte es mich, wenn die den Toni finden, ist er verloren! Ich darf nichts sagen, nichts, kein Sterbenswort; mir nichts anmerken lassen, lieber sehen, dass auch der Fritz schweigt, wenn er noch reden könnte – denn er wusste ja, wo der Toni war – er und Michael. Ich drehte mich nach dem Krüppel um, und da saß er, links und auch rechts, wo der leere Ärmel hing, von Polizisten eingezwängt, den Blutfleck noch über der schwarzen Binde. Unverwandt sah er mich an, und als sich unsere Blicke trafen, da nickte er nur ganz wenig, als habe er meine Gedanken schon wieder erraten – sodass ich endlich begreifen musste: Er hat recht gehabt, er wollte mich retten, vor der Polizei nämlich. Jetzt war es zu spät.

Er hatte mich gewarnt: »Wenn du den Fritz allein siehst, gibt es ein Unglück.« Jetzt war es geschehen. Aber warum? Wenn der Fritz tot ist, dachte ich, werde ich es nie erfahren. Und wenn er lebt? Was wird er sagen? Mir und denen? Wenn ich ihn bloß allein sehen könnte! Aber die lassen mich ja nicht mehr los, nie mehr …

Die Sirene heulte vor uns her und zerschnitt immer wieder meine Gedanken. Wenn vor dem Gitterfenster irgendein spätes Fahrzeug auf den nächtlichen Straßen erschien, dann stand es ausweichend auf der Seite still, wie erstarrt. Auch ich saß erstarrt, ohne Michaels Nicken zu erwidern, aber ausweichen konnte ich nicht.

Dann standen auch wir still. Die Tür öffnete sich, und der Griff um meinen Arm schloss sich wieder, schob mich hinaus, an Michael vorbei. »Wir sehen uns wieder«, sagte er ruhig, »noch diese Nacht.« Seine Ruhe tat mir gut. Ich stand auf der Straße, zwischen einem Uniformierten und einem in Zivil, der mir neu war. Der Wagen mit Michael fuhr weiter.

Ein dienstbeflissener Nachtportier eilte voraus durch einen öden Gang, aus dem uns Karbolgeruch entgegenschlug. In diesem Geruch war ich schon zweimal aufgewacht, aber der ist in allen Spitälern der gleiche. Es ging aufwärts, im Lift. Der Geruch kam mit. Der Lift fuhr so weit hinauf, wie es ging, bis unters Dach. Wir stiegen aus, und die diensthabende Schwester schien uns zu erwarten. Der Oberarzt sei beim Patienten, sagte sie. Operation sei keine angesetzt.

»Vernehmungsfähig?«, fragte der in Zivil.

Die Schwester zuckte die Achseln und ging vor uns her, auf die einzige Tür zu, die auf dem langen Korridor halb offen stand. Wir warteten davor, während sie hineinging. Man konnte das Bett durch die Öffnung nicht sehen. Ein Arzt in weißem Kittel trat heraus und nahm den Kneifer von der Nase. »Drei Kugeln in der Herzgegend, Herr Kommissar«, erklärte er meinem Begleiter. »Inoperabel.«

»Vernehmungsfähig, Herr Oberarzt?«

Der Oberarzt putzte seinen Kneifer. »Wird sich herausstellen«, meinte er achselzuckend. Dann fiel ihm meine Anwesenheit auf. »Das bewusste Fräulein?«

Der Kommissar nickte und wandte sich mir zu. »Das Einzige, was wir aus ihm herauskriegen konnten, war, dass er's eines Mädels wegen getan hat.«

»Das«, stammelte ich, »das kann nicht ich sein –«

»Wird sich herausstellen.« Er hatte mich am Arm. Der Arzt ging voraus, mich schob der Kommissar nach. Das Zimmer war weiß, das Fenster vergittert. Licht fiel auf das Eisenbett, aber der Junge darin hielt die Augen geschlossen. Seine aufeinandergepressten Lippen waren bläulich statt rot, die Wangen weiß. War das Fritz? So lagen die Leute im Lager da, bevor man sie hinaustrug.

Nur gut, dass einer meinen Arm hielt. Erst jetzt bemerkte ich die Schwester, die am Bettrand saß; ihre Haube war weiß wie das Laken, und ihre Hand hielt den Puls des Kranken. Sie zählte und nickte und flüsterte dem Oberarzt etwas zu. Der Junge im Bett atmete langsam und schwer. Also war er nicht tot. Der Kommissar wollte mich ans Kopfende des Bettes schieben, da erhob sich die Schwester. »Einen Augenblick Geduld, bitte«, gebot der Oberarzt.

Auf seinen Wink nahm die Schwester eine Ampulle vom Instrumententisch in der Ecke und füllte den Inhalt in eine Spritze.

Der Arzt hob den Arm des Patienten. Ich drehte mich weg. Ich konnte keine Spritzen sehen. Mir tat mein eigener Arm weh, aber das konnte auch vom Griff kommen, der ihn umklammerte, und die Stimme des Kommissars schnarrte: »Na, na, na, Fräulein ...«

Der Arm des Jungen lag wieder neben dem Körper im Bett. Aus dem Mund kam ein Laut – kein Wort, nur eine Art Röcheln. Der Atem ging tiefer. Der Griff drückte mich auf den Platz, den die Schwester verlassen hatte. »Reden Sie ihn an«, befahl die Schnarrstimme.

»Fritz«, flüsterte ich.

»Lauter!«

»Armer Fritz«, wiederholte ich mühsam.

Dass man so langsam aufschauen kann, von weither, so, als hätten die Lider ein ungeheures Gewicht ... und dann tauchten dahinter die Augen auf, sehr hell, aber verschwommen; sie schienen nichts zu sehen, sie gingen irgendwohin ins Leere.

Mir fehlte etwas: der Griff um meinen Arm. Ich schaute mich um. Der Kommissar hatte sich mit dem Arzt in die Ecke zum Instrumententisch zurückgezogen. Nur die Schwester beugte sich über mich und nickte mir Mut zu. »Rufen Sie ihn«, mahnte sie.

»Fritz«, rief ich in seine wandernden Augen, »kennst mich denn nicht?«

Der Blick kam von irgendwo zurück, blieb an mir hängen und glänzte etwas auf, vielleicht vom Widerschein der Lampe. Dann versuchte der Kopf sich zu heben, und die Schwester stützte ihn. Fritz sah mich an. Die bläulichen Lippen bewegten sich, formten tonlos meinen Namen.

Ich nickte. Der Kopf ging hin und her. Stoßweise kamen die Worte heraus: »Du ... oder ich ... du ... oder ich ... « Mit einem Ruck hob sich die rechte Hand, zielte nach mir, verkrampfte den Zeigefinger, wie um einen Revolver abzudrücken, und sackte am

Bettrand ab. Der Kopf sank aus den Händen der Schwester, und aus dem Mundwinkel lief ein Rinnsal von Blut. Sie wischte es ab.

Du oder ich … Mich überlief es. Was hieß das? Musste denn einer von uns sterben? Hatte Fritz mich gemeint und sich getroffen? Du oder ich … Warum? Es wurde mir eng um die Brust.

»Sauerstoff!«

Der Oberarzt war wieder da, er beobachtete Fritz, nicht mich. Die Schwester holte einen Apparat, der so lautlos wie rasch über dem Bett befestigt wurde. Ohne den Blick von seinem Fall zu wenden, wies der Doktor auf die Tür: »Tut mir leid, Herr Kommissar – Sie verstehen, die ärztliche Pflicht geht vor.«

»Zu dumm«, schnarrte es zurück. »Verbindlichen Dank jedenfalls. Und bitte, uns auf dem Laufenden zu halten.«

Die weiße Haube blieb im Karbolgeruch zurück. Zwei Schatten folgten uns lautlos. Der Lift knarrte, es ging hinunter. Eine Tür öffnete sich, und ich atmete tief frische Luft. Am bleigrauen Himmel schien ein mattes Licht auf. Gab es einen neuen Tag?

Die Sirene antwortete, und hinter der Gittertür fand ich mich im Wagen zwischen den Schatten gefangen. Das Spital mit Fritz lag hinter uns. Den Revolver hatten sie mitgenommen, wie mich. Wohin? Ich wollte nach Hause, aber wo war das? Es gab kein Zurück, es war zu viel vorgefallen, und jetzt rollten wir weiter, immer so weiter – weil ich den Fritz allein sah, war das Unglück geschehen. Der Michael hatte es gewusst und mich gewarnt. Sein Blick folgte mir immerzu. Würden wir uns noch heute Nacht wiedersehen?

Durch das Gitter dämmerte mühsam der Morgen.

Immer, wenn dieser Wagen hielt, gab es mir einen Stoß. Ich stolperte beim Aussteigen, weil mir so grelles Licht entgegenschlug – ein dunkler Gegenstand zielte auf mich, aber es war kein Revolver, nur ein Blitzlicht, das mich traf. Ohne den Griff wäre ich umgefallen. So versuchte ich nur vergebens die Hände vors Gesicht zu drücken, aber da war auch wieder ein Griff von links. Es gab kein Zurück, nur Steinstufen, die wir hinaufstiegen.

Der Warteraum oben war öde und doch überfüllt von düsteren Gestalten. Unheimlich und fremd lungerten sie auf den Bänken herum, wie auf einem Bahnhof, wo alle Züge verpasst waren. Sie hoben bei unserem Eintritt kaum die Köpfe; wir schienen nichts Neues. Uniformen bewegten sich, ohne mir einen Platz anzuweisen. Der Griff um meinen Arm verschwand, denn davonlaufen konnte hier keiner. Ich lehnte mich an die Wand, todmüde, aber es half nichts; ich musste weiter, durch Gänge und über Treppen. Das nächste Zimmer, in dem wir haltmachten, war kahl vor Ordnung. Nummerierte Akten lagen auf einem Tisch und enthielten mich, mit Namen und Adresse.

Wieder ein Kommissar – derselbe oder ein gleicher – ließ mich Daten aus meinem Akt nachsagen. Sie stimmten. Nach jetzigen Bestimmungen schien sogar meine Abstammung in Ordnung – mich wunderte nichts mehr. Meiner Eltern Todesursache spielte keine Rolle; die Tatsache, dass meine Verwandten Bauernfeind mich aus dem Spital geholt und aufgenommen hatten, genügte. Im gleichen Spital hatte ich Michael getroffen, und da begann mein Leben, vielmehr mein Akt.

Alles darin ging um Michael. Die Bauernfeinds wussten nur das Beste über ihn: Nach dem Überfall auf die Pension hatte er ihnen sogar ein Darlehen von seiner Bank verschaffen können, so einwandfrei war sein Leumund. Überdies war er zu vollem Preis ins Haus gezogen, in mein früheres Dachzimmer, der schönen Aussicht wegen. Oder hatte das mit mir zu tun gehabt?

Ich wusste es nicht; ich war damals wieder im Spital gewesen, als der Raubüberfall stattfand.

»Stimmt es, dass der Michael da gerade verreist war?«

»Er hat mir jedenfalls von unterwegs ins Spital geschrieben.«

»Und dass er auf seinem Zimmer war, als der Gärtner umkam?«

Es machte nichts aus, dass ich mich nicht daran erinnern konnte, denn alle Pensionsbewohner hatten dieses Alibi bereits bestätigt. Vor mir lag plötzlich ein Bild. Ich kannte es nicht, hatte es noch nie gesehen und war nicht darauf; auch Michael fehlte. Natürlich – er hatte es ja aufgenommen, erinnerte ich mich. »Rasch, eh's dunkel wird«, hatte er gerufen. Das war das Picknick.

Es wurde heller. Der Toni sah mich an, etwas vorgeneigt, die Hände in den Taschen der kurzen Hose. Ein Kind war das, nichts als ein Kind, und was damals geschah, waren nur Kinderspiele: »Fuchs, du hast die Gans gestohlen«, spielte der Toni auf der Mundharmonika dazu. Der Große da, am rechten Ende, das war der Fuchs. »Wo ich bin, ist oben« – damit war er ins Bild getreten, und der Wolf schaute nach ihm, der Schmächtige am linken Ende, mit dem Arm um die Schulter Tonis, den er nicht hergeben wollte, den er nicht losließ …

Etwas traf Toni auf den Kopf – die Bleistiftspitze des Kommissars. Sie machte ein Kreuz auf seine Stirn. Ich fuhr zusammen. »Verlustanzeige«, sagte der Kommissar und nannte eine Nummer. Über die Reihe der Jungensköpfe hinweg traf die Spitze den Fuchs und machte ein zweites Kreuz. »Verlustanzeige« , hieß es wieder, mit einer anderen Nummer, und dann kam der Vermerk: »Vermutlich Ostzone.«

Sie wussten …

Das Bild stand Kopf – das heißt, es war dem Kommissar zugedreht, der nun mit seinem Bleistift von einem zum anderen glitt, ohne weitere Kreuze zu zeichnen. Hingegen nannte er jedes Mal Namen und Adresse des Betreffenden und wollte sie von mir bestätigt haben. Ich aber kannte nur Toni mit vollem Namen und hatte das sogenannte »Gemüse« vorn – bis auf die Gretl – schon ganz vergessen.

Wann und wo hatte ich die Jungen wiedergesehen?

Den Fuchs nie, Hermann und Wolf bei der Bergtour – und dann beim Wolf, als ich den Toni suchte – Adresse?

Ich konnte sie nur vage beschreiben.

Was wusste ich von den Aktionen?

Nichts, nichts – der Toni hatte nichts mehr mit denen zu tun gehabt, auf meine Bitte, seit dem Einbruch im amerikanischen Depot – ich meinte, seit er die kleine Gefängnisstrafe absaß – war er nicht mehr dabei gewesen –

»Er sah die Brüder aber mehrmals wieder«, wurde ich scharf unterbrochen.

Was immer ich angeben konnte, die wussten es besser. Und dahinter stand Michael – »mein Freund«, wie sie sagten.

»Er ist nicht mein Freund!«, schrie ich.

»Was denn?«, klang es zurück.

»Er ist – er war der Freund von Toni –«

Jäh schnitt es dazwischen: »Weiß er, wo der Toni ist?«

Nur nichts verraten, nur Zeit gewinnen … »Er sagt, der Fritz lügt«, gab ich rasch zurück. »Vielleicht war das alles nicht wahr, das mit der Ostzone, aber der Fritz wollte mich zum Toni bringen –« Das hätte ich nicht sagen sollen …

»Der Fritz wollte Sie doch erschießen! Er hat's Ihnen ja eben vorgespielt«, und die Hand der Polizei zielte auf mich, mit gekrümmtem Zeigefinger. »Ihr Glück war doch nur, dass Ihr Freund Michael uns den Motorraddiebstahl anzeigte!«

Also auch das wussten sie. Ich antwortete nicht.

»War Fritz auf Michael eifersüchtig?«

Auf Michael? Da konnte ich nur lachen.

»Oder auf Toni? Oder Michael auf Fritz?«

Die Polizei verwirrt die Gefühle. Sie trieben mich in die Enge; ich wusste nicht ein noch aus, und mit einem Mal sah ich sie doppelt, als wär ich betrunken – da standen sie, zwei links und zwei rechts, und zwei mal zwei ist vier. Unerbittlich starrten die vier mich an. Sie trugen keine Menschengesichter, Michael hatte mich retten wollen vor Fritz und vor ihnen, nur nicht vor sich selbst.

»Der Michael«, begann ich und erstarrte vor seinem Blick, der mich bewachte. Er stand leibhaftig vor mir in dem kahlen Amtszimmer, als hätte er mich gar nicht verlassen, keinen Augenblick – und da war auch wieder sein Nicken, das Einverständnis hieß.

»Wie die Herren sich ja nun überzeugt haben«, stellte er gelassen fest, »wusste das Fräulein von nichts. Sie wollte nur ihren Bräutigam suchen, der aus der Bande ausgesprungen war wie ich selbst. Ich habe nicht mitgemacht, nur gutgemacht, was ich konnte.«

Das Wortspiel gefiel ihm. Ein amüsiertes Grinsen zog über sein Gesicht, bis unter die schwarze Binde. Die Detektive beachteten es nicht. Es waren ihrer nun vier, zwei von ihm und zwei von mir. Sie verglichen unsere Aussagen und schienen zufrieden.

»Ich habe angegeben, was ich konnte«, schloss Michael. »Mehr kann ich nicht sagen, solange sich frühere Freunde von mir noch auf freiem Fuß befinden. Mich bindet ein Eid.«

»Ein Eid «, fragte der Kommissar gedehnt, »bindet Sie an diese Mordbuben?«

»Ein Eid, meine Herren, ist Ehrensache.« Michaels Auge ließ mich los und schweifte über die Verhörer. »Den Mordbuben«, warf er noch hin, »haben Sie ja in der Hand. Im Spital, meine ich – solang es dauert.« Sein Blick verlor sich in dem Gitterfenster, durch das die Nacht entwich.

Solang es dauert, dachte ich.

Ein Telefon schrillte. Der Kommissar nahm den Hörer ab, lauschte, nickte zweimal befriedigt und dann noch je einmal zu Michael und mir. Die Nacht brach ab. Man führte uns hinaus.

Bei Fluchtverdacht, hieß es noch, würden wir verhaftet. Die Schatten folgten uns nach.

XIII

Zwischen zwei Polizisten hob ich abwehrend die Hände … Es hatte nichts geholfen. Man sah mein Gesicht ganz deutlich. Und darüber, in Fettdruck, stand »RÄUBERBRAUT?«, mit einem Fragezeichen. Die Buchstaben tanzten vor meinen Augen. »Einundzwanzigjähriger Raubmörder schießt sich eines Mädchens wegen an …«

»Schämst du dich nicht?«, fragte die Tante.

Ich schämte mich. So in die Zeitung zu kommen, was für eine Schande. Das Blitzlicht vor der Polizeidirektion hatte mich festgehalten, und ohne Michael wäre ich überhaupt nicht mehr herausgekommen. Jetzt goss er mir Kaffee ein und meinte vertraulich: »Das wird dir guttun, Irene.«

Die Tasse wog schwer, doch brachte ich sie an die Lippen. Ich nahm einen Schluck, das half etwas.

Michael schob die Zeitung beiseite. »Sie müssen das Zeug nicht glauben, Frau Bauernfeind. Wir kennen doch Zeitungsgeschichten.« Er blinzelte ihr verständnisinnig zu. »Ihr Fräulein Nichte ist völlig unschuldig, sie hatte mit dem Selbstmordkandidaten gar nichts zu tun.«

»Was?«, schrie die Tante außer sich. »Ins Kino ist sie mit ihm, mit diesem Raubmörder, ist das nichts? Und die Banditen hier bei uns im Haus – jetzt kann man sich ja vorstellen, wieso die sich so gut auskannten! O Gott, o Gott, was für eine Schlange wir da aufgenommen haben!« Ihre Stimme überschlug sich. »Hinaus«, kreischte sie und hob die Arme, »verlass auf der Stelle das Haus, du –!«

»Das Verlassen des Hauses«, stellte Michael fest, »ist Fräulein Irene streng untersagt. Sie steht unter Polizeiaufsicht.«

Die Tante rang die Hände. »Nicht einmal rausschmeißen kann man die Person! Eine Räuberbraut in meinem Haus – was sagt man bloß dazu –«

»Im Zweifelsfall nichts«, meinte Michael.

Sie warf ihm einen verbitterten Blick zu, kräuselte die Lippen, als wolle sie etwas ausspucken, und schluckte es dann wie einen harten Brocken hinunter. »Na«, brachte sie hervor, »Ihnen verdanken wir ja das Ganze.« Ohne weitere Erklärung fegte sie hinaus. Die Tür knallte.

Da saßen wir nun, beide in Ungnade. Er lachte, und das machte mich wütend. »Sie hat ja recht!«, rief ich. »Das Ganze verdanken wir dir.«

»Freilich«, bestätigte er. »Du zum Beispiel dein Leben.«

Das saß. Du oder ich … »Warum hat der Fritz mich umbringen wollen?«, fragte ich leise.

Er zuckte die Achseln. »Weil du zum Toni wolltest.«

Weiß er, wo Toni ist?, hatte die Polizei gefragt … »Wo ist der?«

»Wo der Fritz ihn hingebracht hat«, kam es zurück.

Den Toni hingebracht, mich hinbringen . .. Ich sah Michael nicht mehr, sah nur Fritz' Hand wie zuletzt auf mich gerichtet, und sie traf mich wie Eis. Zum Toni bringen, durchfuhr es mich, das heißt ins Grab bringen.

»Warum? Warum hat er den Toni –?«

Eine Hand verschloss meinen Mund, Michaels Linke. Als hätten die Wände Ohren, flüsterte er mir zu: »Hat er? Im Zweifelsfall schweig. Und vergiss den Toni, wenn dir dein Leben lieb ist.«

»Nichts ist mir lieb ohne den Toni!« Ich schüttelte ihn ab und wies auf die Tür.

Er duckte sich, richtete sich langsam wieder auf, als schleppe er ein Gewicht mit sich, und schlich hinaus wie ein verprügelter Hund. Ich atmete auf. Die Luft schien reiner ohne ihn. Einmal hatte ich das letzte Wort gehabt, und mehr war nicht zu sagen. Was ich zu tun hatte, wusste ich: Toni finden, lebend oder tot – immer daran denken, nie davon sprechen, denn ich war eine Gefangene, auf meinem Zimmer isoliert, von der Tante bewacht, im Haus, das von Polizei bewacht wurde, und von Ali. Michael ging ein und aus, und nur Ali schien etwas dagegen zu haben, er zeigte es jedes Mal durch das kurze Wolfsgeheul an, wenn der Kerl sich näherte.

Ich ließ ihn nicht mehr in mein Zimmer. Ich saß mit meinen Gedanken eingeschlossen, in denen sogar die Zeit stecken blieb, denn sie drehten sich im Kreis, immer um den gleichen Punkt: Hat Fritz den Toni umgebracht, oder will Michael nur den Verdacht auf ihn lenken? Wenn nur Fritz am Leben bleibt, dass ich ihn fragen kann … Einmal schien der Augenblick gekommen. Ich sollte ins Freie. Polizei holte mich; vor der Tür traf mich der erste gute Blick: Da stand Ali und wedelte. »Guter Hund«, sagte ich und er leckte meine Hand, bevor ich in den Polizeiwagen stieg.

Ich sollte tatsächlich wieder mit Fritz konfrontiert werden. Die ganze Fahrt über probte ich meine Szene mit ihm – auf dem Hinweg. Auf dem Rückweg war alles leer in mir. Fritz war nicht mehr vernehmungsfähig gewesen. Er lag zwischen Leben und Tod, die einzige Hoffnung schien doch noch in einer Operation zu bestehen.

Nur mir blieb keine Hoffnung. Ich konnte meine Einzelhaft nicht mehr ertragen, musste hören, was draußen vorging. Als ich nach dem warnenden Wolfsgeheul wieder einmal die vertrauten Schritte vernahm, rief ich: »Herein.« Ich bereute es, sowie ich den Triumph in Michaels Auge sah, und brachte es fertig, verwundert zu fragen: »Oh, du bist's?«

»Wen hast denn erwartet? Den Toni vielleicht?«

Ich überhörte die Frage. »Wieso lassen sie dich eigentlich so frei herumlaufen?«

Er kniff das Auge zusammen. »Enttäuscht dich das? Die wollen halt durch mich auf eine Spur kommen.«

Das wollte ich auch. »Du hast mir doch selbst gesagt, dass du auf der Seite der Polizei bist.«

Aushorchen gab es bei Michael nicht. Er schmunzelte. »Ich bin auf deiner Seite, Irene.«

»Beweis mir's!«

Er sah mich nur an. »Wie oft soll ich's noch beweisen?«

Darauf hatte ich die Antwort. »Einmal. Du hast gesagt, wenn einer mich zum Toni bringt, musst du es sein. Tu's.«

Er wurde bleich und griff in seine Brusttasche. »Zu spät«, sagte er und legte ein zusammengefaltetes Zeitungsblatt vor mich auf den Tisch. »Hier, lies.« Damit ging er.

Toni schaute mich an – aus dem Gruppenbild, das die Polizei besaß, dem Bild vom Picknick, wo ich ihn kennengelernt hatte. Nun stand es in der Zeitung, mit der Überschrift »Jugendliche Gangsterbande unschädlich gemacht«, und der Bericht darunter begann mit einer Liste von Verhafteten. Ich überflog die Namen, Toni war nicht dabei. Ich kannte nur einen: den Hermann – »den Schießer«, nannte ihn die Zeitung. Da stand auch, dass er wegen Mordes auf die Anklagebank kommen werde, da der Kassenbote den ihm nachweislich mit Hermanns Revolver zugefügten Verletzungen inzwischen erlegen sei.

Leugnen hätte ihm also wenig geholfen, aber der Schießer versuchte es erst gar nicht. »Die Aktion war glänzend vorbereitet«, erklärte er, auf die reibungslose Beschaffung eines Autos schien er besonders stolz. Er war dem Besitzer gegenübergestellt worden, einem siebzigjährigen Taxichauffeur, der ihn sofort als den »zweiten Banditen« identifizierte und immer noch zitternd von der

Schreckensfahrt sprach, zu der das Paar ihn mit vorgehaltener Pistole zwang: Durch die Vorstadt hinaus, in den dichten Forst, wo sie ihn auf inständiges Bitten laufen ließen. Jeden Augenblick hatte er geglaubt, eine Kugel in den Rücken zu bekommen. Bis er wieder in die Stadt kam, war sein leeres Taxi schon in einem Hinterhof gefunden worden und der Kassenbote lag tödlich verletzt im Spital.

»Der hätt halt so geschwind einsteigen müssen, wie der Chauffeur ausgestiegen ist«, zitierte die Zeitung den Hermann. Er seinerseits hatte die geraubten fünftausend Mark bereitwillig der Polizei übergeben, »zur weiteren Verwahrung«. Nur über den »ersten Banditen« war kein Wort aus ihm herauszuholen. »Mich bindet ein Eid«, erwiderte er auf alle Fragen.

Das sagten sie alle, Michael, Fritz und einst Toni. Ich wusste, wer der erste Bandit war. Zu meiner Überraschung schien es auch die Polizei zu wissen, denn beim Umblättern sprang mir der Wolf ins Auge – nicht mit der Hand auf Tonis Schulter, sondern allein im Bild, mit der schmächtigen Figur, dem schmalen Kopf, den tief liegenden Augen, die ich kannte. Darüber stand: »Steckbrieflich verfolgt.«

Ich schnitt den Bericht mit den Bildern aus der Zeitung aus. Aus dem ersten sah mich Toni an, etwas vorgeneigt, wie er mich seither tagtäglich ansieht – es ist das zweite Bild von ihm, das ich besitze. Das andere, auch aus den »Neuesten Nachrichten« geschnitten, ist der alte Pfadfinderausweis mit dem Wort von den missbrauchten Idealen. Die Behauptung über dem Gruppenbild, dass die Bande unschädlich gemacht sei, mag heute stimmen; damals stimmte sie nicht. Wolf war verschwunden, von Michael stand in der Zeitung, die er mir auf den Tisch legte, kein Wort; auch vom Fuchs und von Toni nicht, obwohl die doch mit auf dem Bild waren und man die Kreuze, die der Kommissar auf ihre Köpfe gezeichnet hatte, ganz deutlich sah. Und vom Wolf stand da nur sein Alter, einundzwanzig, und dass vor ihm gewarnt werde, weil er bewaffnet sei.

Mich hatte Michael gewarnt: »Vergiss den Toni, wenn dir dein Leben lieb ist.« Mein Leben war mir nicht lieb, schon deshalb nicht, weil Michael es gerettet haben wollte. Ich wusste, er log, es war nicht zu spät, Toni zu finden – nicht, solang es dauerte, nämlich das Leben von Fritz. Toni, dachte ich, der Fritz wird reden, weil er reden muss – er weiß, wo er dich hingebracht hat, und ich muss es ihm nur auf den Kopf zusagen …

Der Kopf lag auf dem Kissen, so weit hochgeschraubt wie möglich, der Mund war geschlossen und blutleer, und dort, wo früher die Grübchen saßen, fielen die Wangen ein und warfen Schatten. Tief umrändert sahen die Augen mich an. Fritz lebte.

Das schien auch den Oberarzt zu wundern, der tatsächlich zwei Kugeln aus der Herzgegend herausgeschnitten hatte. Die dritte habe sich verkapselt, erklärte er und fand den Fall somit offenbar gut erledigt. Er zog sich zu dem Kriminalbeamten zurück, der hinter der halb offenen Tür lauschte. Nur die weiße Haube blieb bei uns, gesichtslos, sie versank förmlich in der Ecke. Jetzt, dachte ich, sind wir so weit, du und ich.

»Fritz«, sagte ich ruhig, »du hast mir schon alles gestanden.«

Seine Augen weiteten sich, glitten von mir ab und die weißen Wände entlang, als suchten sie einen Weg zur Flucht, fanden aber nur wieder zu mir zurück. »Was?«, wollte er wissen, »was hab ich gestanden –?«

Er erinnerte sich nicht. Ich konnte sagen, was ich wollte. Ich wählte die Worte langsam und deutlich. »Du wolltest mich umbringen.«

»Nein«, stieß er hervor, »nein – ich sollte es tun, aber du bist doch ein Mädel, da konnt ich nicht – und darauf steht der Tod – da hab ich lieber mich selber –«

»Lüg nicht«, unterbrach ich ihn. »Du konntest nicht, weil dein Motorrad geschnappt war, mit dem du mich zum Toni bringen solltest – das heißt, umbringen. So wie du ihn umgebracht hast.«

Er sah mich verzweifelt an. »Ich war's nicht, Irene – das war wirklich nicht ich, der den Toni –«

Er wusste also. Und nun auch ich. »Wer?«, fragten meine Lippen noch, »wer war's« – dann wusste ich nichts mehr.

Doch …

Zum Toni wollte ich, zum Toni, Fritz sollte mich hinbringen, aber dann hatte er ihn umgebracht – nein, sich selber – oder mich? Ich konnte mich an nichts mehr halten. Ich war auf der Flucht, denn die trachteten mir ja nach dem Leben, Fritz und Hermann und Michael, die ganze Bande, von der ich Toni weggebracht hatte – komm mit mir fort, Toni, rasch, eh's zu spät ist … Eine Gedankenflucht war das, in die ich geraten war … Hin und wieder holten mich Stimmen ein. »Nervenschock«, hörte ich, oder »Erschöpfungszustand«, aber sehen konnte ich nichts. Wer war's? Wer? Die Fragen blieben. In ihnen ging das Leben weiter. Schmerz stach in meinen Arm und riss mir die Augen auf, nur keine Spritze … Kein Laut kam mir aus der Kehle. Das war gut, denn sonst hätte ich mich verraten und mein Angstschrei hätte die Polizei noch darauf gebracht, woher meine Zustände stammten. Statt Michaels gingen die Kriminalbeamten bei mir ein und aus – wie war ich nur in mein Zimmer gekommen? Erst kommt das Hören wieder, dann das Sehen, erst zuletzt kann man reden. »Wo ist der Toni?«, fragte ich, aber die zwei – natürlich waren es wieder zwei – hörten nicht hin, die interessierte der Fuchs. Mich nicht. Wie sollte ich mich denn an den noch erinnern? Das war ja ewig her, fünf Jahre vielleicht, oder länger – eine Ewigkeit schien zwischen mir und dem Fuchs zu liegen, oder war es die Ostzone? Von dort sollte Nachricht gekommen sein, auch vom Toni, es ginge den beiden gut, hatte Fritz erzählt.

Lachte da wer? Michael war nicht hier, aber ich hörte deutlich sein Lachen. »Der Fuchs ist im Loch, ha, ha – ja, so kann man's auch nennen.« Was war bloß so komisch daran? Das hatte ich nie herausgefunden. Und im Loch war damals Toni, von dort war er wiedergekommen.

»Wir haben ihn nämlich gefunden«, sagte der eine Detektiv.

Sie hatten ihn also gefunden, nicht ich. Das machte nichts aus, wenn er nur da war.

»Total skelettiert, natürlich«, erklärte der andere.

Das Lachen war längst erstorben. Michael hatte mich zu Toni bringen wollen, er hatte ihn umgebracht. Es sei, so hörte ich noch wie durch eine Wand, auf einer Baustelle gewesen …

Auf der Baustelle hatte Toni mir auf Wiedersehen gesagt, mich in die Arme genommen und vor allen Leuten geküsst. Aber das ging in Ordnung, denn ich war ja seine offizielle Braut, und was seitdem passiert war, bildete ich mir nur ein. Es war ein Angsttraum, nichts weiter: Wenn ich aufwache, dachte ich, wird alles wieder gut …

»Der Michael ist verhaftet«, hörte ich die Stimme der Tante.

Kein Zweifel, sie redete wieder mit mir. »Das ist gut«, sagte ich.

Tante Lieschen saß auf meinem Bett und starrte mich entgeistert an. »Was ist gut? Dass der Michael verhaftet ist?«

Ich dachte krampfhaft nach und schüttelte den Kopf. Ich musste mich zusammennehmen, denn sie schien mich für verrückt zu halten. »Warum ist er denn verhaftet?«, fragte ich sachlich.

»Mordverdacht«, hauchte sie. Ich schwieg. »Aber das kann nicht stimmen«, fuhr sie entrüstet fort. »Der Michael ist kein Mörder. Der andere war es, der Fritz – das hat mir der Michael selbst noch gesagt. Und der lügt nicht.«

Dass Liese Bauernfeind wieder fest und treu zu Michael hielt, überraschte mich nicht. Er log zu gut. Aber auch seine Lügen machten Toni nicht wieder lebendig.

»Man hat sein Skelett gefunden«, erinnerte ich mich. Ich sprach es aus, ganz ruhig, und verstand: Der Angsttraum war Wirklichkeit. »Auf einer Baustelle«, sagte ich.

»Du bringst schon wieder alles durcheinander«, rügte die Tante. »Mit dem Skelett auf der Baustelle hat der Michael gar nichts zu tun, den Mord hat der andere gestanden, Hermann heißt er – auch ein feiner Bursche. Schien noch stolz darauf. Warum hat er's getan? Er sagt, der hätte sich aufgespielt, der Fuchs.«

Der Fuchs? Aufgespielt hatte Toni – »Fuchs, du hast die Gans gestohlen« – das waren Kinderspiele, und das Loch war das Grab, das kam Michael so komisch vor … Er hatte auch das gewusst. Aber den sie gefunden hatten, das war der Fuchs, nicht Toni.

»Was weiß man vom Toni?«, fragte ich.

»Nichts«, keifte die Tante, »nichts, als was man von dir gehört hat: Dass er dein Bräutigam war, mit dem du mich hintergangen hast – den Michael, meine ich –, hab ich dir nicht gesagt, dass man nicht einen gegen den anderen ausspielen darf? Und jetzt hör einmal zu: Wenn, also wenn …« Sie krächzte nur mehr. »Wenn der Michael ihm wirklich was angetan hat, dann war es deinetwegen, das kannst mir glauben! Geliebt hat er dich, der Michael, das sieht ja ein Blinder – und das viele Geld, das er uns gegeben hat, du undankbare Person! Das hat man davon, wenn man sich in Stücke reißt für so eine wie dich – man schweigt ja darüber, weil man sich schämt und weil heutzutag ja auch nicht mehr davon gesprochen werden soll, aber es war eben doch was dran, und wenn ein ehrlicher Junge dann so einer auf den Leim geht … Der Michael ist nicht schuld, nur du, mit deiner Vergangenheit – kein Wunder, dass so eine unter die Raubmörder kommt!«

Die Tür flog zu. Zuerst war ich wie vor den Kopf geschlagen, obwohl ich all das ja schon immer gespürt hatte – aber nun war es heraus und ich konnte mir nichts anderes mehr einreden. Es war mir ins Gesicht gesagt worden, wenn man auch heutzutage nicht mehr davon sprach, und es half mir nichts, dass man sonst schwieg, weil man sich schämte – so wie ich schwieg, weil ich mich schämte. Jetzt war es heraus …

Die Tante war aus dem Zimmer. »Ja«, schrie ich sie an, »hoffentlich bin ich schuld und dein Michael ist mir wirklich auf den Leim gegangen – ich wollt's nicht; ich hab immer nur den Toni gewollt, und ich glaub dem Lügner kein Wort, aber er glaubt mir – ist das nicht fein, dass ich so viel besser lügen kann? Und dass jetzt ihr an der Lüge erstickt, die ihr mir beigebracht habt? ›KZ und so, das muss man den Leuten nicht auf die Nase binden‹ – natürlich nicht. Man muss sich doch schämen. Hab ich mich auch. Ich hab's gewiss keinem auf die Nase gebunden, keiner ahnt es außer euch – und jetzt, wo ihr glaubt, dass ich an den ehrlichen Jungen, an diesen ehrlichen Mordbuben schuld bin, jetzt traut ihr's euch auch nur mir zu sagen, sonst niemandem – ist das nicht fein?«

Es schrie in mir. Kein Laut kam über meine Lippen.

»Ja, ich bin unter die Raubmörder gekommen, weil ich auch einmal dabei sein wollte – und weil der Toni dabei war, und was ich da falsch gemacht hab, war nur, dass ich ihn von ihnen wegbringen wollte, sonst wär er noch am Leben. Einmal wollte ich nicht nur bei denen dabei sein, die umgebracht werden – aber das geht scheint's nicht. Dazu muss man ein Bauernfeind sein, eine wie ihr, nicht so eine wie ich. Aber ich hab's bald gemerkt, dass das nichts für mich ist, das mit dem Dabeisein, und dann wollt ich nichts mehr als leben, ganz einfach leben, was doch neu für mich war und schön – und das Leben war der Toni. Bevor er kam, hab ich überhaupt nicht gelebt, und seit er fort ist, hab ich nur halb gelebt, und wenn er wirklich tot ist, dann leb ich nur noch für eins: Dass ihr auch draufgeht, die ihr ihn und mich umgebracht habt – dass ihr geradewegs zur Hölle fahrt, wo ich schon war und wo ihr alle hingehört, alle, alle …«

Ich war aus dem Bett gesprungen und rannte sinnlos durchs Zimmer, bloßfüßig, so hörte man mich nicht im Haus. Mir gellten die Ohren vor dem, was ich der Tante ins Gesicht schreien wollte, aber sie war gar nicht da und hörte kein Wort; niemand hörte ein Wort, denn ich schrie ja nur lautlos in mich hinein. Ich suchte meine Kleider und zog mich an. Wenn meine Knie schwanken wollten, setzte ich mich hin – nur nicht wieder umfallen, sonst merken sie schließlich doch einmal, woher das kommt! Anziehen, auf den Beinen bleiben und dann ins Freie und reden, reden – nicht zu Liese Bauernfeind; der hatte ich nichts zu sagen, aber es gab ja andere, die mich reden ließen und sogar zuhörten, die auf eine Spur kommen wollten und auf alles gespannt waren, was ich wusste. Es war nicht schwer, sie zu finden, denn ihre Schritte unterm Fenster liefen mit mir durch die Zeit. Tag und Nacht ging da einer in Uniform auf und ab und ums Haus, alles meinetwegen …

Mein Weg ging durch den Salon. Da saßen sie wieder alle beisammen um den runden Tisch, alle bis auf Michael, und wie sie mich anstarrten, hatte wohl nichts damit zu tun, dass mir die Kleider zu weit geworden waren. Wie gealtert der Onkel schien! Unverändert zwinkerten der Kriegerwitwe vom Weinen gerötete Augen, unverändert zitterte der Frontkämpfer. Auch ich zitterte, nicht vor Kälte. »Wo willst denn hin?«, fragte die Tante.

»Zum Michael«, log ich.

Sie griff sich an den Kopf, um anzudeuten, dass ich verrückt sei. Der Onkel nickte. »Schon gut«, meinte er. »Am besten, sie stecken dich gleich zu ihm ins Loch.« Ich ließ mir's nicht anmerken, was dieser Ausdruck jetzt für mich hieß; im Vorzimmer atmete ich auf. Das Spießrutenlaufen war überstanden.

Ich riegelte die Haustüre auf und da stand auch schon der Uniformierte. »Wohin denn, Fräulein?«

»Zur Polizeidirektion, bitte.«

»Ja, wozu denn das?« Es schien ihn zu wundern.

Ich hätte weitere Angaben zu machen, sagte ich.

»Ah, so? Na ja, als dann – aber so einfach geht das auch wieder nicht, Fräulein. Da bleiben S' jetzt doch lieber hier, und ich verständige den Herrn Kriminalkommissar. Der wird Sie dann schon bei gelegener Zeit zu einer neuerlichen Einvernahme abholen.«

Ich ging in meine Zelle zurück.

Der mich am nächsten Tag abholte, war ein Gemütlicher. »Na, Fräulein«, begrüßte er mich, als er ins Zimmer trat, »also was haben Sie denn Schönes für uns?«

»Der Michael«, begann ich, tief Atem holend – und dann erschien Tante Lieschens Nase in der Tür. Ich verstummte.

Der Kommissar sah sich um. »Nur hereinspaziert, Frau Bauernfeind. Wir haben keine Geheimnisse, und das Fräulein Nichte braucht sich nicht zu fürchten, es geschieht ihr nichts. Der Herr Inspektor möchte nur, dass sie einem von seinen Plauderstündchen beiwohnt.«

Mir war nicht klar, was das hieß – besonders, da er nun seinerseits mit der Tante zu plaudern anfing, von der Schwierigkeit des Polizeiberufs, von der Sittenverwilderung seit dem Zusammenbruch und von den Überfällen in der Gegend. Hier im Haus Bauernfeind, meinte er, seien wir ja noch glimpflich davongekommen.

»Glimpflich«, rief die Tante, »das nennen Sie glimpflich? Einfach geklingelt haben sie bei uns, diese Mörder, einfach geklingelt!« Sie schauderte bei der Erinnerung.

»Mörder?«, fragte er interessiert. »Warum glauben Sie, dass das Mörder waren?«

Die Tante starrte ihn so fassungslos an wie ich. »Ja, waren das hier denn nicht dieselben, die den Gärtner und den Kassenboten –?«

Der Kommissar kratzte sich nachdenklich am Kinn. »Ein bemerkenswerter Schluss«, meinte er. »Sind Sie da ganz allein draufgekommen?«

»Wie – wieso allein?«, stotterte sie verwirrt. »Natürlich hab ich mir das gedacht – war doch logisch –«

»Fand Ihr Mieter es auch logisch? Bei dem jungen Mann haben wir ein ausgesprochenes Talent für Kriminalistik festgestellt. Hat er auch gesagt, dass das dieselben Banditen waren?«

»Der Michael?«, zerschmolz Tante Lieschens Stimme. »Nicht wahr, der hat Talent? Aber darüber hat er gar nichts mehr gesagt. Der war ja so außer sich, dass frühere Freunde von ihm in solche Untaten verwickelt waren! Er hatte keine Ahnung davon gehabt –«

»Aber was reden Sie denn?« Der Ton wurde auf einmal ungemütlich. »Sie wissen doch, dass er sich wegen Mordverdachts in Haft befindet.«

»Aber doch nicht wegen eines gemeinen Raubmordes!«, rief die Tante entsetzt. »Ich kann mir's ja überhaupt nicht von ihm denken – aber wenn, dann doch höchstens ein Leidenschaftsakt, wie man so sagt. Ich meine, wegen irgendeiner Schlampe.« Ein Giftblick traf mich.

Der Kommissar schmunzelte schon wieder. »Möglich, möglich. Jetzt muss ich mich aber empfehlen, Frau Bauernfeind, der Inspektor wartet auf das Fräulein. Es war mir ein Vergnügen.«

Und obwohl er in Zivil war, salutierte er, bevor er mit mir aus dem Haus ging.

Draußen wartete ein Streifenwagen. Der uniformierte Fahrer öffnete die Tür, ich setzte mich neben ihn, rechts von mir saß der Gemütliche. »Also was haben Sie uns noch zu sagen?«, fragte er mich, als der Wagen losfuhr.

Mir schwirrte noch sein Gespräch mit der Tante im Kopf herum. Wem glaubte er nun – ihr? Mir? Dem Michael? Die Polizei glaubt keinem und verwirrt alle. Aber jedenfalls ließ sie mich reden, und dass der Krüppel von nichts eine Ahnung gehabt haben sollte, das wenigstens würde ich ihm versalzen … »Der Michael hat von dem Mord am Fuchs gewusst«, sagte ich möglichst ruhig. »Ich kann's beweisen.«

»Das brauchen Sie uns nicht zu beweisen, Fräulein. Das hat er uns längst erzählt.« Auch wie er dem Mord auf die Spur gekommen war, hatte Michael der Polizei erzählt: Nach Fuchs' Verschwinden waren plötzlich seine Schuhe wieder aufgetaucht, und zwar an Hermanns Füßen. Eine simple Beobachtung, doch hätte nicht ein jeder sie gemacht, wie der Kommissar mit einigem Respekt bemerkte.

Aber eben, zur Tante, hatte er doch ganz anders gesprochen –?

Der Gemütliche lächelte nur mitleidig. Die Polizei bindet einem nichts auf die Nase. »Und was wissen Sie sonst?«, erkundigte er sich.

Ich schrie: »Dass der Michael den Toni umgebracht hat!«

Gleichmäßig rollte der Wagen, zogen die Häuser vorbei; der Fahrer wechselte nicht einmal das Tempo. Der Kommissar hob nur leicht die Augenbrauen. »So? Ist Ihnen Näheres bekannt?«

»Er hat ihn umgebracht«, wiederholte ich verbissen. »Ich weiß es. Ich werd's ihm auf den Kopf zusagen –«

Das mitleidige Lächeln schnitt mir das Wort ab. »Dabei haben Sie ja schon einmal versagt. Wenn Ihre Nerven nicht so schwach wären, hätte Ihre Konfrontierung mit dem im Spital wenigstens ergeben, ob der Toni wirklich umgelegt wurde. So steht nicht einmal das fest.«

Aber das steht doch fest, ging es mir durch den Sinn, Fritz hat doch deutlich gesagt, dass er es nicht war – also ein anderer –, aber es hat doch keinen Zweck, denn die wissen ja alles besser, sie lassen mich reden, aber sie hören nicht zu, nur Michael hören sie zu, deshalb hat alles keinen Zweck …

Es fiel mir auf, dass wir nicht den gewohnten Weg zum Spital oder zur Polizeidirektion nahmen. Der Streifenwagen fuhr aus der Vorstadt hinaus, bis am Rand des flachen Landes ein riesenhaftes Backsteingebäude auftauchte; das schien unser Ziel. »Keine Angst«, wiederholte der Kommissar auf meinen fragenden Blick hin. »In einer Stunde sind Sie wieder zu Hause. Wir fahren nur ins Untersuchungsgefängnis.«

Was ich zuerst sah, war die hohe, mit Stacheldraht besteckte Mauer, die es umgab. Stacheldraht schreckte mich tödlich, aber da war nichts zu machen; der Wagen fuhr in den ummauerten Hof, und beim Aussteigen hatte man mich schon wieder am Arm. Es ging weiter, in ein Sprechzimmer, wo mich der Kriminalinspektor wie eine alte Bekannte begrüßte; ich konnte mich in meiner Aufregung gar nicht an ihn erinnern. Ich wurde in einen Nebenraum gesetzt, vor ein kleines Glasfenster, durch das man ins Sprechzimmer sah. »Sie sehen hinüber, aber von drüben sieht man Sie nicht«, erklärte mir der Kommissar. »Das ist besonderes Glas.«

Auf einer Seite blind, dachte ich, wie Michael …

Neben mir lagen auf einem Tischchen Bleistifte, Papier und ein Kopfhörer. »Sie müssen gut achtgeben und aufschreiben, wenn was nicht stimmt«, gebot der Inspektor. Dann stülpte er mir den Kopfhörer über und verschwand, um sofort hinter dem Fenster wieder aufzutauchen. In meinem Ohr knackte es.

»Hören Sie mich, Fräulein?«

Ich antwortete nicht gleich, die Stimme schien von ganz woanders herzukommen. »Sagen Sie dem Kriminalkommissar, wie Sie mich hören«, fuhr sie fort.

Hinter mir saß der Gemütliche. »Ich höre gut«, sagte ich ihm.

Er nickte und drückte auf einen Knopf. Drüben nickte der Inspektor. Eine Tür öffnete sich und im Sprechzimmer erschien Michael.

Er kam auf mich zu, den Blick so gerade auf mich gerichtet, dass mir unheimlich wurde – denn er sah mich nicht. Von Erkennen keine Spur. Es war wirklich ein besonderes Glas.

»Nimm Platz, Michael«, klang es im Kopfhörer. Der Inspektor wies auf einen mir zugewandten Stuhl. »Zigarette?«

Michael trug einen dunklen Anzug und ein verbindliches Lächeln. Nachdem er die Zigarette aus dem dargereichten Etui genommen und mit der Linken in den Mund gesteckt hatte, gab der Inspektor ihm Feuer. »Eigentlich schade, dass die Untersuchung bald aus ist. Wir haben doch recht netten Kontakt bekommen, was?« Der Inspektor plauderte mit dem Rücken zu mir, sein Tonfall war rau, aber herzlich. »Ihr habt ja Schwein, weißt du, dass es bei uns nicht mehr so zugeht wie früher? Damals wärt ihr nicht mit Glacéhandschuhen angefasst worden. Da hätt man euch vielleicht das Fell über die Ohren gezogen, ho, ho!«

Michael grinste. Der Inspektor steckte sich eine Zigarre an.

»Heut möchte ich mal von Mensch zu Mensch mit dir reden.«

»Über was denn, Herr Inspektor?«

»Na, wo so der Hund begraben liegt. Zum Beispiel beim Fuchs – amtlich erledigter Fall, der Hermann ist geständig und überführt, interessiert mich nur noch persönlich, weil ich doch Kriminalist bin. Für den Beruf wärst du ja auch sehr geeignet. Wie du das durch die Schuhe gelöst hast – tadellos!« Auch der Inspektor fand kein anderes Wort. »Aber wegen der Schuhe wird er ihn doch nicht umgelegt haben?«

»Das nicht.« Michaels Grinsen verbreitete sich. »Cherchez la femme, Herr Inspektor.«

»Ah, so –?«

»Aber klar. Das war ein Don Juan, der Fuchs. Wenn der zum Picknick kam –! Da ging's hoch her in den Büschen.«

Es wurde ein rechtes Männergespräch da drüben, denn der Inspektor wollte es genau wissen. Er öffnete ein Wandkästchen und zwei Gläser kamen heraus wie heimlich bei Onkel Hugo, wenn der Führername fiel. Dann wurde Schnaps eingegossen und geprostet: »Von Mensch zu Mensch«, hörte ich. Beide lachten und alsbald konnte ich feststellen, dass mir Michael seinerzeit nicht die Hälfte von dem erzählt hatte, was in der Bande an Lustbarkeiten vor sich gegangen war. So scharf ich hinhörte, ich verstand manches nicht. Schließlich traf mich durch den Kopfhörer mein Name, vom Inspektor hingeworfen.

»Die Irene?«, wiederholte Michael. »Keine Spur. Das war die Rosemarie, die Braut vom Hermann. Die Irene hat außer dem Toni von keinem was wissen wollen – nicht einmal von mir.« Das stimmte.

»Michael.« Der Inspektor klang plötzlich ernst. »Ich hätte eine Frage an dich, die ich ehrlich beantwortet haben möchte. Du brauchst nicht zu antworten, aber wenn, musst du's ehrlich tun: Ja oder nein.« – »Ja, Herr Inspektor.«

»Hast du den Toni umgelegt?«

Einen Augenblick lang sah und hörte man nichts; alles stand still – dann kam die Antwort, ganz ruhig: »Nein, Herr Inspektor.«

»Wie bist du mit ihm gestanden?«

»Er war mein bester Freund.« Es klang überzeugend. Nur für mich nicht.

»Wann hast du ihn zuletzt gesehen?« Michael überlegte. »Den Wochentag wirst doch noch wissen, bei deinem Gedächtnis?«, half der Inspektor nach.

»Es war am Nachmittag«, suchte Michael sich langsam zu erinnern, »im Stadtpark, ich hatte frei – muss Samstag gewesen sein. Oder doch Freitag, nach dem Dienst«, verbesserte er sich.

Zum ersten Mal flog mein Bleistift über das Papier: Am Freitag auf der Baustelle hatte Toni mir schon von seinem Gespräch mit Michael erzählt, Sonntag sollte er ihn wieder treffen, dann mich – aber statt seiner kam Michael und sagte, er hätte ihn verfehlt –

»Am Sonntag hab ich ihn dann verfehlt«, sagte Michael, »und seitdem hab ich ihn nicht wiedergesehen. Nur seinen Revolver beim Fritz.«

Er brach ab, als sei ihm unwillkürlich etwas entschlüpft. Und ich sah Fritz sich im Bett aufbäumen: »Ich war's nicht … ich war's nicht …«

»Beim Fritz.« Der Inspektor, nicht ich, schrieb etwas nieder. »Wann war das?«

Ich hörte Michael atmen. »Das«, kam es dann wie widerwillig, »das war am Tag, nachdem ich die Irene zur Polizei geschickt hatte, die Verlustanzeige machen. Da bin ich noch einmal zum Hermann, beim Wolf, wo die Irene und ich schon nachfragen waren, hatte der Hermann nichts vom Toni gewusst, aber ich wollt mich noch mal allein bei ihm erkundigen.«

»Und?«, fragte der Inspektor.

Michael zuckte die Achseln. »Und da war der Fritz und übergab dem Hermann den Revolver, weil ausgemacht war, dass jeder nur eine Waffe tragen durfte.«

»So.« Der Inspektor klappte befriedigt sein Notizbuch zu. »Also noch ein Mord, von dem du gewusst hast, und bei dem hast du die Verlustanzeige veranlasst und uns seelenruhig weitersuchen lassen. Absichtliche Irreführung.«

Irreführung, dachte ich, das war es. Alle führte der Krüppel in die Irre, damals wie jetzt, und nur ich sah den Mörder in ihm …

Er schüttelte bedauernd den Kopf. »Gewusst hab ich nichts, Herr Inspektor. Ich weiß immer noch nichts. Ich hab nur gesehen, wie der Fritz dem Hermann den Revolver vom Toni gegeben hat.«

»Hm«, machte der Inspektor höhnisch. »Und du mit deiner Spürnase hast das erst heute verdächtig gefunden? Du hast dir damals nichts dabei gedacht?«

Unschuldsvoll schlug Michael sein Auge auf. »Nein, ich war,

scheint's, doch nicht so schlau. Aber ich hatte dem Toni ja geraten, den Revolver an den Fritz abzuliefern. Dass der ihn hatte, schien mir damals eigentlich in Ordnung.«

Der Inspektor stand auf und steckte sein Notizbuch in die Tasche. »Und vom Verbleib des Toni selber wusste der Fritz also auch nichts«, stellte er abschließend fest.

Auch Michael stand auf. Er schaute auf seine Füße und sprach wieder, als wolle er nicht. »Das, Herr Inspektor, fragen Sie besser den Fritz.«

Es war befreiend, den Hörer abnehmen zu dürfen. Das Guckfenster war nun leer, so leer wie mein Hirn. Auf dem Papier stand auch nicht viel. Der Inspektor las, was ich über die Wochentage notiert hatte, und fand es belanglos: Da Toni am Samstag noch auf dem Bauplatz zur Arbeit erschienen war, kam es auf den Freitag nicht an.

Euch nicht, dachte ich, aber mir, denn da hat mich der Toni zum letzten Mal geküsst ... Ich sagte nichts mehr. Unverrichteter Dinge brachte der Streifenwagen mich heim. Nach einer Stunde, wie der Gemütliche versprochen hatte, war ich wieder zu Hause.

An der Haustür verabschiedete er sich: »Bis zum nächsten Mal.« Da wird wieder nichts herauskommen, dachte ich – doch das war ein Irrtum. Beim nächsten Mal fuhren wir auch zum Untersuchungsgefängnis, aber am Tor in der Mauer mit dem Stacheldraht stieg der Kriminalinspektor zu uns in den Wagen und dann ging es weiter durch unbekannte Straßen; sie leerten sich unversehens vor dem Wutgeheul der Sirene, und links und rechts standen die Häuser vor der Polizei Spalier. Zu hören war nichts, aber auf einmal blitzte mir in des Inspektors Hand ein Metallgegenstand entgegen.

Schon wieder ein Revolver, war mein erster Gedanke – sie haben Tonis Revolver gefunden ... Danach zu greifen traute ich mich nicht. Das Metall krümmte sich förmlich in den Fingern des

Polizisten; es waren dunkle Flecken darauf und ein dunkler, offener Rand in der Mitte. Das war kein Revolver, auch keine Bierbüchse, wie sie beim Picknick durch die Luft flogen. Die Sirene verstummte, die Straße war ohnedies leer, und statt der Häuser wichen Bäume links und rechts zurück. »Kennen Sie das Ding hier, Fräulein?«

Das galt mir. »Ja«, wusste ich. »Es ist die Mundharmonika.«

So verstümmelt sie aussah, ich hörte das Vogelgezwitscher. Es kam nicht aus den Bäumen, sondern von innen, aus mir oder aus dem Ding – so hatte es unter Tonis Atem geklungen. Ich presste die Lippen zusammen, das tat weh. Die Sirene heulte noch einmal. Ein Nadelwald nahm uns auf – den kannte ich doch? Auch er wich zurück. Die Mundharmonika blieb.

»Das sind Brandflecke«, deutete ein Finger, »und das ist ein Kugelabdruck.«

Ich starrte auf die eingebeulte Stelle, auf den schwarzen Rand wie auf eine offene Wunde. Von weither kam die Stimme: »Wann haben Sie das Ding zuletzt gesehen?«

Wann? Das wusste ich nicht. Nur wo: »Beim Toni, er hat sie immer in der Brusttasche getragen ...«

Die Brusttasche schien dem Inspektor recht. Er wog das Ding in der Hand, als habe es ein Gewicht. »Spuren genug«, meinte er nachdenklich. »Nur keine Leiche.«

Es wurde dunkler. Der Wald schloss uns wieder ein, dann ging es plötzlich einen steilen, holprigen Ziehweg hinunter und weiter auf flachem Geröll, weglos. Was war das Ziel? Eine Leiche. Neben uns rauschte der Fluß. Hinunterspringen, dachte ich, dem Stock nach – aber das ging nicht. Wir brachen zu schnell durchs Gestrüpp. Den Streifenwagen ritzt das nicht, der war aus Metall, wie die Mundharmonika, die ich nicht mehr sah ...

Alles stand still. Der Picknickplatz war voll von Polizei. »Aussteigen«, hieß es, und ich kletterte den Polizisten nach aus dem Wagen, zu denen draußen. Ein ganzer Haufen von ihnen war versammelt. Wie damals stand Hermann da, nur mit Handschellen an, und weil Fritz anscheinend noch nicht recht stehen konnte, hockte er auf dem Trittbrett eines Polizeiwagens. Auch er trug Handschellen, für alle Fälle.

»Gut, dich wiederzusehen, Irene.«

Natürlich durfte Michael nicht fehlen. Er streckte mir die Linke hin – nicht einmal fesseln konnte man den Krüppel, schade.

»Dich hab ich durchschaut«, sagte ich, seine Hand übersehend.

»Glaub ihnen nicht!« rief er. »Du weißt doch, dass ich immer zu dir gehalten hab!«

Ich sah ihm ins Gesicht wie im Untersuchungsgefängnis, nur ohne Glaswand dazwischen. »Hast du mich zum Toni bringen wollen?«

»Frag den Fritz«, erwiderte Michael wie bei der Plauderstunde. Wie eine Rolle klang es, auswendig gelernt. Ich wandte mich zu Fritz. Ein Polizist vor ihm trat rasch beiseite.

»Fritz«, redete ich ihm zu, »du hast doch schon gesagt, dass ihn einer umgebracht hat – also wer?«

Der Fritz wand sich wie ein Wurm. »Ich weiß nicht«, stammelte er, »ich war nicht dabei – ich hab nur –«

»Nur was?«

Die Worte waren kaum hörbar. »Ich hab ihn nur begraben –«

Es war totenstill auf dem Picknickplatz.

»Führ sie doch hin«, unterbrach Michael das Schweigen. »Zeig ihnen doch die Leiche, damit man den Mörder endlich hat!«

Fritz ballte die gefesselten Fäuste. »Du – du Schwein –«

»Was willst denn von mir?«, sprach Michael fließend weiter.

»Ich hab doch nichts damit zu tun. Mir wär kein solcher Blödsinn passiert, wie die Kleider zu verbrennen und die Mundharmonika drin zu vergessen.«

Er lachte verächtlich. Polizei trat zwischen ihn und Fritz. »Ruhe! Wo ist das Grab?«

»Das Grab?« Hermann war es, der sich einmischte. Er warf einen Blick auf das Gestrüpp ringsum: »Irgendwo da drin. Da kann man lang suchen, so verwachsen ist das seitdem.«

»Woher wissen denn Sie –«

»Na, ich bin doch der Schießer!«

Gelächter antwortete ihm. Irgendwo von oben kam es, und das Echo hallte vom Hang und über den Fluss zurück. Die Polizisten stoben auseinander, als zwischen ihnen etwas zu Boden fiel: ein Revolver. Eine Tanne schwankte. Und das Lachen kletterte den Baum herunter – ich sah die schmächtige Gestalt, wie sie katzenhaft von Ast zu Ast setzte und auf den Boden sprang und lässig, immer noch lachend, der Polizei die Hände hinhielt, die schmalen, langfingrigen Frauenhände. »Sie werden mich schon wieder loslassen müssen«, sagte der Wolf, als sie ihm die Handschellen anlegten.

Wie klein er aussah zwischen den Uniformen! »Wollen Sie damit sagen, dass Sie unschuldig sind?«, sprach die Polizei.

»Im Gegenteil«, erwiderte der kleine Wolf. »Als Führer der Bande übernehme ich die volle Verantwortung.« Sein Blick überflog die Kumpane: »Ihr braucht mich nicht mehr zu decken.«

Zu Marionetten wurden die drei, auch Michael.

»Das dachten wir uns«, sprach es aus der Masse, »dass Sie Ihre Freunde nicht im Stich lassen würden, Wolf.«

Wieder antwortete das Gelächter und kam vervielfacht von den Hängen zurück. »Sie sind's, meine Herren, die ich nicht im Stich lassen kann. Ohne mich sind Sie ja außerstande, hier Ordnung zu schaffen. Unordnung kann ich nicht leiden.«

Wolfs Ordnung – ja, die kannte ich … »Haben Sie sich deshalb auf dem Baum versteckt?«, fragte die Masse.

»Mein Versteck hätten Sie nie gefunden. Der Baum diente mir

zur Überblickung dieser lächerlichen Szene.« Eine Szene war's, es durfte nicht Wirklichkeit sein, denn der Wolf hielt die Fäden, und wie alle anderen war ich zur Marionette geworden, die er zappeln ließ. »Nur aus der Höhe«, belehrte er uns, »ist die Lage von Tonis Grab genau bestimmbar, nach dem Winkel zum Fluss.«

Unten lagen das Flussbett und das Grab. Ich wollte hinunter, aber ein Griff hinderte mich an der Flucht. Das Gespräch ging um den Revolver, den Wolf vom Baum her abgeworfen hatte.

»Jawohl«, sagte er, »Tonis Revolver. Ich behielt ihn als Andenken.« Mein Andenken war Tonis Ring, der brannte an meinem Finger. Ich hörte den Wolf: »Toni war mein Blutsbruder. Das Urteil gegen ihn persönlich zu vollstrecken war für mich Ehrensache.«

Der Boden mit Tonis Grab geriet ins Wanken, ins Kreisen – oder war ich es, die kreiste? Ich war ja noch am Leben … »Wenn Sie mir den Karabiner vom Baum holen«, sagte der Wolf, »spiel ich Ihnen die Szene mit Vergnügen vor.«

Es war doch nur ein Spiel. Ich atmete auf. Der Wald stand wieder still und grün, wir standen auf dem Picknickplatz, den Wolf »Übungsgelände« nannte, und ein Polizist stieg mühsam auf die Tanne, in deren Wipfel der Karabiner hing. Unten wurde er sorgfältig entladen und dann Wolf überreicht.

»Hier«, erklärte der Führer, »den Riemen hatte ich so auf der Schulter –« Die Handschellen schnitten seine Bewegung ab. »Egal – um Zeit zu sparen, nahm ich ihn nicht erst herunter. Wozu, auf zwei Meter Entfernung? Ich rief den Toni, er drehte sich um, ich gab Feuer – so – aus dem Hüftanschlag. Er fiel aber nicht, und seit heute weiß ich, dass die Mundharmonika die Kugel abfing.«

Toni – Toni –

»Ich schoss also noch einmal und traf ihn mitten ins Herz.«

Mitten ins Herz. Es zerbrach und ich brach entzwei, denn einst war ich eins mit dem Toni gewesen – entzwei, denn nur so hielt ich's aus … Sie graben und graben mein Grab, sah ich, und der Wolf war schon wieder frei, mit freien Händen schwang er den Spaten: »Die Grube ist nur vierzig Zentimeter tief. Das genügte.« Es genügte. Und die zur Grube ging, war nicht ich, trug nur meinen Namen.

Ich sah, wie sie sich niederbeugte: »Das Mädel«, sagte der Wolf, »immer das Mädel« – doch mich ging's nichts an. Mit mir sprach der Toni. »Jetzt will ich ein neues Leben anfangen, mit dir, Irene.« Die Stimme kam aus dem Dunkel.

Ein fremdes Mädel beugte sich über das Grab. Ich hatte noch nie einen Totenkopf gesehen. »Nein«, sagte sie, »das ist nicht der Toni.«

Toni sprach weiter zu mir. »Fürchtest du dich?« Es kam aus dem Dunkel und roch nach Heu. Nein, ich fürcht mich nicht, nicht vor dir …

»Fräulein! Fräulein!«

Ein lichter Punkt verschlang alles.

»Kennen Sie diesen Ring?«

Wer sprach? Zu wem? Ich hielt die Augen geschlossen. Ich wollte die Hand nicht sehen, die sich der Fremden entgegenstreckte – die Hand des Todes war's, nicht Tonis Hand, die den lichten Punkt trug. »Kennen Sie den Ring?«

Wer gab Antwort? Nicht ich.

»Danke, Fräulein.« Alles drehte sich. Der Ring, hieß es, ging nicht vom Finger, aber dann fiel er von selbst herunter und nur ein dunkles Loch blieb zurück … War ich beim Toni? Ich war ja schon tot.

XIV

Die innere Zeit hatte mit der äußeren nichts zu tun – ich meine den Ablauf der Zeit in mir; der trieb mich in der Vergangenheit herum, und dabei suchte ich vergebens in die Zukunft zu schauen. So versank die Gegenwart. Die Zukunft war ein großes Fragezeichen, das mir eine Rechenaufgabe stellte. Es handelte sich um die Bandenmitglieder. Wie viele Jahre würden sie kriegen? Wie viele Jahre, äußere oder innere Zeit – die Fragen erstickten in Wolfs Gelächter; das dröhnte in meinem Kopf nach und schmerzte auf der Stirn. Hoch im Wipfel der Tanne schwebte der Wolf. Da oben möcht ich ihn hängen sehen, dachte ich, hängen, nur hängen!

Sein Bild lag unberührt vor mir. Es krönte einen Zeitungsartikel, der »Mörder unter uns« überschrieben war. »Mit einer gewissen Hilflosigkeit«, so begann er, »steht der Zeitgenosse dem Entsetzlichen gegenüber. Sachverständige und Gericht werden nun vermutlich dem Täter die Unzurechnungsfähigkeit zugestehen …«

Warum zugestehen? Das Wort verwirrte mich. Der Artikel ging weiter: »Hingegen werden die zur Zeit der Taten vorwiegend minderjährigen Mord-Wölfe, diese eiskalten Verwahrlosten, die auf die Nachkriegszeit die von den Erwachsenen erlernte Missachtung des Lebens, den Führer-Befehl, die Werwolf-Methoden übertragen haben, als bei Begehung ihrer Taten noch nicht voll strafmündig voraussichtlich im Jugendgefängnis landen.«

Da stimmte was nicht. Jugendgefängnis, das war doch damals der Toni, und vier Raubüberfälle plus vier Morde – was kam da heraus? Mir ging die Rechnung nicht auf. Die Tante wollte mich trösten: »Der Michael«, meinte sie, »wird bestimmt mildernde Umstände bekommen. Er war ja bei keiner Untat dabei, wollte nur anständig aus der Sache raus, der Michael.«

Da hatte sie recht, und nur ich hatte schon wieder unrecht, denn Michael hatte Toni kein Haar gekrümmt. Aber Fritz hatte ihn auch nicht umgebracht, nur begraben. Feuer gegeben hatte Wolf, aus dem Hüftanschlag. Warum? Warum? Wegen der Blutsbrüderschaft, da war es Ehrensache, das Urteil persönlich zu vollstrecken. Was das Urteil hieß, wusste ich. Das hatte nichts mit der Zukunft zu tun, nichts mit dem, was nun vielleicht Wolf und den seinen bevorstand – dieses Urteil war was anderes. Da gab's das Gas, das war sicher, und die Spritze, die konnte auch einmal danebengehen wie bei mir; es gab den Genickschuss und den Gewehrkolben und bei Männern das Aufhängen an einem Pfahl, bis es aus war, und für Blutsbrüder gab es eben den Hüftanschlag ... Immer daran denken, nahm ich mir vor, und nie davon sprechen, sonst glaubt die Tante wieder, dass ich im Kopf nicht richtig bin. Eine eiskalte Schale um mich ziehen, auch wenn sie drückt, denn Kopfweh ist besser als Herzweh.

Die Plauderstunden fanden nun wieder bei uns statt, nicht auf der Polizei. Tante Lieschen hatte die abendlichen Idyllen in der Pension wieder aufgenommen, um sich aus- und einreden zu können, was sie wollte. Der Raubüberfall auf das Haus kam immer wieder zur Sprache, mit allen Einzelheiten: Der erste Vermummte, der Onkel Hugo die Pistole auf die Brust gesetzt hatte, war Hermann der Schießer, und es wunderte den Onkel noch jetzt, dass er nicht wirklich abgeknallt worden war; das Durchschneiden der Lichtleitung hatte Fritz besorgt, mein Freund aus dem Kino, der seinen Verletzungen leider nicht erlag; der »schwarze Mann«, der Kinderschreck, war Wolf selber gewesen, und der vierte Bandit hieß Hans und war einer vom grünen Gemüse. Ich kannte ihn gar nicht. Ich wusste von nichts, war ja ebenso wenig dabeigewesen wie der brave Michael. Mit dem im Hause wäre das nicht passiert, meinte die Tante, und die anderen durchlebten alle nochmals ihren eigenen Schreck, denn jeder ist sich selbst der Nächste.

Ich konnte nicht mitreden, durfte aber dabei sein, weil ich die Hausarbeit wieder aufgenommen hatte. Das war eben sehr nützlich, weil die andere Hausgehilfin diesen Platz, wo Gangster ihr Unwesen trieben, Knall auf Fall verlassen hatte. Ein anständiges Mädchen, fand sie, habe hier nichts zu suchen.

Der Tee schmeckte bitter. Dem Onkel mundete nicht einmal seine Pfeife. Mehr als je weinte die Kriegerwitwe darüber, dass ihr Mann gefallen war und eine solche Jugend überlebte. Frau Müller vertrat die Meinung, dass die Wölfe doch Kommunisten seien, der Frontkämpfer zitterte und der Onkel brauste auf: »Überlassen Sie die Schlussfolgerung jetzt der Behörde, Frau Müller.«

Damit versickerte das Gespräch im Tee, und nur die Stricknadeln schossen noch hin und her. Der Fall schien so weit erledigt. Die Bande saß hinter Schloss und Riegel, die Mordkommission hatte die Akten der Staatsanwaltschaft übergeben, und die bereitete nun den Prozess vor. Dann werden wir ja alle zu reden haben, dachte ich.

In der Nacht redete Toni mit mir; er trug den roten Schal um den Hals, den Ali im Schuppen gefunden hatte. »Du bist lieb«, sagte Toni. »Jetzt sind wir verlobt ...« Doch als ich ihm um den Hals fallen wollte, wachte ich auf – das hätte ich nicht tun sollen.

Beim Aufräumen trug ich das Kopfweh und die Vergangenheit mit mir herum wie den Ring, der Tonis Verlobungsgeschenk gewesen war. »Dein Vater ist lieb«, hatte ich damals geantwortet. Jetzt setzte ich mich ab und zu mit dem Besen hin, um auszuschnaufen und Kräfte zu sparen, denn bis zum Prozess war es noch weit.

Sobald ich ausgehen konnte, besuchte ich Tonis Vater. Er kannte mich, konnte sich nur nicht gleich auf meinen Namen besinnen; dann wiederholte er ihn mehrmals. Er sah wie ein vergreister Toni aus. Ich wollte nachrechnen, wie lange ich den Alten nicht gesehen hatte, aber im Rechnen war und blieb ich schwach.

Auch der Vater rechnete: nicht nach Jahren, sondern nach Metern. Es ging um Tonis Grab. Was von ihm noch vorlag, war von der Polizei zur Bestattung freigegeben worden und sollte nun auf einen Friedhof, wie bei ordentlichen Leuten. Die Vierzig-Zentimeter-Grube genügte nicht mehr. Einen Sarg wollte der Hausherr, der Tischler, billig liefern, aber die Erde war teuer. Den Platz auf dem benachbarten Vorstadtfriedhof hatte der Vater schon bestellt, nur das Geld dafür fehlte noch.

Deshalb kramte er wieder die Briefmarkensammlung hervor, das einzige Wertstück, das er besaß; er wollte sich davon trennen, um den Sohn zur letzten Ruhe zu bringen. »Ja«, sagte ich, und wir blätterten darin und besahen uns die bunten Bildchen mit den Stempeln aus aller Welt. Einst wollten wir damit weit in die Welt, der Toni und ich, bis nach Amerika … Aber das war auch nur ein Traum gewesen.

Jetzt gab mir der Vater die Sammlung; ich sollte sie mitnehmen und für den Toni verkaufen. Der Alte selbst war zu müde dazu. Mit dem Erlös sollte ich wiederkommen.

Ich versprach's und hatte also etwas für den Toni zu tun – das war gut. Ich wusste nur nicht recht, wie es anfangen. Ich kannte niemand, den Briefmarken interessierten. Mit den Bauernfeinds wollte ich mich nicht beraten. Kurz entschlossen gab ich eine Zeitungsannonce auf.

Schon die Zuschriften, die eintrafen, machten Tante Liese misstrauisch, und als gar wieder ein Fremder im Haus erschien, wurde sie wild. Kaum war der Mann mit der Briefmarkensammlung abgezogen, warf mich die Tante hinaus. Niemand widersprach. Auch ich nicht. Die Sammlung war wirklich etwas wert gewesen, der Erlös übertraf meine Erwartungen. Sonst erwartete ich nichts mehr.

Mit dem Einpacken war ich schnell fertig, und in der Pension blieb nichts, woran ich hing, denn Ali war fort: Der Kriminalinspektor selbst hatte ihn den Bauernfeinds für ein gutes Stück Geld abgekauft. Auch ich trug ein gutes Stück Geld bei mir, für den Toni. Nur nach der Scheune drehte ich mich beim Abschied noch um; sie stand leer, und angefaultes Heu lugte durch die Ritzen.

Tonis Vater und ich zählten alles zusammen und stellten fest, dass die Markensammlung nicht nur genug für den Grabplatz eingebracht hatte, sondern auch für ein Kreuz. Die Idee stammte von den Tischlersleuten, bei denen der Sarg schon bereitstand. Was sie vorschlugen, war ein Holzkreuz mit einem Dach darauf, ein richtiges Marterl, wie man sie in den Bergen aufstellt, wo einer abgestürzt ist. Auch einen Christus am Kreuz wollte der Tischler fürs gleiche Geld noch unter das Dach nageln. Wir gaben ihm also den Auftrag, worauf seine Frau uns wieder Kaffee anbot.

Nach dem Kaffee stellte es sich heraus, dass hinter der Küche eine kleine Kammer lag, die nur für Gerümpel benützt wurde. Das Gerümpel zog aus und ich zog ein. Für die erste Miete, die der Größe der Kammer entsprach, reichten meine winzigen Ersparnisse aus; die weiteren wollte ich mit Hausschneiderei verdienen. Beim Ändern der alten Kleider der Kriegerwitwe hatte ich schlecht und recht nähen gelernt. Die Tischlersleute schickten mir Kunden, und die Frau stellte mir sogar ihre Nähmaschine zur Verfügung. Sie war immer freundlich und ließ mich auch in ihrer Küche für Tonis Vater kochen, was eine große Hilfe war, denn er allein hätte kaum für sich sorgen können. Dafür half ich dann im Haus.

Mit dem Begräbnis warteten wir auf das Kreuz. Der Toni hatte ja schon so lange gewartet, es spielte keine große Rolle mehr, wie bald er auf seinen Platz am Rande des Friedhofs kam, gleich bei den Eisenbahnschienen.

Während der Pfarrer den Sarg einsegnete, fuhren immerzu Züge vorbei, irgendwo in die Welt hinaus, aus der die Marken stammten. Jetzt hatten sie den Toni ins Grab gebracht. Nur die Tischlerfamilie war mit uns gekommen; das Kreuz mit dem Christus war schon aufgepflanzt und lockte noch ein paar Neugierige herbei. Der Sarg senkte sich langsam in die Grube. Ich musste den Vater stützen. Der Pfarrer betete.

Seit meiner Mutter Zeiten hatte ich das Vaterunser nicht mehr aufgesagt. Meine Mutter hatte kein Grab, auch mein Vater nicht; ich hätte nie gedacht, dass mir ein Grab oder das Vaterunser etwas bedeuten könnten. »Und vergib uns unsere Schuld, wie auch wir vergeben unsern Schuldigern …«

Der Satz blieb haften. Als Toni unter der Erde lag, kam ich darauf zurück. »Ich kann mir nicht einmal selber vergeben, Hochwürden«, wandte ich mich an den Pfarrer, »denn ich bin ja schuld daran, dass der Toni tot ist.«

Der Geistliche schüttelte den Kopf. »Dir ist nichts zu vergeben, mein Kind. Dir ist zu danken, dass dein Verlobter nicht mit auf der Anklagebank sitzen wird.«

Meine Antwort verschlang ein Zug. Dafür liegt er im Grab, hatte ich sagen wollen.

»Ist das nicht ein Sieg deiner Liebe?«, schloss der Pfarrer.

Ich wusste von keinem Sieg. Meine Liebe war tot. Ich kniete neben dem Grab, es war voller Feldblumen, die ich gepflückt hatte. Eine ganze Weile blieb ich so vor dem Kreuz mit dem Dach. Sonderbar, es gab mir etwas Ruhe. Da bin ich bei ihm, dachte ich – mehr nicht.

Am nächsten Morgen erschien mein Bild in der Zeitung. »Braut betet am Grab ihrer großen Liebe«, stand darunter. Ich hatte gar nicht gebetet und auch nicht bemerkt, dass die Neugierigen schon wieder Reporter gewesen waren. Aber das machte mir nichts mehr. Ich legte den Ausschnitt zu den übrigen, die ich gesammelt hatte, gleich unter Tonis erstes Bild mit den verirrten Pfadfinderidealen. Ich hatte keine Ideale, es war besser so.

Toni hörte auf, mir zu erscheinen. Die Tante sandte mir einen Brief nach, von Michael. Es war nicht der erste. Bisher waren sie alle im Papierkorb gelandet, denn sie enthielten immer nur die Bitte, ihn zu besuchen. Diesmal handelte es sich um keine Bitte, sondern um eine Einladung – geradezu offiziell. Einer Hochzeit sollte ich beiwohnen, im Sprechzimmer des Untersuchungsgefängnisses.

Hermann der Schießer war der glückliche Bräutigam, seine Rosemarie die Braut. Passierscheine waren beim Untersuchungsrichter zu beantragen. »Ich rechne mit deinem Kommen, Irene«, schloss Michael.

Da wirst du dich einmal verrechnen, dachte ich erst, aber das passierte Michael nicht, nur mir. Er kannte mich sichtlich besser als ich selbst. Ich war noch nie auf einer Hochzeit gewesen – wie mochte das sein, im Gefängnis? Ich fing an, es mir auszumalen: So hätt ich den Toni heiraten können, wenn er mit auf der Anklagebank säße …

Der Gedanke gab mir einen Stich und ließ mich nicht mehr los. Diese Hochzeit musste ich sehen. Die Neugier siegte, sie ergriff mich und zog mich ins Leben zurück. Ich besorgte mir den Passierschein und versah mein altes schwarzes Kleid mit einer neuen weißen Rüsche.

So erschien ich zur angegebenen Zeit im Sprechzimmer des Gefängnisses, das schon recht voll schien. Die meisten der Gäste mochten Familie sein, sie umringten die Braut, die einen Hut mit einem kleinen Schleier trug. Sie war blond und fett. Das Brautbukett bestand aus zwei Nelken, die sie hoch über dem Bauch hielt. Ich bemerkte erst jetzt, dass sie hochschwanger war – daher wohl die Heiratsbewilligung.

Ich sah mich nach dem Bräutigam um, der zweier Morde wegen hier war, doch statt seiner kam zwischen zwei Polizisten Michael durch die Tür. Nichts als das Auge schien noch von ihm übrig.

Es fraß sich förmlich in mich ein, als er mir die Hand hinstreckte. Ich nahm sie nicht.

»Dank dir«, begann er. »Dank dir, dass du gekommen bist, Irene.« – »Es war nicht deinetwegen«, gab ich zurück.

Er fixierte die Rüsche um meinen Hals; ich meinte zu ersticken, aber vielleicht lag das an der schlechten Luft. Der enge Raum war überfüllt. »Was immer ich tu, geschieht für dich, Irene«, sagte Michael.

Hinter ihm, ihn überragend, tauchte jetzt Hermann auf. Die Nelken schwankten über dem Bauch der Braut, als sie auf ihren Schießer zustrebte, der Schleier rutschte hoch, sie strahlte ihn an. Die, nicht ich, hatte einen Sieg der Liebe errungen! Der Pfarrer wusste eben von solcher Liebe nichts; nur zur Einsegnung brauchte man Pfarrer, bei Hochzeiten wie bei Begräbnissen. Hier kam der Gefängniskaplan dazu.

»Ich bin nur deinetwegen hier«, flüsterte mir Michael ins Ohr. Bei seiner guten Führung hatte man es ihm ohne Weiteres gestattet; nur der Wolf, fügte er grinsend hinzu, wolle von der ganzen Komödie nichts wissen.

Was der Wolf Komödie nannte, ging gut vonstatten. Michael stand als Trauzeuge neben dem Schießer – da passte er hin. Als das Paar die Ringe wechselte, musste ich wegschauen. Der Kaplan legte ihre Hände ineinander, so wurden sie Mann und Frau. »Bis dass der Tod euch scheidet«, sagte der Kaplan. Toni und mich hatte der Tod geschieden …

Die Neuvermählten lagen sich in den Armen, und bei mir stand wieder Michael. »So«, sagte ich, »hätt ich den Toni heiraten können.«

»So heiratet man nicht«, erwiderte Michael.

Das Paar hier schied die Polizei. Ich hätte es nicht für möglich gehalten: Hermann weinte. Seine Frau gab ihm Zigaretten, Gebäck und die Nelken mit; dann sah sie ihm mit dickem Bauch und leeren

Händen nach, wie er abgeführt wurde. Nein, so heiratet man nicht.

Die Gäste verzogen sich langsam. »Wir sehen uns bald wieder«, versicherte Michael.

»Ja«, sagte ist. »Bei Gericht.«

Er nickte. »Bei mir geht alles in Ordnung, Kleines. Was sie mir aufbrummen können, ist schon durch die Untersuchungshaft verbüßt. War Strafe genug, so lang ohne dich.«

»Wenn du dich da nur nicht verrechnest.«

Er war ganz unbesorgt. »Ein paar Wochen mehr oder weniger, dann sind wir wieder beisammen.«

»Nein«, sagte ich, »ich wohne jetzt beim Vater vom Toni.«

»Bei mir wirst besser wohnen. Schau nicht so dumm, Kleines – natürlich mein ich legal.« Polizei berührte seine Schulter. Er drehte sich noch einmal um: »Den Hochzeitstag bestimmst du, Irene.«

Nichts, nicht einmal eine Antwort gab ich ihm mit. Was ich bestimme, wird der Kerl schon sehen – die Hochzeit hat ihm halt den Kopf verdreht, dachte ich.

Ich ging als Letzte, hinter mir räumte schon ein Gefängniswärter den Traualtar ab. Draußen war bessere Luft. Auf dem Heimweg besuchte ich Tonis Grab. Wo war der Sieg meiner Liebe? Die Frage blieb offen. Das Grab war zu.

Der nächste Brief mit amtlichem Stempel kam nicht von Michael und enthielt keine Einladung, sondern eine Vorladung ins Untersuchungsgefängnis. Sie galt auch nicht mir, sondern Tonis Vater. Der alte Mann zitterte vor Aufregung, also ging ich mit. Den Weg kannte ich ja zur Genüge.

Im Sprechzimmer erwarteten uns zwei Kriminalbeamte und ein Herr mit einer Glatze, den man mit »Herr Obermedizinalrat« ansprach. Er sprach viel, und ich verstand wenig davon – nur dass er feststellen müsse, ob die Bande für ihre Taten verantwortlich sei.

»Sie verstehen doch, dass das vom Geisteszustand abhängt«, erklärte er Tonis Vater. »Zu dessen Beobachtung habe ich veranlasst, dass der Bandenführer jetzt mit Ihnen, dem Vater seines Opfers, konfrontiert wird. Das Fräulein möchte ich nicht dabei –«

Er brach ab. Der Alte war aschfahl geworden und umklammerte meinen Arm.

Etwas ungnädig wandte sich der Obermedizinalrat zu mir. »Na, dann bleiben Sie halt. Aber keinerlei Einmischung, wenn ich bitten darf. Die Reaktionen müssen klar sein.«

Damit verschwand er, und der Vater bekam langsam wieder Farbe in die Wangen. Unwillkürlich sah ich mich um: Ja, da war das Fenster. Man konnte wirklich von hier nicht durchsehen.

Die Tür ging auf und zwischen zwei Polizisten erschien eine schmale Gestalt, wohlrasiert, wohlgekleidet – der Wolf. Ich war Luft für ihn. Die hellen Augen musterten Tonis Vater. Der Alte starrte ihn an und wollte sprechen, brachte aber keinen Satz über die Lippen. »Warum«, murmelte er bloß, »warum …«

Wolf verstand sofort. »Ihr Sohn«, erwiderte er klar, ohne die Stimme zu heben, »hat sich uns gegenüber benommen« – er betonte jede Silbe – »wie ein Schwein!«

Den Vater riss es hoch, seine Fäuste ballten sich und sackten dann kraftlos ab. Es fiel kein Wort mehr, nur der Alte fiel in sich zusammen. Kerzengerade, wie er gekommen war, ging der Wolf zwischen seinen Wächtern hinaus.

Die Kriminalbeamten hoben den alten Mann auf eine Bank in der Ecke. Der Obermedizinalrat war plötzlich auch wieder da, mit gefurchter Stirn beugte er sich über den Patienten und gab Befehle: »Sanitätswagen! Abtransport! Bettruhe! Hausarzt verständigen!« Man half ihm in seinen Mantel. »Danke, die Herren. Das Gutachten geht Ihnen zu.«

Ich fuhr im Sanitätswagen mit Tonis Vater. Er hatte einen leichten Schlaganfall erlitten, der ihn für eine Weile der Sprache beraubte; er weinte nur leise vor sich hin.

Mir kam keine Träne. Ich war wie ausgebrannt. Die Mörder, dachte ich, haben eben bessere Nerven, aber wer zuletzt lacht, lacht am besten.

Das Gutachten erschien bald darauf in der Zeitung. »Nach sorgfältiger Untersuchung«, lautete der Bericht, »ist vom zuständigen Gerichtspsychiater nunmehr ein über hundert Seiten umfassendes Gutachten über die berüchtigte ›Wolfsbande‹ hergestellt worden. Es kommt zu dem Schluss, dass die Bandenmitglieder ›weder geisteskrank noch abartig‹ seien. Ihre strafrechtliche Verantwortlichkeit müsse daher vom medizinischen Standpunkt bejaht werden.«

Als ich Tonis Vater diese Meldung vorlas, begann er zu sprechen. »Mein Sohn«, stieß er hervor, »ist kein Schwein … der Wolf ist ein Schwein …« Das war alles. Er konnte denken, aber er erinnerte sich nur noch an die Szene im Sprechzimmer. Es machte keinen Unterschied, denn er hätte ohnedies nichts von Bedeutung gewusst und kam als Zeuge im Prozess nicht in Frage.

Was mich überraschte, war, dass auch ich nicht in Frage zu kommen schien. Ich erfuhr das im Justizpalast, wohin ich ein paar Tage vor Prozessbeginn von der Staatsanwaltschaft zu einem neuerlichen Verhör bestellt wurde. Der Staatsanwalt, der mich vernahm, war jung und forsch, mit Schmissen im Gesicht. »Warum hat eigentlich die Verteidigung Sie nicht als Zeugin benannt?«, fragte er, nachdem ich meine Angaben zum hundertsten Mal wiederholt hatte.

Von der Verteidigung wusste ich nichts. Vielleicht wusste sie, dass ich die Bande hasste.

»Hm«, machte der Staatsanwalt. »Ihre Antipathie hat leider nichts mit den unter Anklage stehenden Straftaten zu tun.« Was die betraf, erklärte er mir, könnte meine Aussage – abgesehen von der

Identifizierung von Tonis Skelett, an der auch sonst kein Zweifel sei – im Wesentlichen nur Michaels Alibi bestätigen.

»Der wird das schon so geplant haben«, gab ich zu.

»Dass das geplant war, glauben wir auch«, meinte der Staatsanwalt trocken und fragte, ob ich mit Michael verlobt sei.

Ich sah ihn groß an. »Nein, das nicht.«

»Als Sie ihn zuletzt im Untersuchungsgefängnis besuchten, forderte er Sie auf, den Hochzeitstag zu bestimmen.«

»Da kann er lange warten!« Es ärgerte mich, dass auch das notiert worden war. »Ich hab ihn auch nicht besucht, ich bin nur aus Neugier zu der Hochzeit des anderen gegangen.«

»Hm. Er sagte auch, Sie sollten legal zusammenwohnen, wenn er rauskommt. Sie haben also früher illegal zusammengewohnt?«

Was hier illegal hieß, war mir unklar. »Wir haben beide in der Pension Bauernfeind gewohnt«, sagte ich. »Das ist alles.«

Der Staatsanwalt nickte. »So, Frau Bauernfeind hat uns erzählt, wie gut Sie mit ihm standen.«

Ich geriet in Wut. »Meine Tante ist gut mit ihm gestanden«, rief ich. »Ich nicht!«

Wenn der Staatsanwalt einem nicht glaubte, zog sich immer der Schmiss auf seiner Stirn nach oben. Jetzt verschwand er beinahe unter dem Haaransatz. »Wie dem auch sei«, erklärte er achselzuckend, »die Anklagebehörde legt auf Ihre Aussage keinen Wert, Fräulein, und die Köpfe der Herren Verteidiger brauchen wir uns ja Gott sei Dank nicht zu zerbrechen. Sie werden nicht als Zeugin geladen und haben sich nur zur Verfügung zu halten, im Fall dass das Gericht von sich aus Ihre Vernehmung beschließt. Ich muss Sie bitten, sich täglich zu Verhandlungsbeginn beim Pförtner des Justizpalastes zu melden, der Ihnen einen Platz im Gerichtssaal anweisen wird.«

Ich war entlassen.

Hinter mir fiel die Tür ins Schloss. Wie betäubt ging ich durch Korridore, über Treppen, durch Straßengewühl; ich war völlig verstört. Wie die mit einem umsprangen: Jetzt, wo ich vor Hass auf die Bande bersten wollte, jetzt war ich auf einmal dabei! Mit Michael, den ich hätte zertreten mögen, mit dem hielten sie mich für zu befreundet, um überhaupt auszusagen! Das hatte der Krüppel wieder fein gemacht, da war ich hilflos. Ich war ihm eben nicht gewachsen. Alle Fäden hatte er in der Hand, und alle spielten sie mit ihm zusammen – die Tante, die Polizei, die Staatsanwaltschaft. Sie gehörten alle zusammen, von Wolf bis zu dem mit den Schmissen, und hinter mir fiel die Tür ins Schloss.

Allmählich war ich's ja gewohnt. Sogar im Lager, wo einen das Schicksal gleichmachte, war ich immer zu bald wieder anderswohin gebracht worden, immer die Neue, die Fremde gewesen, die irgendwie nicht dazugehörte, zu niemandem. Nur zum Toni hatte ich gehört – und jetzt durfte ich nicht einmal reden, nicht einmal so vor aller Welt mir Luft machen! Oder war das ein Glück? Wenn meine Aussagen nur Michael helfen konnten, wie der Staatsanwalt fand, dann wollte ich doch lieber keine Zeugin sein …

Ich kam nach Hause, ohne zu wissen, wie. Ich wusste nicht mehr, was ich wollte, bis am nächsten Montag um neun Uhr früh der Prozess gegen die Wolfsbande begann. Als ich vorsichtshalber schon um sieben beim Justizpalast erschien, fand ich ihn bereits von einer Menschenmenge belagert. Die ganze Stadt schien dem Schauspiel beiwohnen zu wollen, das in den Zeitungen als »unser größter Nachkriegsprozess« angekündigt war. Nach endlosem Warten öffnete sich das Hauptportal; der Pförtner wurde beinahe überrannt. Hinter ihm war eine Sperrkette von Polizei aufgebaut. Mit Mühe fing sie den Strom der Neugierigen ab und lenkte ihn ins Treppenhaus.

Ich meldete mich gehorsam beim Pförtner und wurde von einem

Gerichtsdiener zum Lift und durch einen Seiteneingang in den überfüllten Sitzungssaal gebracht, an den Massen vorbei, die sich auf Gängen und Treppen stauten. Im Saal schien es, als ob keine Stecknadel mehr zu Boden fallen könnte; nur ganz vorn waren noch ein paar Bänke frei, und Fotografen beschäftigten sich damit, ihre Apparate darauf einzustellen. Mein Gerichtsdiener führte mich auf einen Platz hinter den leeren Bänken – und wer saß neben mir? Tante Liese. »Na«, schnalzte sie mit den Lippen, »da sehen wir uns ja wieder.«

»Wo ist der Onkel?«, fragte ich.

»Er ist Zeuge«, erwiderte sie stolz und deutete auf die Bank vor uns. »Da kommt er hin, gleich hinter die Angeklagten. Aber erst, wenn er ausgesagt hat. Das tut er da vorn.« Vor den leeren Bänken saßen mehrere Herren in schwarzen Talaren an Tischen und unterhielten sich. Auch eine Frau war dabei. »Das sind die Verteidiger«, informierte mich die Tante. »Die Dame gehört zum Michael.«

Natürlich hat der was Spezielles, dachte ich.

Alles erhob sich. Ich auch. Durch eine kleine Tür uns gegenüber kamen drei Herren in Talaren und mit schwarzen Baretten auf dem Kopf, gefolgt von einem Dutzend in Zivil. Die drei nahmen am Richtertisch Platz, das Dutzend schob sich in eine Bank daneben. »Das sind die Geschworenen«, flüsterte die allwissende Tante. Auf der anderen Seite der Richter saß einer an einem Pult und ordnete Papier und Bleistifte, er war der Gerichtsschreiber. Der Staatsanwalt mit den Schmissen, der mich verhört hatte, begab sich auf ein Podium rechts und warf beim Niedersetzen einen Blick in meine Richrung, wohl um sich zu vergewissern, ob ich auch da sei.

Ich war da, wenn ich auch nicht recht wusste, warum. Auf dem Richtertisch lag das »Arsenal der Bande«, wie es in den Zeitungen hieß: zwei ganze und ein abgeschnittener Karabiner, ein paar Armeepistolen und ganz verloren dabei eine verkrümmte Mundharmonika. Die wird so stumm bleiben wie ich, ging es mir durch den Sinn.

Ein Raunen lief durch den Saal. Die Fotografen hoben ihre Blitzlichter, Köpfe reckten sich, ich sah ein paar, die Operngläser zückten, um besser zu sehen. Da kam der Wolf durch den Mittelgang, von Polizei flankiert, die verschränkten Hände gefesselt.

»Der hat Geschmack«, bemerkte die Tante.

Kein Zweifel, er war elegant. Er trug einen lederbesetzten hellen Trenchcoat über dem zweireihigen, dunkelblauen Anzug mit passender Krawatte. Von allen Seiten knipsten die Fotografen, als er sich auf die Anklagebank setzte; er ignorierte sie. Mit gelangweilter Miene zog er die Bügelfalte der Hose nach oben, sodass die schwarzen Wildlederschuhe zum Vorschein kamen. Die Handschellen behinderten ihn beim Zurechtrücken seiner Manschetten und zum ersten Mal blitzten die Augen unwillig unter den halb gesenkten Lidern auf.

Hermann folgte zwischen zwei weiteren Polizisten, in seinem Hochzeitsanzug, der etwas zerknittert war. Das ölgescheitelte Haar hing ihm in einer Tolle in die Stirn. Er wandte kein Auge von seinem Chef, als erwarte er ein Zeichen, aber das Zeichen blieb aus, und der Schießer setzte sich, verlegen lächelnd. Auch er trug Handschellen.

Frtitz, gleichfalls gefesselt, ging etwas unsicher, wie betrunken, doch war er wohl nur allgemein aus dem Gleichgewicht gebracht. Michael konnte man nicht fesseln, sein rechter Rockärmel steckte lose in der Rocktasche. Sein Auge schweifte suchend über die Menge, bis es auf mir haften blieb. Ich schaute weg, auf eine Gruppe von Jungen, die Polizisten jetzt auf der zweiten Anklagebank zu verteilen begannen. »Junges Gemüse«, hatte Michael sie beim Picknick genannt – war es dasselbe oder neues? Das wächst halt so nach, dachte ich – das wächst dem Wolf so nach.

Im Gänsemarsch zogen die Zeugen ein, männlich und weiblich, alt und jung. »Da ist mein Hugo«, verkündete die Tante – offenbar dem Publikum, denn mir war er ja bekannt. Er stand zwischen der Witwe und dem zitternden Invaliden und schien zum Ärger seiner Gattin ganz in den Anblick von drei Blondinen versunken, die ich erst bei genauerem Hinsehen erkannte. Die Schwestern Hermanns waren keine Kinder mehr, sie sahen eher wie junge Bürofräulein aus, mit hochgesteckten Zöpfen, hochgeschlossenen Blusen und niedergeschlagenen Augen. Sie hatten sich sehr verändert seit der Zeit des Picknicks, seit den aufregenden Spielen, von denen Michael mir damals erzählt hatte und jetzt, bei der Plauderstunde, dem Inspektor.

Die Zeugen wurden einzeln aufgerufen und meldeten sich mit »Hier«. Ich erkannte den Herrn, den ich am Schalter in Michaels Bank gesehen hatte, und den überfallenen Taxichauffeur nach seinen Bildern in der Zeitung. Auch einer alten Frau, der die Stimme versagte, als man sie aufrief, war ich schon einmal begegnet – bei Wolf. Jeder hat ja eine Mutter … Michael grinste mich von der Anklagebank an, zur Ablenkung zählte ich die Uniformierten, die zwischen den Angeklagten saßen. Es waren ihrer elf, und noch einmal so viele waren rings im Saal postiert, um die acht teils halbwüchsigen, teils gefesselten Banditen zu bewachen.

Die Zeugen marschierten wieder ab. Ich war froh, nicht dabei zu sein, denn so durfte ich bleiben. Der mittlere der Richter wollte zum nächsten Punkt übergehen, aber da stand am Verteidigertisch einer auf, ein Kleiner mit einem Schnurrbärtchen, und ersuchte das hohe Gericht um Entfesselung der Angeklagten.

Der Vorsitzende runzelte die Stirn, der Kleine zitierte einen Paragrafen aus der Prozessordnung. Der Vorsitzende maß die Entfernung von der Anklagebank zum Richtertisch und rief den Gerichtsdiener. »Räumen Sie die Waffen weg«, befahl er, und zum

Gaudium des Publikums wurde das »Arsenal« in die entfernteste Saalecke getragen, wo ein Polizist seine Bewachung übernahm. Dann erst wurden den Angeklagten die Handschellen abgenommen.

Alle Augen wandten sich Wolf zu, der sich behaglich die befreiten Hände rieb und in lässiger Haltung an den Zeugentisch trat, um über seine Person Auskunft zu geben. Geboren, wann?

Wo? Vater? Wolf stockte. »Fürs Vaterland gefallen«, antwortete er dann und stand einen Augenblick strammer. Die Mutter überging er rasch, um auf die Schulbildung zu kommen; dass er ein Musterschüler gewesen war, wusste ich durch Michael – es war überhaupt das Erste, was ich über Wolf gehört hatte. Er sprach leise und deutlich und machte ab und zu Gedankenpausen, während seine schmalen Finger Figuren auf dem Tisch beschrieben. Das Maurerhandwerk, das er nach dem Zusammenbruch erlernen musste, hatte ihn nicht lang befriedigt. »Der Beruf hat mich nicht ausgefüllt«, erklärte Wolf. »Er war mir zu stumpfsinnig.«

Wie immer, folgte ihm Hermann auf dem Fuß. Der war nicht gut in der Schule gewesen – zu seinem Glück, meinte er, denn durch das Sitzenbleiben war er zu Wolf in die Klasse gekommen. Bei jedem Wort, das er von sich gab, schielte Hermann nach seinem Führer. Ja, er war verheiratet – ja, er war kürzlich Vater geworden –

»Können Sie denn für das Kind sorgen?«, fragte der Vorsitzende.

»A wo. Da wird schon die Frau einspringen müssen«, kam es munter zurück. Das Publikum grölte, und der Vorsitzende bat sich Ruhe aus.

Als Nächster trat Fritz an den Zeugentisch, dann Michael, dann das Gemüse. Die Lebenden gaben ihre Personalien an; die Toten schwiegen. Die Zeugen warteten draußen, ich drinnen. Jemand verlas die Anklage. Sie war endlos und ich konnte nicht folgen. Da wurden Worte heruntergehaspelt und umgedreht und bis zum

Erbrechen wiederholt, Worte und Namen und Ziffern und vor allem Paragrafen. Alles wurde hier zu Paragrafen – auch ich.

Der Staatsanwalt erhob sich, um zu bemerken, dass der Gegenstand der zwei Verbrechen des versuchten Mordes unter Ziffer soundsoviel und soundsoviel von der Anklagebehörde nicht als Zeugin benannt worden sei, da einer der Angeklagten ein privilegiertes Verhältnis zu ihr geltend mache. Sie stehe aber dem Gericht zur Verfügung.

Die Dame vom Verteidigertisch trat zur Anklagebank und tuschelte mit Michael. Er warf mir einen Blick zu. War ich der Gegenstand mit dem privilegierten Verhältnis? Sollte ich etwas sagen? Nein, der Staatsanwalt sprach weiter. Er stellte den Antrag, die Angeklagten getrennt zur Sache zu vernehmen, da bei Wolfs beherrschendem Einfluss zu befürchten sei, dass die anderen vor ihm nicht mit der Wahrheit herausrücken würden.

Die Verteidiger standen auf und protestierten, einer nach dem anderen.

Der Vorsitzende wandte sich an Wolf. Was war seine Meinung?

Atemlos lauschte das Publikum. »Ich halte es«, sprach er, »für gerecht und vernünftig, wenn jeder hört, was jeder sagt, schon aus dem Grunde, weil der Staatsanwalt behauptet, ich hätte einen großen Einfluss auf die anderen Angeklagten. Die Vernehmung wird zeigen, dass das nicht der Fall ist.«

Die Richter steckten die Köpfe zusammen. Dann verkündete der Vorsitzende ihren Beschluss: getrennte Vernehmung. Es wunderte mich, dass hier nicht geschah, was dem Wolf gerecht und vernünftig schien; dennoch verzog er keine Miene, als er mit den anderen wieder abgeführt wurde. Nur Michael blieb auf der Anklagebank sitzen.

Seine Dame im schwarzen Talar stand am Verteidigertisch und bat, das hohe Gericht darauf aufmerksam machen zu dürfen, wie behindert ihr Mandant sei: hatte er doch als Dreizehnjähriger beim Spiel mit einer amerikanischen Handgranate den rechten Arm und das linke Auge verloren.

Ein Murmeln der Rührung lief durch den Zuschauerraum. Nur neben mir zischte die Tante: »Was? Er war gar nicht bei Stalingrad?«

Ich zuckte die Achseln. Das war die erste Lüge, auf die man ihm im Haus hereingefallen war, die weiteren würden schon kommen.

Vor den Richtern stand Michael, so stramm er mit seiner schiefen Schulter konnte, und erzählte die Geschichte der Bande. Er begann mit dem Kinderlandverschickungslager – aus dem ich nicht herkam; das war die erste meiner Lügen gewesen. Aber das wusste er nicht. In seinem Lager hatte es Lagerfeuer gegeben und Kriegsspiele im Wald, weil man für den großen Krieg doch leider noch zu jung gewesen war; in die Stadt ging es erst zurück, als die Luftangriffe vorbei waren und man nur in den Ruinen noch Blindgänger fand wie den, der in Michaels Händen explodierte.

»Nach dem Krieg – nach dem Zusammenbruch«, verbesserte er sich, »trafen wir uns wieder. Der Hermann war der Verbindungsmann.«

Das wusste ich. »Wir waren nur unter Freunden«, fuhr Michael fort, »ohne eigentliches Ziel.« Aus Hunger und Rachedurst, weil die Besatzungsbehörde das Pfadfindertum verboten hatte, war Wolf der kleine Beutezug aufs amerikanische Depot eingefallen – wobei sich Michael aber nicht einmal zum Schmierestehen hergab. An seiner Stelle tat es Toni –

Das waren die Kinderspiele gewesen. »Verirrte Pfadfinderideale«, nickte die Tante neben mir. Auch sie erinnerte sich.

– aber der Toni wurde erwischt und verriet alles.

»War das sein sogenannter Verrat?«, wollte der Vorsitzende wissen.

»Welcher Verrat?«, fragte Michael unbefangen und fügte gewissenhaft hinzu: »Schweigen war freilich Ehrensache.«

»War das schriftlich niedergelegt?«

Er habe nichts unterschrieben, stellte der Michael fest. Hingegen sei er freiwillig und ungezwungen vor Begehung aller Raubüberfälle und dergleichen aus der Bande ausgestiegen – das war sein Wort.

»Was hat Ihren Austritt veranlasst?«

»Offiziell –« Er zögerte einen Augenblick und nahm dann den Ausdruck der Anwältin auf: offiziell seine Behinderung. Inoffiziell – hier beugte er sich vertraulich vor, wie bei der Plauderstunde – war es die Exekution des Fuchs gewesen. Er hatte sich nur mit Toni darüber ausgesprochen; der hatte auch die Schuhe des Fuchs an Hermanns Füßen erkannt. Schuhe, das waren ja Wertgegenstände gewesen damals. Michael erinnerte sich noch genau daran, was Toni gesagt hatte: »Der Hermann hat ihm nachher noch die Schuh' ausgezogen. Das ist ein Herzchen.«

Das Wort »Herzchen« löste wieder Lachen aus; das Publikum wartete immer nur darauf, dass es wieder lustig wurde. Dabei wurde es immer trauriger. Toni hatte gewusst, dass er sich unter Mördern befand!

Unbeirrt sprach Michael weiter: »Erst wollt ich selber aussteigen, und wenn das geglückt war, wollt's der Toni mir nachmachen.«

»Wie ging denn das, was Sie Aussteigen nennen?«

»Das ging, wenn alle zustimmten.«

»Auf einem Forum? Hieß das nicht so?«

»Das hat, glaub ich, die Kriminalpolizei so genannt. Ich weiß jedenfalls nicht, was es bedeutet. Man hat sich halt getroffen und über alle möglichen Pläne geredet, und da hab ich einmal ganz offen meinen Austritt vorgeschlagen.«

»Und was geschah?«

»Der Chef stellte mich auf die Probe. Ich wurde gefesselt und ins

Kreuzverhör genommen, ob ich dem Toni die Exekution des Fuchs verraten hätt. Dann hielt der Wolf mir die Pistole vor und ich hab mit keiner Wimper gezuckt, als der Schuss losging.«

Neben mir zuckte Tante Liese zusammen.

»Es war nur ein Schreckschuss«, erklärte Michael. »Ich hab Schweigen gelobt und bin gegangen.«

Ein Beifallsraunen durchlief den Saal. Die Tante hob ihr Taschentuch an die Augen. Sie schien dem Krüppel verziehen zu haben, dass er kein Frontkämpfer war. Der lebt, dachte ich. Der lebt und Toni ist tot.

»Sie unternahmen nichts mehr für die Bande?«, wurde weitergefragt.

»Der einzige Auftrag, der mir noch erteilt wurde, war, den Toni zu einer Aussprache zu bringen.«

Da war sie wieder, die Aussprache ... »Sie meinen die Falle, in die Sie ihn lockten?« Auch der Richter versuchte es mit dem Auf-den-Kopf-Zusagen. Aber bei Michael half das nichts.

»Die letzte Gelegenheit«, sagte er und hob den Blick, während seine Anwältin die Hände hob und sich gegen solche Missdeutungen der Worte ihres Mandanten verwahrte. Ich hätte ihn erschlagen können, ihren Mandanten. Aussprache, Falle, letzte Gelegenheit – was war der Unterschied? Sie alle führten ins Grab.

»Er hatte noch einen Revolver zurückzugeben«, erklärte Michael. Zu mir hatte der Toni von Werkzeug gesprochen ... »Alten Freunden gegenüber ist manches Ehrensache«, sagte Michael. Auch an diesen Satz erinnerte ich mich. »Ich wollte selbst mit ihm hin«, sagte er, »damit alles glattgeht, aber ich hab umsonst gewartet. Der Toni kam nimmer.« Nicht er – ich hatte gewartet ...

»Wann erfuhren Sie die Wahrheit?«, forschte der Richter.

Michael schluckte und führte mit der Linken den leeren Ärmel ans Auge. »Nach acht Tagen«, antwortete er gedämpft.

In mir kochte es. Wochen, Monate, Jahre hatte er mich an der Nase herumgeführt, gesucht und gesucht, mir von der Ostzone vorgelogen – warum sollten die acht Tage wahr sein? Der lügt, wollte ich rufen, der hat ihn umgebracht! Aber mir glaubte ja keiner.

Der Richter schien Michael auch nicht ganz zu glauben. »Lässt sich das nachweisen?«, fragte er skeptisch.

Um eine Antwort war Michael nie verlegen. »Das Datum«, erklärte er schlicht, »an dem das Schicksal meines Freundes Toni mir die Augen geöffnet hat, steht auf einem Zettel, den ich am selben Tag versiegelt meiner damaligen Hausfrau übergab. Die Verteidigung hat das Dokument. Darf sie es vorlesen?«

Der Vorsitzende nickte bloß. Die Anwältin zog einen Briefumschlag aus ihrer Aktentasche und ließ die Geschworenen zusehen, wie sie die Siegel erbrach. Mit umflorter Stimme trug sie vor: »Wenn man mich vermisst, bin ich nicht in der Fremdenlegion und auch nicht in der Ostzone, sondern tot.«

Unterschrift, Datum … Totenstille herrschte. Weder Fremdenlegion noch Ostzone, sondern tot – das war doch der Toni, dachte ich: Der da oben aber lebte und log immer noch, wie lange noch? Wie lange?

Es kam wieder Leben in den Saal. Von Michael griff die Bewegung über die Geschworenen aufs Publikum über. »Wenn er auch nicht in der Wehrmacht war« – die umflorte Stimme an meinem Ohr war die der Tante – »er ist schon ein tapferer Kerl, der Michael!«

Er stand seiner Verteidigerin zugewandt, aber sein Auge blinzelte zu mir herunter, als wolle er sagen: Bei mir geht alles in Ordnung, Kleines … Er sprach oben, ich schwieg unten. Das war die Ordnung im Saal.

XV

Am nächsten Morgen kam Fritz an die Reihe und die Ordnung war, was mich betraf, etwas geändert: Ich saß zwischen Fremden, nicht mehr neben der Tante. Den Grund weiß ich nicht, aber es war mir lieb. Ich konnte ungestört zuhören und mir meine eigenen Gedanken machen. Der Fritz, wie er vor seinen Richtern stand, erinnerte mich plötzlich an den Toni, so hatte der Toni dreingeschaut, als er aus dem Gefängnis kam und mir sagte: »Jetzt wirst du nichts mehr von mir wissen wollen, weil ich vorbestraft bin …«

Dummer Bub, dachte ich, dummer Bub. Der Fritz tat mir leid, weil er so verstört herumstotterte. Und dann hatte ich ihm ja auch leidgetan, damals im Kino – oder war es nur Angst gewesen? Er hatte Grübchen in den Wangen, und in den Knochen saß ihm die Angst, heute wie damals. Er gab alles zu: Ja, ja, ja, er hatte Eide geschworen und die Statuten mit seinem Blut unterschrieben, wie die anderen auch, und auf Verrat stand der Tod – wer sprach da, Fritz oder Toni? Äußerlich war keine Ähnlichkeit. Sie lag tiefer, im Wesen.

Der Revolver kam wieder zur Sprache. Wo war er hergekommen? Jedes Mitglied, erklärte Fritz, hatte sich mit einer Schusswaffe versehen müssen. Er gab an, wie viel er selbst wochenlang von seinem Lohn als Friseurgehilfe gespart hatte, um ihn auf dem schwarzen Markt zu erstehen.

Der Vorsitzende gab die kostbare Waffe zu Protokoll, samt Schwarzmarktpreis und Seriennummer. Alles wurde hier zu Zahlen. Ein zweiter Revolver sah genauso aus, hatte aber dem Toni gehört. Fritz gab zu, ihn Hermann übergeben zu haben.

»Wann?«, klang es scharf. »Wie lang nach der Tat?«

Nach der Tat? Fritz wurde bleich, rang nach Worten, hatte nichts von der Tat gewusst, war bei Tonis Exekution nicht dabei gewesen – aus heiterem Himmel war der Befehl zur Verscharrung der Leiche gekommen, am Himmelfahrtstag. Ja, Christi Himmelfahrt war das Datum, an dem er den Toni tot in den Auen fand und zuerst glaubte, der hätte sich selber erschossen, weil der Revolver so nah bei den steifen Fingern lag.

Ich schloss die Augen. Als ich wieder aufschaute, hatte der Richter den Revolver mit der Mundharmonika vertauscht, und Fritz war wieder beim Zugeben. Ja, die hatte er übersehen, in Tonis Anzug vergessen – ja, er hatte manche Befehle schlecht ausgeführt. Das wusste ich, denn dadurch saß ich hier …

Auch der Staatsanwalt wusste es. »Meinen Sie damit den letzten Befehl?«

Fritz ließ den Kopf hängen. »Das hätt ich eh nicht können, murmelte er. »Ein Mädel kann man doch nicht einfach umlegen wie einen Gärtner –«

»Sie geben also zu, den Gärtner einfach umgelegt zu haben?«, hakte der Staatsanwalt ein.

Kaum erwähnt, war ich wieder vergessen. Fritz sah kreideweiß aus, fast wie im Spital. »Nein«, stieß er hervor, »das war Notwehr – ich meine, da ist mir der Revolver losgegangen – gewollt hab ich's auch nicht …«

Er verstrickte sich mehr und mehr. Er kam von der Ermordung des Gärtners nicht mehr los und verfing sich in den Einbrüchen – erst in unserer Pension, dann woanders und noch woanders – die Einbrüche häuften sich über ihm, er keuchte darunter. Einen Augenblick atmete er auf: Mit dem Mord am Kassenboten hatte er nichts zu tun gehabt, hatte nichts davon gewusst.

»Und vom Fuchs?«

Der Fritz verkrampfte die Hände. Seine Lippen zitterten. »Ich bin doch kein Mörder«, wehrte er sich verzweifelt, »ich wollt nur

Geld und so – das mit dem Fuchs war nach dem amerikanischen Depot, ich hab gar nicht gewusst, was vorging –«

»Wer war noch dabei?«

»Der Chef und der Schießer.«

Gott sei Dank, nicht der Toni. Natürlich nicht, fiel mir ein: Der war ja geschnappt worden, beim Schmierestehen in Vertretung Michaels, der schon wieder mit nichts zu tun hatte … Fritz war entkommen und hatte nachher den Chef, den Schießer und den Fuchs in der Ruine gefunden, wo sie sich zu treffen pflegten.

»Wo man das Skelett fand«, ergänzte der Richter. »Was geschah also dort? Erzählen Sie es genau.«

»Es war kalt«, sagte Fritz und suchte nach Worten. Sie kamen mühsam aus seiner Brust heraus, in der die Kugel sich verkapselt hatte. Es war kalt gewesen und der Chef hatte in einem Waschkessel ein Feuer gemacht und mit dem Fuchs geplaudert. Auf einmal hatte es geknallt – »von einer Sprengkapsel«, sagte der Fritz, »die hat der Chef zum Spaß ins Feuer geworfen« und nochmals und immer wieder, und dann war der Fuchs vor Hermann auf dem Boden gelegen, und Fritz hatte ihn angesprochen: »Kannst ruhig aufstehen, es knallt nimmer.« Da hatte er eine Hand auf der Schulter gespürt und einen sagen hören: »Der steht nimmer auf, und wenn du's Maul nicht hältst, stehst auch nimmer auf.« Er verstummte.

»Wer war das gewesen?«

»Ich weiß nicht«, murmelte der Fritz.

Etwas knallte – ein Blitzlicht. Die Schweißtropfen auf seiner Stirn glänzten wie Perlen. Der Vorsitzende klopfte mit einem Hammer auf den Tisch, ein Pressefotograf wurde gewarnt, die Verhandlung nicht zu stören. Fritz hing vornüber, auf seinen Verteidiger gestützt, der das hohe Gericht um Schonung seines Mandanten bat, im Hinblick auf dessen kürzliche schwere Verwundung.

Es wurde still. Man führte Fritz hinaus und an seine Stelle trat erhobenen Hauptes Hermann. Er nahm bereitwillig, ja mit einem gewissen Stolz den Faden da auf, wo ihn Fritz hatte fallen lassen: bei der Sache mit dem Fuchs.

Der Schießer rieb sich die Hände. »Ja, dazu ist dem Chef was Großartiges eingefallen. Er hat Handgranatenzünder ins Feuer geschmissen, einen nach dem anderen. Das hat so geknallt, dass der Schuss gar nicht aufgefallen ist.«

»Erzählen Sie, was vorging.«

Hermann deutete vor sich hin. »Da ist er gesessen, der Fuchs. Ich hab mich hinter ihn gestellt, hab die Pistole rausgezogen« – er streckte den Zeigefinger der rechten Hand vor – »und bin langsam von oben nach unten auf sein Genick ins Ziel gegangen. Dann hab ich abgedrückt – bums, da ist er gelegen. War schon hin.« Hermann lachte.

»Wie haben Sie das festgestellt?«

»Wie wir ihm die Kleider ausgezogen haben. Die sind verbrannt worden, bis auf die Schuh, die hab ich mir genommen. Sind jetzt auch schon hin.«

Der Witz machte ihn wieder lachen, aber das Publikum stimmte diesmal nicht mit ein. »Warum haben Sie also den Fuchs erschossen?«, fuhr der Vorsitzende fort.

Hermann stand stramm. »Befehl des Führers.«

»Ich meine, warum er's befahl.«

Da zuckte der Schießer die Achseln. »Der Chef wird schon seine Gründe gehabt haben.«

»Wann erteilte er den Befehl?«

»Der hat nichts übereilt«, gab Hermann mit pfiffigem Lächeln von sich. »Erst auf dem Weg zur Ruine.«

»Und Sie selber dachten sich gar nichts dabei?«

»Ich hab bloß auf sein Zeichen gewartet. Ein Augenzwinkern, das hat genügt. Der Chef hat schon gewusst, was er tut.«

»Sie glaubten also an seine geistige Überlegenheit?«

»Jawohl«, bestätigte Hermann in biederem Ton, »geistig überlegen ist er mir schon.« Er schien ausgesprochen stolz darauf, so stolz wie auf seine Stammmitgliedschaft in der Bande, allein mit dem Wolf. Michael, Fritz und Toni waren nur Gründungsmitglieder gewesen. »Haben ja dann auch versagt«, meinte der Schießer, unterbrach sich aber sofort, denn mit Werturteilen wolle er dem Chef nicht vorgreifen. Die waren Sachen des Führers.

Was war noch seine Sache? – Was in den Statuten stand. – Und was stand darin?

»Der Führer befiehlt, wir gehorchen«, schmetterte Hermann, mehr sei darüber nicht auszusagen.

Der Richter erkundigte sich nach der Bundeskasse und erfuhr, dass auch diese dem Chef allein zur Verfügung stand. Es war ausschließlich seine Sache, die Beuteanteile nach den jeweiligen Leistungen zu bestimmen und die endgültige Verteilung vorzunehmen.

Wann sollte die stattfinden?

»Wenn anderthalb Millionen beisammen waren«, seufzte Hermann wehmütig auf. »Dann sollten wir uns ins Privatleben zurückziehen.« Als gelernter Elektriker hatte er sich ein Installationsgeschäft einrichten wollen. »So ein schöner Plan – schad drum.«

Einige Lacher wurden zurechtgewiesen, dann wandte sich das Gericht dem Überfall auf den Kassenboten zu. Die Vorbereitung wurde nochmals gepriesen: Das Taxi hatte der Chef persönlich ausgewählt, und zwar einen starken Wagen mit einem nicht zu starken Chauffeur. »Der war schon so tatterig, der hat keine Faxen gemacht«, erläuterte Hermann. Der Weg des Kassenboten war auch genau ausgekundschaftet, ebenso dass er fünftausend Mark bei sich trug.

»Und dann? Hat er sich denn so heftig gewehrt, dass Sie ihn über den Haufen schießen mussten?«

Erstaunt sah ich, wie Hermann die Augen niederschlug, wie sein Grinsen erfror und er verlegen die Daumen drehte. Fast wie Fritz begann der Schießer zu stottern. »Das – war ein Versehen. Das war unabsichtlich.«

»Unabsichtlich? Dass er tödlich verletzt wurde, meinen Sie? Oder soll das heißen, dass Sie überhaupt nicht schießen wollten?«

»Nein, schießen wollt ich da nicht.« Hermann schien sich zu schämen. »Das ist – so passiert –«

Der Vorsitzende runzelte die Stirn. »Aber in der Voruntersuchung haben Sie doch von ›Feuer geben‹ geredet!« Er begann in seinem Akt zu blättern.

»Das kann ich nicht gesagt haben«, beteuerte der Schießer.

»Na, hören Sie – ich erinnere mich doch ganz genau –« Der Richter konnte die Stelle nicht finden.

»Mit Verlaub«, warf der Staatsanwalt ein, und seine Schmisse verzogen sich, »wenn das Gericht es gestattet, kann der Widerspruch nach der Mittagspause eindeutig geklärt werden.«

Der Vorsitzende klappte sichtlich erleichtert den Akt zu. Er sah auf die Uhr, bemerkte, dass es ohnehin Zeit sei, und vertagte die Sitzung. Hermann wurde abgeführt, Gericht, Geschworene, Staatsanwalt und Verteidiger begaben sich zum Mittagessen. Die Zuschauer, die keine Esspakete mithatten, baten ihre Sitznachbarn, ihnen die Plätze zu halten, und strebten hinaus. Ich hatte keinen Hunger, aber mein Platz war mir sicher und so ging ich auch hinaus.

Im Korridor blieb ich zwischen Reportern und Polizei stecken. Die Zeitungsleute fragten nach den Angeklagten und ich hörte die Auskunft: Die säßen dem Gerichtsbeschluss entsprechend getrennt, jeder für sich in einem Zimmer und selbstredend unter Bewachung. »Kriegen sie auch was zu essen?«, fragte ein Reporter, und die Polizei beruhigte ihn: Für jeden Angeklagten hatte die Gefängnisküche Wurst- und Käsebrote vorbereitet.

So genau wollte ich das gar nicht wissen. Die würden fressen wie beim Picknick, nur nicht gestohlen, dachte ich und schob mich weiter durch den Korridor. Die Leute standen alle noch unter Hermanns Eindruck, den meisten schien er eine Art angenehmen Gruselns beigebracht zu haben. »Und wie der zu seinem Führer steht! Ich hab immer an den anderen Hermann denken müssen«, gestand eine junge Frau. »Du nicht auch, Traugott?«

»Ja, der war auch so gemütlich«, pflichtete Traugott ihr bei.

Als ich in den Gerichtssaal zurückkam, stand etwas Neues auf dem Richtertisch. Es war ein rotbraunes Köfferchen, das ein Kriminalbeamter bewachte. Hermann warf dem Ding bei seinem Auftritt einen neugierigen Blick zu und flüsterte dann mit seinem Verteidiger, einem zerknitterten Männchen, das ihm kaum bis an die Schulter reichte.

In feierlichem Ton nahm der Vorsitzende die Verhandlung wieder auf. »Zum ersten Mal«, gab er bekannt, »wird hier vor einem deutschen Gericht ein Tonband als Beweismittel zur Sprache kommen.« Bei der Voruntersuchung hatte die Mordkommission die Geständnisse auf Tonband aufgenommen.

Atemlos lauschte das Haus, als der Kriminalbeamte das Gerät in Gang brachte. Ein Krächzen kam heraus – und die Spannung löste sich in einem Lachsturm, in dem des Vorsitzenden wütendes Hämmern unterging. Langsam flaute die Heiterkeit ab, doch die Entschuldigung des Beamten, dass die technische Wiedergabe noch nicht ganz einwandfrei sei, rief erneutes Gelächter hervor.

»Wenn die Unterbrechungen nicht aufhören, lasse ich den Saal räumen«, donnerte der Vorsitzende. Das half.

»Die Wiedergabe ist mangelhaft«, begann der Beamte von Neuem, »weil das Mikrofon bei der Aufnahme in einem Aktenregal versteckt war. Vielleicht ist es besser, wenn die Herren nah hinhören …«

Staatsanwalt und Verteidiger traten zum Tongerät und hörten hin wie die Richter. Das Krächzen fing wieder an, ich verstand kein Wort. Auch die Geschworenen schüttelten die Köpfe.

»Halt!«, rief der Vorsitzende und wiederholte, was er aus dem Krächzen entnommen hatte: »›Da hab ich Feuer geben – na, da ist mir der Schuss losgangen.‹ Stimmt das, meine Herren?«

Die Herren nickten. Der Staatsanwalt kehrte auf seinen Platz zurück und wandte sich an Hermann. »Sie gaben also zu, geschossen zu haben, nicht wahr?«

»Er stellte den Irrtum aber gleich richtig«, griff der Anwalt ein.

»Plädieren können Sie später, Herr Verteidiger«, rügte der Vorsitzende. »Angeklagter, beantworten Sie die Frage!«

Der Hermann kratzte sich im öligen Haar. »Die Kriminaler haben mich da sechs Stunden schikaniert, da ist er mir halt so rausgerutscht, der Irrtum. Hab ihn aber doch gleich richtiggestellt.« Er lachte vergnügt. »Es war halt so eine fahrlässige Tötung.«

Der Vorsitzende veränderte plötzlich sein Wesen. »Haben Sie denn keinen Funken Gewissen in sich, Sie Mordbube?«, fuhr er Hermann an.

Der erbleichte und stand stramm. »Zu Befehl, Herr Gerichtshof!«

Der Vorsitzende wurde so ruhig wie zuvor. »Sie meinen also, dass Ihnen ausnahmsweise einmal die Wahrheit herausgerutscht ist?«

»Das können Sie mir aber nicht vorwerfen, Herr Gerichtshof, dass ich mich mit Leugnen abgegeben hab!« Es klang gekränkt.

»Das verstehe ich auch nicht. Mit dem Mord Ihres Kameraden haben Sie sich ja geradezu gebrüstet. Da kann's Ihnen doch auf den Kassenboten nicht so ankommen?«

»Doch.« Der Hermann sank in sich zusammen.

»Wollen Sie damit sagen, dass Sie gerade diese Tat bereuen?«

»Die schon«, kam es dumpf zurück.

»Und warum?«

Der Schießer stand wieder kerzengerade. »Auf Zivilisten bestand Schussverbot vom Führer.«

Der Führer war Hermanns Gewissen, das einzige, das er besaß. Da schwieg selbst der Richter. Er gab der Polizei einen Wink, den Angeklagten abzuführen. Bevor sie den Ausgang erreichten, öffnete sich die Tür wie von allein, und in ehrfurchtsvoller Stille trat er selbst auf, der Führer.

Im Abgang schaute Hermann ihm treu in die Augen und Wolf zwinkerte ihm zu. Mir wurde kalt wie dem Fritz vor dem Feuer. An meinem Arm brannten die alten Male, denn einst bedeutete dieses Zwinkern den Tod.

Wolfs Anwalt, der Kleine mit dem Schnurrbärtchen, begrüßte ihn, dann trat der Führer in steifer Haltung mit hochgezogenen Schultern vor den Richtertisch. »Wollen Sie sich zuerst allgemein zur Anklage äußern«, forderte der Vorsitzende ihn auf.

»Ich«, erwiderte der Wolf gelassen, »erteile zunächst meinem Verteidiger das Wort.«

Einige lachten. Der Vorsitzende klopfte ab. Der Verteidiger beantragte, den Hauptangeklagten von den Aussagen seiner Mitangeklagten zu unterrichten. Das Gericht beriet kurz, dann verkündete der Vorsitzende die Ablehnung des Antrages.

Wolf lächelte verbindlich. »Es tut mir leid, Herr Präsident, wenn ich Ihnen Unannehmlichkeiten bereiten muss, aber es geht hier um meinen Kragen, ich bestehe darauf, zumindest in groben Zügen informiert zu werden. Andernfalls verweigere ich jede Aussage.« Sprach's und setzte sich auf die Anklagebank.

Die Spannung wuchs. »Die Welt steht Kopf«, brummte ein alter

Mann hinter mir. »Das ist ein Kerl, der Führer!« kicherte eine Frau, ganz hingerissen. Auf der Pressetribüne kritzelten die Reporter, und einer las den anderen seine Schlagzeile vor: »Bandenchef überspielt das Gericht.«

Am Richterisch fand eine Konferenz statt. Der Staatsanwalt und alle Verteidiger nahmen daran teil; wie ein Krähenschwarm wirkten sie in ihren schwarzen Talaren, und wie die Krähen hackten sie auch aufeinander ein. Nur Wolf, um den es ging, saß zufrieden da und wartete auf das Ergebnis. Schließlich löste der Schwarm sich auf, und ein paar Verteidiger begannen ihre Akten einzupacken. Das Publikum hielt den Atem an. Was würde geschehen?

Rasch und undeutlich verlas der Vorsitzende den Gerichtsbeschluss.

Ich hatte Mühe, zu folgen: Das Verfahren gegen die noch nicht zur Vernehmung gerufenen Angeklagten, denen keine Morde oder darauf bezügliche Straftaten zur Last gelegt seien, werde abgetrennt und an die Strafkammer überwiesen; das Schwurgerichtsverfahren gegen die vier Hauptangeklagten werde, da der Zweck des früheren Beschlusses über getrennte Vernehmung nunmehr erreicht sei, seinen Fortgang in Anwesenheit aller nehmen und mit der Verlesung des bisherigen Vernehmungsprotokolls beginnen …

Die Stille hielt noch einen Augenblick an, denn nicht nur ich musste mir diesen Dialekt erst in die Umgangssprache übersetzen. Dann lief ein Raunen durch den Saal: Der Wolf hatte gesiegt! Die Frau hinter mir begann zu klatschen.

»Ruhe«, schrie der Vorsitzende mit hochrotem Kopf. »Ich verbitte mir jede weitere Störung!«

Hinter mir gluckste es nur noch.

Wolf nickte befriedigt. Ich begriff, dass durch das abgetrennte Verfahren das Gemüse verschwand; dem Wolf schien es recht. Er erhob sich langsam, als die drei Kumpane wieder auftauchten. Wie einen Marschallstab streckte er die zusammengerollte Anklageschrift zum Gruß vor.

Die drei standen stramm, auch Michael. Der Chef maß jeden von ihnen von oben bis unten, während der Gerichtsschreiber die Hauptpunkte ihrer Aussagen aus dem Protokoll vorlas; die Leute im Saal schauten nur noch auf den Wolf. Wie ein Raubtier, in immer enger werdenden Kreisen, umschritt er die drei nach der Verlesung und blieb schließlich vor Michael stehen.

»Michael«, begann er gedehnt, »du hast also nichts von der Exekution des Toni gewusst?« Sein Blick durchbohrte den Einäugigen.

»Wie ich angab«, erwiderte der.

Ein Lächeln umspielte den Mund des Chefs. Er wandte sich zum Gericht. »Quod erat demonstrandum: Ich hatte keinen so großen Einfluss auf ihn.« Der Michael durfte sich setzen und der Schießer kam an die Reihe. »Dein Versehen, Hermann, war eine Notstandshandlung. Du bist entschuldigt.«

Wer, dachte ich, ist hier der Richter? Ein Polizist hielt Fritz fest, der sich wegzudrücken versuchte. Fast einen Kopf kleiner war der Wolf und sah doch auf Fritz herab wie auf Ungeziefer. »Und du, du lächerlicher Stümper mit deiner Selbstmordkomödie –«

»Komödie nennen Sie das?«, unterbrach der Vorsitzende. »Es ist ein Wunder, dass er noch lebt, nach drei Kugeln in der Brust!«

»Eine in den Kopf hätte genügt«, bemerkte der Wolf.

Im Publikum erklangen Rufe der Empörung. Der Vorsitzende ließ es zu – und Wolf lenkte ein. »Ich bitte, mich nicht falsch zu verstehen, Herr Präsident. Aber wenn man sich umbringen will und hat eine Pistole, dann weiß man doch, wohin man zielen muss, um sich mit einem Schuss aus diesem Leben zu befördern.«

»Sie haben doch den Toni auch nicht in den Kopf, sondern in die Brust geschossen«, erinnerte ihn der Richter.

»Ja«, sagte Wolf, »aber aus dem Hüftanschlag.« Ich erinnerte mich …

»Ihre Schießregeln kommen mir etwas willkürlich vor«, meinte der Richter sarkastisch. »Vielleicht klären Sie das auf.«

Sarkasmus focht den Wolf nicht an. »Bei mir«, erwiderte er, »gibt es keine Willkür. Man muss nur zwischen meinem Schussverbot auf Zivilisten und der Todesstrafe für Verräter unterscheiden. An Leuten, die wir berauben wollten, interessierte uns grundsätzlich nur das Geld, geschossen werden durfte nur im Notfall und dann womöglich unter die Gürtellinie. Gegen Polizei allerdings war mit äußerster Rücksichtslosigkeit vorzugehen, weil da ja beide bewaffnet sind und der siegen muss, der schneller und sicherer schießt.« Ein Seitenblick traf die Uniformierten im Saal. »Tatsächlich trat die Polizei bei keiner unserer Aktionen in Erscheinung.«

Ich sah, wie ein paar Polizisten rot anliefen, als Wolf die Lacher wieder auf seine Seite bekam. In lässiger Haltung fuhr er fort: »Schießübungen wurden regelmäßig in den Auen abgehalten. An der Schutthalde im Stadtpark fanden ab und zu Treffen statt, bei denen Pläne besprochen und statutenwidrige Handlungen abgeurteilt wrurden. Diese Treffen nannten sich Forum – ein Ausdruck, von dem die Anklage viel Wesens macht, ich hätte genauso gut ein anderes Wort wählen können. Hauptverhandlung, zum Beispiel.«

»Sie reden da von Ihrer Mörderbande, als wäre sie ein ordentliches Gericht«, bemerkte der Vorsitzende.

»Warum nicht?«, gab der Führer zurück. »Wir hielten uns nur an unsere eigenen Gesetze.« Er hob seine Rolle Papier, um Einwände abzuschneiden, und sprach weiter. »Wenn Sie gestatten, Herr Präsident, erläutere ich jetzt unsere Statuten, über die so viel Unsinn zusammengeschwatzt worden ist. Sie enthielten einfach und klar drei Punkte: erstens das Ziel des Bundes, zweitens die Richtlinien zur Erreichung des Zieles, drittens die Garantie für die Einhaltung der Richtlinien. Jedes Mitglied unterschrieb die Statuten mit seinem Blut, nur einmal wurde wegen körperlicher Behinderung eine Ausnahme gemacht.«

Sein Blick streifte Michael. Der also war schon wieder eine Ausnahme.

»Im Fall Fuchs fand die Exekution vor beziehungsweise an Stelle seiner Aufnahme in den Bund statt. Er neigte zur Insubordination, das hätte gestört. Seine Beseitigung war ein plötzlicher Einfall von mir, in der Erregung über das Misslingen des Handstreichs auf das amerikanische Depot. Ich gab den Befehl ohne Forum, wir waren damals auch erst sechzehn Jahre.« Der Wolf machte eine wegwerfende Handbewegung. »Vielleicht war's eine jugendliche Dummheit.«

Hermann schüttelte den Kopf, für ihn gab es keine Dummheit vonseiten des Wolf, der sich nun dem Werdegang der Bande zuwandte. »Erster Schritt: ein Aufrüstungsprogramm. Selbstbeschaffung einer Waffe für jeden, dann ein Arsenal, das Gemeingut der Bande blieb.« Der Wolf sprach abgehackt, im Befehlston. Auch Beute blieb Gemeingut. Die Mitglieder erhielten monatliche Zuwendungen – nach Bedarf, um Aufsehen durch hohe Ausgaben zu vermeiden. Der Wolf sah streng darauf, dass jeder seinem bürgerlichen Beruf nachging. »Arbeitslosigkeit«, erklärte er, »ist verdächtig, Arbeit die beste Gewähr eines guten Rufes.«

Sein Blick glitt über die Zuhörer. »Auf gutem Ruf beruhte unser Ziel laut Paragraf eins der Statuten: Erreichung eines gesicherten, alle Mitglieder zufriedenstellenden Lebensstandards unter Zuhilfenahme aller gesetzlichen und ungesetzlichen Mittel, sodann Zurückziehung in ein geachtetes Privatleben.«

Einzelne nickten. Der Wolf fuhr fort: »Paragraf zwei regelte die Anwendung der Mittel: Gemeinschaftlichkeit, Einstimmigkeit und unbedingter Gehorsam gegenüber dem Führer, der seinerseits die volle Verantwortung trug.«

Mehrere nickten. Der Wolf sprach von den Erfordernissen der Tätigkeit für den Bund, in erster Linie Gründlichkeit und Pflichtbewusstsein. Jede Aktion hatte harte Arbeit gekostet: genaueste Auskundschaftung, Beschaffung und sorgfältigste Prüfung des jeweils zu verwendenden Materials, Ausarbeitung der Pläne bis in alle Einzelheiten, Einstudierung eines jeden Schrittes. Der Überfall auf das Haus Bauernfeind war ein Musterbeispiel: glatter Verlauf, befriedigende Beute, niemand verletzt, niemand tot. Alles in allem waren bei dem halben Dutzend gelungener Aktionen nur zwei Zivilisten draufgegangen – kein hoher Prozentsatz – und beide nur durch eigenen Widerstand; bei dem Taxichauffeur, der sich richtig benahm, hatte Wolf trotz der damit verbundenen Gefahr die Großmut des Siegers bewiesen. Er wusste immer, wem er vertrauen konnte.

Seine Augen trafen Fritz. Könnten Blicke töten, dachte ich, der wär nicht mehr am Leben … »Die Garantie für die Einhaltung der Richtlinien«, fuhr der Wolf mit Betonung fort, »bot der Paragraf drei: Auf Verrat steht der Tod.«

Totenstille lag über dem Saal, wie in mir. Der Führer erhob die Stimme. »Die Todesurteile verhängte ich, der Zweck des Forums war hier nur die statutengemäß einstimmige Billigung meiner Entschlüsse. Das Forum hatte für mich symbolische Bedeutung. Praktisch war es unnötig, denn mein oberster Grundsatz war und blieb das Führerprinzip!«

Er sah weder die Kumpane noch die Menge oder mich, sein Blick schien weit über den Saal hinaus in unerreichbare Fernen zu schweifen.

»Ich wollte einen anständigen Lebensstandard! Ich wollte Achtung und Ansehen für meine Blutsbrüder!« Wie gebannt lauschte der Saal dem Führer da oben, als kämen Zauberformeln aus seinem

Mund. »Eingeengt in eine feindliche Welt schuf ich mit eiserner Härte eine feste Gemeinschaft …«

Wo hatte ich das alles nur schon gehört? Ich saß wie gelähmt. Die Frau hinter mir keuchte. Ich sah Gesichter von Lauschenden, an Wolfs Lippen Hängenden, die seine Worte einsogen wie Balsam. Für mich war es Gift, das er ausspritzte – Gift, das sie mir eingespritzt hatten –, »Lebensraum«, dröhnte es an mein Ohr, sie brauchten Lebensraum.

Ich erstarrte. Der Lebensraum für die Seinen, die Blutsbrüder da oben, war die Gaskammer für die Meinen, die lagen da unten. Ich rang nach Luft. Hinaus, nur hinaus aus dem Gas …

Draußen nahm mich die Dämmerung auf. Es schien überstanden. Die Luft war klar. Morgen, wusste ich, geht's weiter. Ich atmete tief. Es gibt ein Morgen.

Der Morgen fand den Führer wieder vor seinen Richtern. Der Vorsitzende hielt die Anklageschrift, der Bandenchef seine Statuten. Es ging um die Todesstrafe.

»Verrat«, dozierte der Wolf, »ist ein Sammelbegriff für jede Gefährdung des Bundes, ob durch Schwatzhaftigkeit, Insubordination oder Fahnenflucht. Ein Mitglied, das derart versagte, musste beseitigt werden. Schon aus Sicherheitsgründen.«

Der Gerichtsschreiber war ungewiss, ob er richtig gehört hatte. »Schon aus Sicherheitsgründen?«, wiederholte er.

»Jawohl«, antwortete der Wolf, »denn solang einer lebt, gibt es für sein Schweigen keine volle Garantie. Zum Beispiel sichert der Eid – bei aller Schätzung des moralischen Komplexes – ja nicht hundertprozentig gegen einen äußeren oder inneren Zusammenbruch.« Er ließ diesen Gedanken kurz auf das Publikum wirken, dann fuhr er fort: »Hingegen ist die Todesangst kein angelernter moralischer, sondern ein angeborener Komplex. Darauf ist weit mehr Verlass. Die Garantie des Paragrafen drei liegt in der Angst davor, was einem passiert, der schwätzt, den Gehorsam verweigert oder nicht mehr mitmachen will. Deshalb ist in unserem Gesetz die Todesstrafe für Verräter der entscheidende Punkt.«

»Gott sei Dank«, bemerkte der Richter eisig, »war das ja kein allgemeingültiges Gesetz, von dem Sie da in der Gegenwart herumreden. Ist Ihnen denn immer noch nicht klar, dass Ihre Gangsterwelt zusammengebrochen ist? Hier gilt das Gesetz der Bundesrepublik!«

Wolf lächelte nur. »Ich weiß. Mir ist bekannt, dass die Bundesrepublik mit dem Dritten Reich auch die Todesstrafe abgeschafft hat. Aber –«

Im Saal erhob sich eine Welle des Unwillens. Dem da oben drohte kein Paragraf drei, gegen ihn gab es keine Garantie, das wussten alle, er am besten. Nur ich hatte, als ich ihn reden hörte, völlig vergessen, dass es kein Drittes Reich mehr gab und keine Todesstrafe. Um mich wuchs ein Flüstern und Murren. »Todesstrafe … Todesstrafe …«

Kein Zweifel, die Leute wollten sie für den Wolf. Er sah sich um und nickte. »Jawohl«, sagte er, als hätte man ihn nicht verdammt, sondern bestätigt, »nach dem Gesetz, das jeder von uns mit seinem Blut unterschrieb, bestand diese Strafe zu Recht.«

Bei dem kam's immer aufs Blut an, das war mir bekannt. War es das Blut oder war es die freche Verdrehung, die den Empörten die Sprache verschlug? Wolf sprach jedenfalls weiter.

»Mein Blutsbruder Toni wurde vom Forum einstimmig zum Tod verurteilt –«

»Ihr einstimmiges Forum«, unterbrach der Richter, »haben Sie ja selbst als Farce bezeichnet.«

»Nein«, entgegnete der Angeklagte, »als Symbol. Aber darauf kommt es nicht mehr an. Mein Urteil steht fest. Es war auch meine

Pflicht, es selbst zu vollstrecken. Denn von allen stand mir der Toni am nächsten.«

Wolf hielt sich steif und sah geradeaus, wie durch den Richter hindurch; seine Stimme klang metallisch. Es war offenbar die eiserne Härte von gestern, die darin lag – oder liegen sollte, denn sie gelang ihm nicht ganz. Der Tonfall war anders, irgendwie nicht so darüberstehend wie zuvor. Ich musste plötzlich an das Picknick denken.

»Es war ihm schon vieles nachgesehen worden, dem Babyface.« Er lächelte kalt, es schien unecht. »Ich verzieh ihm, dass er mir in den Arm fiel, als ich den Posten vor dem amerikanischen Depot erschießen wollte. Ich verzieh ihm auch, dass er bei seiner darauffolgenden Verhaftung alle angab, bis auf mich selbst. Nachsicht darf aber nicht in Schwäche ausarten. Sie musste aufhören, als er unter schlechten Einfluss geriet.« Das Lächeln erfror, die Knöchel der schmalen Hände schienen weiß.

»Was nennen denn Sie schlechten Einfluß?« Auch der Vorsitzende schlug auf einmal einen anderen, fast geringschätzigen Ton an.

»Ein Mädel.« Das Wort klang, als speie er es aus. »Der Toni hat sich eine Freundin genommen.«

»Widersprach das Ihren Statuten?«, fragte lauernd der Richter und ignorierte es, als ein paar Zuhörer lachten.

»Dafür gab es keinen Paragrafen«, stellte Wolf sachlich fest. »Zuerst wollten wir das Mädel loswerden. Der Versuch schlug fehl.«

Das Lachen im Saal erstarb. Nur Hermann grinste noch. Ich verstand: Der hatte mich den Berg hinuntergestoßen. Aber darauf kam es nicht mehr an.

»Statt von ihr«, hörte ich, »hat sich der Toni von uns trennen wollen. Statutenwidrig, ohne Zustimmung aller. Das war Fahnenflucht und führte zwangsläufig zum Todesurteil.«

Zwangsläufig. Und ich war es, die ihn dazu gezwungen hatte –

»Das Nächste«, schloss der Wolf, »gegen die Braut, wurde leider nicht mehr vollstreckt.«

Du oder ich … Nein, leider lebte ich noch. Michael sah mich an, leider hatte der mich gerettet.

»Warum erging denn gegen die Braut ein Todesurteil?« Das Wort kam dem Richter ganz leicht von den Lippen.

»Warum?« Der Hass in Wolfs Stimme war tiefer als der Abgrund von damals. »Die gehörten zusammen.«

Wer? Die Todesurteile?

Er zuckte die Achseln. »Sie wusste zu viel. Der Toni hat ihr die Exekution des Fuchs verraten –«

»Er lügt! Er lügt«, schrie es aus mir, »er lügt, er lügt –« Ich konnte nicht aufhören, auch nicht, als ich gepackt, geknebelt, zum Ausgang gezerrt wurde. »Er lügt«, schrie ich, »er lügt …«

Der Saal war in Aufruhr. Nur der Führer stand ruhig, hoch über der Menge, und wies mit dem Finger auf mich: »Das ist das Mädel.«

XVI

Nun sollte ich also doch noch Zeugin sein … Ich saß in einem kleinen Raum, es war wohl eines der Zimmer, in denen die Wölfe ihr Mittagsmahl einzunehmen pflegten. Bewacht war ich auch, obwohl ich nicht ans Weglaufen dachte, denn ich wollte ja reden, endlich alles sagen: Wie Michael mich Schritt für Schritt in die Schlinge gelockt und sie dann zugezogen hatte.

Die Tür öffnete sich: Das Gericht ließ mich rufen. Ich hatte wieder die eiskalte Schale um, so trat ich vor den Richtertisch. Die Bande saß mir im Rücken, und von hinten bohrte sich etwas in mein Genick. Das war Michaels Auge, kein Zweifel. Aber ich sah mich nicht um. Der Vorsitzende hatte meine Personalien schon im Akt, von der Voruntersuchung her; sie stimmten. Nun machte er mich darauf aufmerksam, dass ich die Aussage verweigern dürfe, wenn ich mit einem der Angeklagten verlobt sei.

»Das bin ich nicht«, sagte ich, und dann wurde ich vereidigt. Ich hob die Hand und sprach dem Richter die Formel nach, dass ich nach bestem Wissen und Gewissen die reine Wahrheit sagen, nichts verschweigen und nichts hinzufügen werde, so wahr mir Gott helfe.

»So wahr mir Gott helfe«, wiederholte ich. Es war sehr still im Saal.

»Sie haben«, begann der Vorsitzende, »bei der Vernehmung des Hauptangeklagten ausgerufen: ›Er lügt.‹ Wollen Sie diese Behauptung unter Eid aufrechterhalten?«

Ja, das wollte ich.

»Wieso hat er gelogen?«

»Weil mir der Toni kein Sterbenswort davon gesagt hat, dass der Fuchs umgebracht worden war. Ich hab geglaubt, der ist in der Ostzone. Das hat der Michael erzählt.« Eine Bewegung hinter mir störte mich nicht.

»Sie bekräftigen also mit Ihrem Eid«, stellte der Richter fest, »dass das sogenannte Todesurteil, das über Toni gefällt wurde, auch nach dem sogenannten Gesetz der Bande nicht begründet war.«

Sogenannt – das hieß wohl nicht wirklich, aber der Tod, den es brachte, der war wirklich … Was sollte ich bloß hier? Die sprachen ja doch eine andere Sprache. Die nächste Frage schreckte mich auf. Das sogenannte Todesurteil gegen mich – wieder hörte ich den Ausdruck – hatte ich davon gewusst?

Ich schwieg, weil ich mich nicht gleich besinnen konnte. »Man muss«, hatte Wolf erklärt, »zwischen Schussverbot auf Zivilisten und Todesurteil gegen Verräter unterscheiden.«

Wo stand denn ich? Michaels Blick brannte mir im Nacken.

»Wussten Sie«, drängte der Richter, »dass ein Todesurteil gegen Sie vorlag?«

Ja, das wusste ich. Das kam vom Führer.

»Wann? Hat der Michael Sie gewarnt?«

Michael versank hinter mir. »Nein, der hat's ja gar nicht gewusst –« Ich stand plötzlich allein, vom Genick aus kroch die Kälte über meine Glieder, und tief im Herzen brannte die Wunde. »Das war im KZ«, sagte ich.

»KZ?«, wiederholte die Richterstimme ungeduldig. »Das gehört nicht hierher.«

»Das ist es«, fuhr ich fort und wunderte mich über meine grenzenlose Ruhe. »Deshalb gehöre ich nicht dazu. Das hab ich aber nicht wahrhaben wollen. Wollte einmal dabei sein.« Ich sah den Richter nicht mehr, wusste nur noch eins: nichts verschweigen, so wahr mir Gott helfe … »Damit«, sagten meine Lippen ganz einfach, »hat die Lüge angefangen, die meine – aber jetzt muss es heraus: Mein Vater kam ins Gas, das war wegen der Abstammung, meine Mutter kam ins Gas, weil sie widersprach; ich wartete im KZ auf meine Exekution, aber die Spritze, die mir der SS-Mann gab, war zu schwach, deshalb bin ich im amerikanischen Spital wieder aufgewacht und hab dort den Michael getroffen. Und alles war ein Versehen …«

Neben mir erschien ein fremdes Gesicht mit einer Binde ums Auge; ich stockte, denn alles vorher war nur ein Versehen. Jetzt erst erkannte ich Michael und sah das Zeichen auf seiner Stirn. »Bin ich der Hüter meines Bruders?«, glotzte es mir aus dem Auge entgegen, in dem nackter Hass sich auftat, ein tieferer Abscheu noch als der meine. Ich wich zurück – aber das Wort, das er ausspie, klebt bis heute auf mir.

»Lügnerin –!«

Polizei trennte uns. Eine dunkle Frau sprach aufgeregt mit dem Richter – Michaels Verteidigerin. Ich durfte mich setzen. Jetzt hab ich's gar nicht gesagt, ging es mir durch den Sinn, wie er mich Schritt für Schritt in die Schlinge zog.

Auf einmal sagte es Michael statt meiner – das war wohl gegen die Ordnung, doch kam es dazu. Ich sah ihn nur vom Profil, denn sein Gesicht war dem Führer zugekehrt, und der spielte mit einem blitzenden Drehbleistift. Michaels Gesicht war weiß. Er setzte die Worte langsam: »Dass der Toni dem Mädel die Exekution des Fuchs verraten hat, kam aus meinem Kopf – war meine Erfindung –«

Ein kurzes Auflachen unterbrach ihn. Hart, grausam lachte der Wolf und seine Hand kritzelte weiter. Er schaute nicht auf.

»Angeklagter! Sprechen Sie zu mir, nicht zu Ihrem Komplizen«, kam's vom Richtertisch.

Michael machte gehorsam Front. Sein Gesicht wurde zur Maske.

»Das Gericht hat Ihnen gestattet, Ihre Aussage zu berichtigen, nichts weiter.«

»Berichtigen, jawohl.« Seine Stimme klang heiser. »Als Kopf der Bande habe ich erstens für den Einbruch im Haus Bauernfeind dem Chef und den Ausführenden genaue Pläne geliefert« – das Kreischen, das da aus der Menge kam, klang mir vertraut –, »zweitens für den Überfall auf meinen Berufskollegen, den Kassenboten der Staatsbank, die erforderlichen Informationen beschafft, drittens den Einbruch, bei dem der Gärtner umkam, mittels Lichtsignalen von meinem Fenster aus dirigiert – dazu brauchte ich das Zimmer mit der Aussicht …«

Der Gerichtsschreiber kratzte wild über sein Papier, Wolf sah einen Augenblick von seinem Drehbleistift auf, halb belustigt, halb zerstreut. Michaels Verteidigerin gestikulierte in der Luft herum und erhielt wieder das Wort. Sie rang förmlich die Hände.

»Michael, Ihre plötzliche Selbstbezichtigung kann doch gar nicht stimmen! Sie waren doch aus der Bande ausgetreten!«

Ein Grinsen huschte über die Maske. »Ich war immer noch korrespondierendes Mitglied«, stellte er fest. »Spezieller Verbindungsmann.« Sein Blick streifte mich. »Zunächst mit dem Toni.«

Der Vorsitzende fiel ein: »Also klären Sie jetzt einmal den Widerspruch auf! Hatten Sie von seiner Verurteilung keine Ahnung oder haben Sie die Verurteilung veranlasst?«

»Meine Erfindung von Tonis Verrat«, erklärte Michael selbstbewusst, »musste nach Paragraf drei zum Todesurteil führen.«

Du bist der Mörder, ich hab's ja geahnt …

»Es war nur der Punkt auf dem I«, gab er zu. »Wie hier bereits ausgesagt wurde, war Tonis Leben auch aus anderen Gründen verwirkt. Was aber mich betrifft, so hab ich nicht verfehlt, den Verurteilten auftragsgemäß zur Exekution zu bringen.«

Meine Liebe zu Toni versank im Hass auf Michael.

»Erst beim Schuss trat ich auf den Wink des Führers beiseite.«

Auch jetzt zwinkerte der Führer ihm zu – vertraulich.

»Dafür versprach der Chef, mich stets zu decken. Der Chef hielt sein Wort, noch vor Gericht.«

Der Richter blätterte im Protokoll. Die Maske lief auf einmal rot an, schlug das Auge nieder. »Ich habe« – nun kamen die Worte mühsam aus Michaels Mund – »meinen letzten Auftrag verfehlt. Er hieß: Die Ex-Braut beruhigen, bis sie den Toni vergisst, und mich dann von ihr zurückziehen.«

Jetzt, nicht damals, zog er sich von mir zurück … Durch das Schweigen im Saal klang die Stimme der Verteidigerin: »Sie haben ihr vielmehr wiederholt das Leben gerettet, nicht wahr?«

»Ich konnte von der Lügnerin nicht los«, sagte Michael, mit weißen Lippen. »Ich wollte mit ihr ein neues Leben beginnen. Als alles aufflog, wollte ich mit ihr ins Grab.« Er machte eine jähe Bewegung.

»Ein Hund sprang dazwischen.«

Auch dieser Schuss hatte mir gegolten!

»Und dann«, hauchte die Stimme nur noch, »dann hab ich die Blutsbrüderschaft gebrochen – die Verhaftung des Fritz veranlasst – der Polizei das Gruppenbild ausgeliefert – ich –« Er stockte. Dann würgte er heraus: »Ich bin der Judas im Bund«, und sackte zusammen.

Empörung tobte im Saal. Gegen ihn – gegen mich? Mir war's egal. Ein Stein war mir vom Herzen gefallen und unversehens schloss sich die Wunde. Das Gift war heraus. Ich hatte die Schande gestanden, und wer sich jetzt schämte, war Michael. Er schämte sich meiner, und ich war ihn los.

Ich hörte noch den Staatsanwalt verkünden, dass er die Anklage gegen ihn revidieren, von Beihilfe zum Mord auf Anstiftung und Mittäterschaft erweitern werde – da schlich ich hinaus, durch eine Hintertür. Drinnen ging's weiter um Mord, aber ich stand draußen, allein.

Wohin wollte ich? Fort, von der Sache fort, zu der ich nicht gehörte. Es war alles bloß ein Versehen. Und wo gehörte ich hin? Ringsum war die Kluft, die mich von Michael trennte, die nur durch eine Lüge überbrückt worden war. »Na, wo hat's denn dich erwischt?« Damit hatte alles begonnen. Da war mir das Lachen vergangen, denn ich wollte ja dabei sein, zu denen gehören, die lebten, denen die Welt offenstand – es war ja nicht zu ändern, wo ich herkam, aber wie hätte ich es denen sagen sollen? Jetzt war es heraus. Und auf einmal wollte ich es gar nicht ändern …

Lieber tot als zu den Wölfen gehören – das wusste ich heute. Ich war schon tot gewesen, damals, und hatte leben wollen, ich war noch hinkend am Stock gegangen, aber jetzt konnte ich laufen, weiterlaufen, immer weiter fort. Michaels Grinsen stand über mir, über den Dächern, im Mond, aber erwischt hatte es jetzt ihn …

Ein Hupen unterbrach mich, beinahe wäre ich unter ein Auto gerannt. Es fuhr weiter. An einer Hauswand stand ich still. Mir konnte nichts mehr passieren. Michaels Grinsen war zerplatzt wie eine Brandbombe, nicht mich hatte er verraten, sondern die Bande, erst Toni, dann die anderen und jetzt sich selbst. So schloss sich der Kreis. Ich ging die Wand entlang, sie trennte mich von dem Abgrund, den die Wahrheit zwischen mir und Michael aufgetan hatte. Toni konnte sie nicht mehr hören, der lag unten. Ich stand oben. Was hätte er dazu gesagt? Hätte die Wahrheit über mich auch ihn zu seinem Führer zurückgetrieben?

Der Mond wies mir den Weg an sein Grab. Die Blumen darauf waren verfault wie das Heu im Schuppen. Der Ring um meinen Finger war kalt. Ein Eid bot keine Garantie, die Angst vor dem Tode war stärker. Wer hatte den Toni in den Tod getrieben, die Blutsbrüder oder ich?

Keine Antwort kam, alles blieb still. Die Angst lag mit der Lüge begraben. Schatten zogen über den Mond und über den Christus, der unterm Dach hing.

Vergib uns unsere Schuld … vergib uns … Ich schluchzte auf. »Verzeih mir, Toni!«

Die Toten schweigen. Den Toni bringt nichts mehr zurück, der ist am Ziel, wo wir alle gleich sind … Mein Weg war noch weit. Ich hatte kein Ziel.

Am nächsten Tag blieb ich daheim. Ich brauchte mich dem Gericht nicht mehr zur Verfügung zu halten; die mochten revidieren, was sie wollten – das ging mich nichts an, nur Michael. Ich musste den anderen auch nicht unter die Augen, vor denen ich gestern wie nackt am Pranger gestanden war.

»DER JUDAS IM BUND«, sprang es mir in Rotdruck aus der Zeitung entgegen, die bei den Tischlersleuten vor der Tür lag.

Ich hob sie auf. »Sensationelle Wendung im Mordprozess«, hieß der Untertitel. Und jetzt, dachte ich, komm ich dran, jetzt graben sie meine Vergangenheit aus, statt den Toni … Sie aber zogen ganz andere Schlüsse. »Zum Verständnis des plötzlichen Zusammenbruchs des von dem invaliden Bandenmitglied gesponnenen Lügengewebes ist freilich in Betracht zu ziehen, dass es innerhalb der Bande so etwas wie einen Ehrbegriff gab, zu dem Treue, Zuverlässigkeit und Ordnung gehörten …«

Da verlor ich den Zusammenhang. Weder das Konzentrationslager noch ich waren erwähnt, für die Zeitung war ich nicht einmal die Lügnerin wie für Michael – ich war gar nichts. Und was den Ehrbegriff anging, so hatte mir den ja noch der Toni erklärt: »Wir sind Blutsbrüder, wir gehören zusammen.« Auch er, auch er … »Du musst wissen, zu wem du gehörst«, war meine Antwort gewesen. Aber wie konnte er, ohne zu wissen, wer ich war? Alles, was er wusste, war, dass der Fuchs irgendwo verscharrt lag und ihm selbst der Tod drohte: »Wenn ich einmal fort bin, dann bin ich in der Fremdenlegion.« Mein Gott, war denn alles Lüge? Auch zwischen Toni und mir?

Ich wollte den Vater fragen, der konnte wieder sprechen, wenn auch nur mit Mühe. Er wunderte sich, mich so früh am Tage zu sehen, und glaubte erst, der Prozess sei schon aus. »Wie viele Jahre hat das Schwein gekriegt?«, fragte er und meinte den Wolf.

Der Arzt hatte dem Alten jede Aufregung verboten, also sagte ich nur, es kämen heute andere Zeugen dran. Da ich ja schon die volle Wahrheit angegeben hätte, sei es für mich vorüber. »Das ist gut«, meinte der Vater, »wenn endlich herauskommt, wer das Schwein ist.«

»Ja«, sagte ich und dachte: Er kommt von dem Punkt nicht los, wo ihn der Schlag getroffen hat – aber ich auch nicht. »Ich hab da zuerst etwas richtigstellen müssen … « Hier stockte ich schon und holte vorsichtshalber weiter aus: »Erinnerst du dich, dass wir einmal von meinen Eltern gesprochen haben?«

Er überlegte. Das war eine dumme Frage, fiel mir ein; er erinnert sich ja nicht einmal an das Nächstliegende – »Doch«, sagte er plötzlich. »Das war ein Luftangriff. Ich war mit der Post unterwegs, aber Tonis Mutter – was hätt' die bloß zu dem Unglück gesagt?«

Rasch, rasch ihn fragen, ehe er sich ganz verwirrt – »Vater, was hätt' der Toni dazu gesagt, dass meine Eltern im KZ waren? Sie sind gar nicht bei einem Luftangriff umgekommen.«

»KZ?«, wiederholte er langsam. Dann schüttelte er den Kopf. »Auch ein Unglück.«

Er hat wohl nicht recht verstanden, dachte ich und versuchte, deutlicher zu werden. »Ich hab's nicht zugeben wollen, weißt du – dass nämlich mit meiner Abstammung was nicht in Ordnung war –«

Er sah mich nachdenklich an. »Zu meiner Zeit hat's das noch gar nicht gegeben, das mit der Abstammung. Religion schon eher, aber die hat dann immer mehr aufgehört und dann ist die Rasse gekommen. Ich kann da nicht so recht mit.«

»Aber der Toni?«, beharrte ich. »Was hätt' der Toni gesagt?«

Der Alte war ratlos. »Wie soll denn ich wissen, was die da gelernt haben, wo er als Kind dabei war? Hast ja gesehen, was aus ihm geworden ist! Unter die Wölfe ist er geraten. Das war sein Unglück.«

Lieber tot – galt das auch für den Toni? Ich getraute mich nicht zu fragen. Noch eine Weile hielt ich die Hand des Vaters, dann ging ich leise hinaus. Luftangriff und Konzentrationslager, beides war ein Unglück. Ich konnte nichts dafür, auch nicht für Tonis Unglück, denn ich hatte ihn nicht unter die Wölfe gebracht; ich brachte ihn nur nicht mehr heraus. Er war eben als Kind dabei gewesen, das war es. Da hatte er es gelernt.

Dass ich nicht dabei sein durfte, war mein Glück gewesen, und dass mich Michael rettete, war ein Versehen, und dass Tonis

Abgang aus der Bande anständig vor sich gehen sollte, hatten sie beide gesagt, Michael und er. Weil es ja, wie nun schwarz auf weiß feststand, innerhalb der Bande »so etwas wie einen Ehrbegriff« gab, mit Treue, Zuverlässigkeit und Ordnung. Aus dieser Treue heraus war Toni dem Michael gefolgt, nicht mir. Darum hatte er dem Wolf, nicht mir, das letzte Wort gegeben. Weil er zu Mordbuben anständig sein wollte, hatten sie ihn umgelegt.

Das war die Wahrheit – so wahr mir Gott helfe.

Deshalb suchte ich nun auch den Pfarrer auf, der Toni eingesegnet hatte. Ich wusste sonst niemanden, mit dem ich weitersprechen konnte, denn der Vater brauchte Ruhe.

Der Geistliche erinnerte sich meiner. Er habe auch gleich mein Bild in der Zeitung erkannt, sagte er, wie ich am Grab meiner Liebe betete.

»Ich hab gar nicht gebetet, Hochwürden«, gestand ich. »Ich hab nur nachgedacht, damals. Ich hätte auch was zu beichten, aber ich weiß nicht recht, wie man das macht.«

Der Pfarrer nickte, als wundere er sich über nichts. »Sprich halt nur weiter«, meinte er. »Gott hört schon zu.«

Da muss ich nicht viel sagen, dachte ich, denn Gott weiß alles, der wird mich verstehen. »Ich habe«, begann ich – und blieb schon stecken, denn das Wort, »gelogen« wollte nicht recht heraus, so ohne Entschuldigung. »Ich hab mich meiner Eltern geschämt«, sagte ich schließlich.

Wird er fragen, warum? Der Pfarrer wusste doch nichts von mir. Er sah mich ganz traurig an. »Du sollst Vater und Mutter ehren, auf dass es dir wohl ergehe und du lange lebest auf Erden – kennst du denn deine Gebote nicht?«

Da hatte ich meine Entschuldigung, denn gerade als ich die Zehn Gebote zu verstehen anfing, war ich ins Lager gekommen.

»Wegen der Rasse«, gestand ich. »Das heißt, mein Vater –«

Ich fühlte eine Hand auf meiner Stirn und hörte die Stimme. »Ich war auch im Lager«, sprach sie. »Vorübergehend.«

Mir war, als weiche die Schande von mir, aber als ich betroffen aufblickte, stand nur der Pfarrer ruhig an meiner Seite, die Hände gefaltet, sodass die Ärmel der verschossenen Soutane zurückfielen. Und plötzlich sah ich tiefe Narben an seinen Handgelenken und dachte schaudernd an einen, den ich im Lager hatte hängen sehen, am Pfahl.

»Wir sind alle Gottes Kinder«, sagte der Pfarrer. Was ihn ins Lager gebracht hatte, war nicht die Rasse gewesen, sondern der Dienst an Gottes Wort. »Gott«, sagte er, »straft bis ins dritte und vierte Glied diejenigen, die ihn hassen, und erbarmt sich bis ins tausendste Glied derer, die ihn lieben und seine Gebote halten. Der uns, mein Kind, ins Lager sperrte, hat das verdreht, wie er das Kreuz verdreht hat. Die er hasste, die hat er verfolgt bis ins dritte und vierte Glied, und die er liebte, denen hat er das tausendjährige Reich versprochen. Er hat sich selbst vergottet, dieser Führer. Sein tausendjähriges Reich allerdings«, schloss der Geistliche mit leisem Lächeln, »ist schon wieder vorbei.«

Ich bemühte mich, zu verstehen. »Hochwürden«, fragte ich, »warum leben die Mörder?«

»Das Richten ist nicht an uns«, erwiderte der Pfarrer. »Dem Mörder, der neben ihm hing, hat der Erlöser verheißen: ›Heute noch wirst du mit mir im Paradiese sein.‹«

Dem Mörder, dachte ich, aber nicht dem Judas. »Und den Michael«, sagte ich, »den hab ich mit meiner Wahrheit auch nur zur Bande zurückgetrieben, zu seinem Führer mit seiner Ordnung. Es bleibt halt so viel Lüge übrig, Hochwürden.«

Er nickte bloß. »Die Lüge ist des Teufels. Du hast zur Wahrheit gefunden. Geh mit Gott, mein Kind, deine Liebe hat dich gerettet …«

Ich ging. Meine Liebe lag begraben, und die Lüge lebte fort. Das letzte Wort, dachte ich, hat doch Michael.

In der letzten Sitzung, bevor die Geschworenen sich zur Beratung zurückzogen, erhielt jeder der Angeklagten noch Gelegenheit zu einem Schlusswort. Das musste ich hören. Dieselbe Menge schien anwesend wie am ersten Tag, dasselbe Gericht, dieselbe Mörderbande – nur ich kam mir vor, als käme ich von weither zurück. Der Gerichtsdiener, bei dem ich mich wieder meldete, hatte keine Anweisung mehr, einen Platz für mich zu halten. »Heute wird schon alles besetzt sein«, meinte er erst, aber dann besann er sich: »Waren Sie nicht Zeugin, Fräulein?« Und er führte mich ganz nach vorn, dicht hinter die Anklagebank und nur zwei Sitze von Onkel Hugo entfernt, der sich abwandte, als er mich sah.

Die Verteidiger hatten alle schon ihre Reden gehalten, und das Haus erwartete gespannt die letzte Szene des Führers. Wohlgefällig ließ er seine spielerisch verschlungenen Hände fotografieren, denen man nicht ansah, wie gut sie schießen konnten. Neben ihm saß Michael, der Kopf, die schwarze Binde ums Auge, und schaute nur auf Wolf, der ihm keine Beachtung schenkte. Auf der anderen Seite des Führers saßen Hermann und Fritz, steif wie Puppen.

Fritz, als Erster aufgerufen, flüsterte nur einen Satz, so leise, dass sein Verteidiger ihn wiederholte: »Ich bereue von Grund auf.« Die Geschworenen nickten.

Hermann trug wieder den Hochzeitsanzug, diesmal aufgebügelt, und sichtliche Verlegenheit auf seinen Zügen. Er wollte sich entschuldigen – nicht eigentlich wegen der Morde, sondern wegen seines schlechten Betragens bei der Vernehmung. »Ich habe gehört«, sagte er, »dass mein Lachen da frivol geklungen hat und dass ich mich ungebührlich benommen habe. Ich kann nur sagen, dass das nicht mit Wissen und Willen geschah.« Er drückte sich auf einmal sehr gewählt aus. »Heute weiß ich, dass ich für meine Frau und meinen Sohn arbeiten will«, schloss der Schießer und strahlte bei dem Wort Sohn. Was würde aus dem werden, dachte ich – neues Gemüse, das dem Wolf so nachwuchs, oder ein neuer Mensch?

Im Publikum hörte man Räuspern und Stühlewetzen, als bereite ein jeder sich auf den Auftritt des Hauptdarstellers vor. Beim Aufruf des Namens wurde es totenstill.

»Ich habe es nicht nötig, zu beschönigen«, begann Wolf. »Ich habe die Kraft, die Tatsachen zu tragen, ohne dass sie mich zu Boden drücken.« Er holte tief Atem und wuchs förmlich. »Es ist von jeher eine meiner persönlichen Eigenarten gewesen, mich mit Problemen des Denkens zu befassen – das ist vielleicht ein Teil der Katastrophe, dass ich zu viel dachte.« Sein Blick traf die Geschworenenbank und wanderte dort von Kopf zu Kopf. »Ein Mensch, der das Leben nimmt, wie es gerade kommt, problemlos und primitiv, würde schwerlich in meine tiefgreifenden Konflikte kommen.«

Die Köpfe, die sein Blick traf, senkten sich wie unter dem Gewicht seiner Probleme, mir schien, als wollten sie sagen: Ja, es ist unsere Schuld … »Was war, das war und bleibt bestehen«, fuhr der Führer unerbittlich fort. »Es wäre lächerlich, jetzt alle möglichen Entschuldigungen anbringen zu wollen.« Keiner lachte. Er strich sich über die Stirn, suchte Sammlung, um zusammenzufassen. »Verfahrener Idealismus, könnte man sagen …«

Verirrte Pfadfinderideale – ja, so hatte es mit Toni begonnen. War dies das Ende? Die Stimme des Führers schwebte über dem Raum: »Das Gute könnte nie gut sein ohne das Böse. Doch dass die Welt kein solcher Hexenkessel voll von Bosheit entsprechend unserer These ist, das weiß ich heute.«

Michael machte eine Bewegung, als sei ihm Absolution erteilt. Der Führerblick ging weit über ihn hinaus, weit über Richter und lauschende Menge und mich. »Die Horizonte unseres Seins ändern sich mit den Zeiten. Aber eine Welt, die nur gut wäre – sie wäre keine gute, schöne, sondern überhaupt keine Welt.«

Das war seine Abrechnung mit der Welt. Sie brauchte das Böse, sie brauchte ihn. Er hatte gesprochen. Als er sich setzte, geriet der Saal in Bewegung, ein Raunen begann, schwoll zum Widerspruch, zur sittlichen Entrüstung; wieder hörte ich das Wort Todesstrafe, keinem hinter mir fiel etwas anderes ein als die Todesstrafe, die abgeschafft war.

Das Richten ist nicht an uns. Gab es denn nichts als den Tod?

Der Hammer des Vorsitzenden schlug die Unruhe nieder. Vor mir erhob sich ein Totenkopf, aber es war nicht Toni, der die schwarze Binde über der leeren Augenhöhle trug.

»Ich habe«, sagte Michael, »meine Blutsbrüder verraten.« Er wandte sich um, und sein zweites Auge lebte, fraß sich in mich ein, in mich allein. »Eine Frau, die« – er suchte nach einem Wort – »eine Halbjüdin wollt ich zur Mutter meiner Kinder machen!«

Ich – Mutter der Kinder des Blutsbruders da oben? An diese Möglichkeit hatte ich nicht gedacht. Ich bäumte mich auf, und wir standen einander gegenüber, er und ich, allein in gähnender Leere. Die Leere lag mir im Magen, aber nicht wie Hunger; ein nagender, rasender Ekel war das, der alles verschlang. Er drehte mir die Eingeweide um und stieg in mir hoch und brach heraus – und ich lachte, lachte, dass es mich bog und von den Wänden widerhallte – lachte, dass der Gerichtssaal wankte – lachte, bis mir die Tränen kamen und Michaels Gesicht darin verschwamm.

Ich sah es nicht wieder.

Bei der Urteilsverkündung blieb ein Platz neben dem Führer leer: Michael fehlte. Das Verfahren gegen ihn, verkündete der Richter, war als gegenstandslos eingestellt worden. Was hieß gegenstandslos? Die Frage erfüllte mich so, dass die Urteile nur wie aus weiter

Ferne zu mir drangen: »Lebenslängliches Zuchthaus und Ehrverlust … fünfzehn Jahre und Ehrverlust … zehn Jahre und Ehrverlust …« Wo war Michael?

Die Verurteilten wurden abgeführt. Reporter umdrängten den Richtertisch, ich stand im Weg – was hieß hier gegenstandslos? Der Staatsanwalt gab Auskunft: Der vierte Angeklagte war heute früh in seiner Zelle tot aufgefunden worden. Er hatte sich an seiner Augenbinde erhängt.

»Nein! Nein, so hab ich's nicht gemeint – o Gott, er hat mich doch gerettet, er hat mich doch geliebt – o mein Gott, ihn wollt ich nicht hängen sehen …«

Ja, ich hatte geschrien.

Der Schrei war heraus, er stand in der Luft zwischen mir und meiner Cousine. Aber man schreit nicht in Amerika. Jetzt wusste sie, wer ich war. Jetzt musste ich fort.

Ich duckte mich, starrte in ein Gesicht, das ein Kupferhelm bedeckte – nein, es war rotgoldenes Haar. Die Züge schienen vertraut. Sehr menschlich, glichen sie denen der Schwester, bei der ich zum Leben erwacht war, damals im amerikanischen Spital. Auch ins neue Leben hier hatte sie mir herübergeholfen, die Schwester.

»Gut, dass du endlich gesprochen hast, Irene«, antwortete eine freundliche Stimme, und ich atmete auf, dass mein Geständnis heraus war. »Wir haben das hier natürlich alles gewusst, gerade deshalb wollte ich dich ja holen.«

Fassungslos schaute ich auf. Ich war tatsächlich nicht im Gerichtssaal, sondern in der Küche mit der Waschmaschine. »Du hast es gewusst«, nahm ich mühsam den Faden auf, »und wolltest mich doch hier haben?«

»Jawohl«, meinte sie ruhig. »Wir können auch euren Nervenzusammenbruch brauchen.«

Ich merkte kaum, dass mir die Tränen kamen. Nur Michaels

Gesicht erschien mir, nicht mehr verschwommen, sondern ganz deutlich. »Irene« – die Stimme klang wieder von weither – »Irene, ich kann ohne dich nicht leben …«

Vor mir saß die Cousine. Das regelmäßige Gesicht unter dem Kupferhaar wirkte ausdruckslos, wie gewöhnlich. Sie muss es doch verstehen, dachte ich, es schien mir unendlich viel davon abzuhängen, dass meine Cousine mich verstand.

»Er hat um meinetwillen seine Welt verraten, der Michael«, sagte ich, »und gemordet hat er aus rasender Liebe – ich nicht. Ich hab ihn gehasst, weil er alles besser wusste. Und wie er nichts mehr besser wusste, hab ich ihn ausgelacht. Das war sein Todesurteil. Ich hab ihn umgebracht – und ich lebe – lebe …«

»Gott sei Dank«, kam es zurück, »bist du gerettet. Er hat sich in seiner eigenen Schlinge gefangen und ist an seiner letzten Lüge erstickt. Wenn er sich Judas nannte, wer war dann sein Gott?«

Mit anderen Worten, dachte ich, sagt das der Pfarrer auch …

Der Blutbaum vor dem Fenster lag im Dunkel. Das Reich des Führers schien versunken, die Wolfswelt lag weit zurück, so weit wie mein Hass und wie meine Liebe.

Meine Cousine machte Licht, und in lauter gleichen Häusern ringsum ging auch das Licht an. Eine freundliche Gleichförmigkeit umgab uns. »Wäre eine Welt, die nur gut wäre«, fragte ich, »wirklich keine gute und schöne, sondern gar keine Welt?«

Verwundert lächelte meine Cousine. »Natürlich nicht«, gab sie ohne Zögern zurück. »Das wär doch das Paradies.«

Daran hatte Wolf nicht gedacht … Wir schwiegen eine Weile, meine Cousine und ich. Dann machte die Einfachheit ihrer Antwort auch mich lächeln, und auf die Frage, ob ich mich heut besser fühle, erwiderte ich ganz von selbst: »Danke, fein.«

Kolonnenweise kamen draußen die Autos zurück und brachten die Männer von der Arbeit nach Hause. Das Leben geht weiter.

Hertha Paulis früher Roman über den verpatzten Neustart von 1945

Wie soll man sich wundern, daß die Jungen kein Schuldgefühl haben, da sie sich keiner andern Sünde bewußt sind, als den Krieg verloren zu haben!
Ernst Waldinger (1946)

»Wohl in keiner Zeit wurden gegen die Jugend so viele Vorwürfe erhoben als in unserer«, und »die Kritik, die man ihr auf dem kulturellen Sektor entgegenbringt«, ist »die beißendste, schärfste, rücksichtsloseste und vielleicht ungerechtfertigste von allen«. Das schrieb der 22-jährige Thomas Bernhard unter dem Titel *Die Kultur ist nicht stehen geblieben!* am 4. April 1953 im *Demokratischen Volksblatt*.

Tatsächlich ist über die Jugend nach 1945 aus gutem Grund viel debattiert worden. Sie hatte Teile oder die Gesamtheit ihrer Schulzeit in autoritären bzw. faschistischen Regimen durchlaufen. Alle Welterklärungen und Denkmodelle, die hier vermittelt wurden, waren 1945 über Nacht entwertet. Zumindest glaubte man kurzfristig an einen derart prinzipiellen Paradigmenwechsel. Und was die Heranwachsenden in ihrer Freizeit erlebt, beobachtet, gehört, gesehen und vielleicht getan hatten, war nicht dazu angetan, behütete Kindheiten zu ergeben. Die ältere Generation aber hatte ihre Vorbildfunktion zu einem guten Teil verspielt. »Sechzigjährige forderten in gutem Glauben die Jugend auf, in sich zu gehen«, schrieb

Ingeborg Bachmann in *Das Buch Goldmann*, und die bemühte sich auch, »in irgendwas zu gehen, was sie nun wirklich kaum etwas anging, und wie man sich bemühte, die Häuser zusammenzuflicken, so flickte man seine Gedanken zusammen, die es in den Jahren vor Hitler gegeben hatte, die aber keinem mehr so recht bekannt vorkamen«.

Die Kluft zwischen den Generationen war evident, der Erklärungsansatz dafür eine Frage der Perspektive. Die Älteren griffen gerne auf das Bild vom »Problem-Jugendlichen« zurück mit den zeitgenössischen Schlagwörtern ›Schlurf‹ und ›Halbstarker‹. Zielt der erste Begriff mehr auf deviantes Verhalten in der Selbstpräsentation, betont der zweite stärker die latente Gewaltbereitschaft – was selten der Verrohung und Brutalisierung durch Krieg und NS-Jugendorganisationen zugeschrieben wurde. In jedem Fall kam meist rasch der Ruf nach Verschärfung der Erziehungsmethoden und disziplinarischen Maßnahmen.

Die Erwachsenen »stellten sich entweder gegen den Faschismus oder sie wurden schuldig«, schrieb hingegen Hermann Schreiber, Jahrgang 1920, schon in Heft 7/1946 der Zeitschrift *Plan*, die Jugend aber »ist vor dieser Entscheidung nie gestanden, denn was man vorfindet, ohne anderes zu kennen, diskutiert man nicht«. Und was die junge Generation erleben musste, in »Krieg oder Emigration, Konzentrationslager oder Kriegsgefangenschaft, Bombenkeller oder Flucht«, so die 1922 geborene Erika Danneberg in der Zeitschrift *Neue Wege* Nr. 90/1953, ist in jedem Fall »das Erbe des menschlichen und politischen Versagens [...] der Generation unserer Väter und Großväter«.

Und diese Väter und Großväter nahmen 1945 unverzüglich ihre alten Positionen und Ämter wieder ein, auch und gerade im Kulturbetrieb. Dafür mussten allfällige Spuren der Verwicklung in das NS-Regime möglichst rasch und umfassend verwischt werden –

was später oft die politische ›Säuberung‹ der Nachlässe inkludierte. Genau diese überaus erfolgreiche Arbeit an der Beschönigung bzw. Verfälschung der eigenen Rolle im Nationalsozialismus machte es nicht leicht, Klarheit in vertuschte NS-Karrieren zu bringen.

Besonders schwierig waren diese politischen Einschätzungen für ExilantInnen. Nichtwissen über nationalsozialistische Vorbelastungen führte hier zu zahlreichen Missverständnissen. Hilde Spiel etwa, die erst 1963, 27 Jahre nach ihrem Gang ins Exil, endgültig nach Wien zurückkehrte und daher über die Entwicklungen vor Ort nicht so genau informiert war, folgte 1962 ohne Bedenken einer Vortragseinladung Heinz Kindermanns und erfuhr erst später von dessen NS-Vergangenheit. Kindermann hatte 1945 im Zuge der Entnazifizierung der ersten Stunde die Universität verlassen und einige Zeit unter Pseudonym publizieren müssen. Im März 1954 erhielt er den Lehrstuhl für Theaterwissenschaft zurück. Im selben Jahr veröffentlichte er einen *Wegweiser durch die moderne Literatur in Österreich*, 59 der darin vorgestellten AutorInnen haben 1938 im NS-*Bekenntnisbuch österreichischer Dichter* Hitler gehuldigt. Solche Arbeiten am literarischen Kanon durch ehemalige NationalsozialistInnen gehören zu den Langzeitfolgen der halbherzigen Entnazifizierung.

Auch die Rezeption von Hertha Paulis Roman *Jugend nachher*, der 1959 im Zsolnay Verlag erschien, ist von diesen fatalen Kontinuitäten nicht unberührt geblieben. Den Klappentext etwa schrieb Friedrich Schreyvogl, der bereits 1934 der illegalen NSDAP beigetreten war und die Machtübernahme der Nationalsozialisten kulturell vorzubereiten half, etwa als Mitbegründer des »Bundes deutscher Schriftsteller Österreichs«, der im Juni 1938 das erwähnte *Bekenntnisbuch* herausgab. Als 1951 Schreyvogls Aufnahme in den österreichischen PEN zur Debatte stand, drohte der im englischen Exil gebliebene Ehrenpräsident Robert Neumann, sein Amt zurückzulegen. Im Februar 1952 verlief das Prozedere schon reibungslos – fünf Monate bevor das Parlament am 18. Juli 1952 die Amnestie für belastete ehemalige NationalsozialistInnen beschloss. Noch im selben Jahr wurde Schreyvogl Chefdramaturg am Theater in der Josefstadt, zwei Jahre später stellvertretender Direktor des Wiener Burgtheaters. In dieser Funktion hielt er im Juni 1955 beim Kongress des Internationalen PEN in Wien die offizielle Ansprache. Das wirkte sich auch im Ausland günstig aus, bereits im Folgejahr wurde er außerordentliches Mitglied der Akademie der Künste in Berlin.

Hertha Pauli wird von dieser Vorgeschichte kaum Kenntnis gehabt haben. Ihr war im März 1938 im sprichwörtlich letzten Moment die Flucht aus Wien gelungen. Sie führte über die Schweiz nach Frankreich und 1940 weiter in die USA. Ihre alte Heimat hat sie bis zu ihrem Tod am 9. Februar 1973 in einem Spital auf Long Island nur mehr als Besucherin wiedergesehen. Feuilletons, einige Erzählungen, ungespielte Theaterstücke, ein Hörspiel, bei dem ihr Name nicht mehr genannt werden durfte, ein biografischer Roman über Ferdinand Raimunds Langzeitgeliebte Toni und einer über Bertha von Suttner – das war die literarische Bilanz der 29-jährigen Hertha Pauli beim Einmarsch der Hitler-Truppen in Österreich.

Der Großteil ihres Werks entstand im amerikanischen Exil, auch der Roman *Jugend nachher* über das Schicksal der jungen KZ-Überlebenden Irene inmitten der ideologischen Unsauberkeiten der Nachkriegszeit. Er sammelt gleichsam die Trümmer des zivilisatorischen Kahlschlags und der ideologischen Verhetzung auf und liefert eine realistische Bestandsaufnahme zur Situation nach 1945. Doch bis heute hält sich hartnäckig die These, in Österreich habe es keine nennenswerte Trümmerliteratur gegeben und eine literarische Auseinandersetzung mit dem Nationalsozialismus habe hierzulande erst in den 1960er Jahren allmählich eingesetzt. Dieses

Fehlurteil hat zum Vergessen all jener Romane beigetragen, die sich schon in den 1940er und 1950er Jahren kritisch mit der NS-Zeit und ihrem Fortleben auseinandersetzten – wie Hertha Paulis *Jugend nachher*.

Die zeitgenössischen LeserInnen, beschäftigt mit dem Verdrängen der erlebten Traumata und dem Wiederaufbau, waren an Debatten über die jüngste Vergangenheit nicht besonders interessiert. So erzielten diese Bücher bei Erscheinen meist allenfalls Achtungserfolge, oft auch, weil die zuständigen Akteure in den Redaktionen aus persönlichen Gründen diese Zeit lieber nicht thematisiert sahen. Als dann in den 1970er Jahren eine junge Generation von GermanistInnen daranging, die Literatur der Nachkriegszeit neu zu sichten, wirkte der schwammig verlogene Ton der spärlichen Rezeptionszeugnisse eher abschreckend. Bei Paulis Roman beginnt das eben schon mit Schreyvogls Klappentext. Darin heißt es:

»*Sie [Irene] ist nach jahrelanger Haft in einem Konzentrationslager im letzten Augenblick vor dem Tod gerettet worden, aber dann, ohne es zu wollen und die Zusammenhänge zu erkennen, mit den ›Wölfen‹, einer Bande jugendlicher Gangster, in Verbindung gekommen; Gewalt, Raub und Mord ziehen sie als Opfer in ihren unentrinnbaren Kreis. […] Zuletzt steht sie vor dem Gericht, das sie verurteilt, und vor unserem Gewissen, vor dem wir uns selbst schuldig fühlen. Warum konnten wir diese jungen Menschen nicht wieder in ein wirklich menschliches Leben, zu seiner Wahrheit und Ordnung zurückführen?*«

Die verdeckte Umkehr von Opfer- und Täter-Zuschreibungen setzt in dieser Passage mit dem Wort »Haft« ein, das eine erste rechtsgültige Verurteilung suggeriert, wo es um willkürliche Verschleppung geht. Ruth Klüger berichtet in ihrem autobiografischen Bericht *weiter leben* genau von dieser systematischen »Verwechslung« der Begriffe, die dazu führte, dass man einige Kinder wegen eines Obstdiebstahls »wie Vorbestrafte behandelte, als seien sie im KZ gewesen, weil sie tatsächlich etwas verbrochen hatten«. Die »Wölfe« aber sind nicht »jugendliche Gangster«, sondern ungebrochen begeisterte HJ-Anhänger, die nach der Niederlage des NS-Regimes fortsetzen wollen, was Schreyvogl in Österreich einst vorbereiten half. Im letzten Satz ist Irene, das Opfer, grammatikalisch im Objekt »diese jungen Menschen« inkludiert, deren fehlgeschlagene Resozialisierung der Autor bedauert, während er von der »Wahrheit und Ordnung« eines »wirklich menschlichen Lebens« mit einer Anhäufung von Hohlwörtern faselt, die auch im NS-Jargon funktioniert haben. Da gab es das »wirklich menschliche Leben« halt nur in rein arischer Umgebung.

Wie aber hätten Akteure, die so tief in das Unrechtsregime verstrickt waren wie Schreyvogl, den jugendlichen »Wölfen« vermitteln können, dass KZ-Überlebende nicht in »Haft« waren, sondern Opfer einer verbrecherischen Verfolgungspolitik? Das Problem des Romans sind auch nicht die NS-fanatisierten Jugendlichen – ihr Verhalten ist nur Symptom – und schon gar nicht das KZ-Opfer, sondern die Erwachsenen, die den Zusammenbruch des Regimes nicht als Befreiung erlebten, sondern als bedauerliche Niederlage. Dass dieser Klappentext »Ansätze« enthalte, »das zeitgenössische Gewicht des Romans auszuloten«[1], ist in dem Sinn zutreffend, dass er ein Paradebeispiel für den zeittypischen Jargon aus existenziellen Worthülsen darstellt, der viele gesellschaftskritische Bücher der 1950er Jahre mit einer Staubschicht überzieht, die nicht aus den Werken selbst kommt, sondern aus ihrer ideologisch unsauberen Rezeption.

Als Anregung für ihren Roman nannte Hertha Pauli Berichte über einen Münchner Mordprozess gegen eine übrig gebliebene HJ-Jugendbande. Umtriebe »nazistische[r] Werwolfgruppen« gab es auch in Österreich immer wieder, deren Bandenmitglieder »durchweg der ›Hitlerjugend‹ angehörten«, so die *Österreichische*

Zeitung am 12. Oktober 1947 über den Prozess gegen einen 17-jährigen Bandenführer am Grazer Volksgericht.

Das ist nicht weiter verwunderlich. Mussten die Erwachsenen nach der Befreiung den Entnazifizierungsvorgaben der Alliierten zumindest nach außen hin entsprechen, konnten Kinder diesen plötzlichen Haltungswechsel schwer nachvollziehen. Auch Ingeborg Bachmann, die Paulis Roman durchaus gekannt haben könnte, nimmt auf einen Prozess gegen eine NS-Jugendbande Bezug. In ihrem *Todesarten*-Projekt verfolgt die Erzählerin Zeitungsberichte über 17-jährige Gymnasiasten, die eine SS-Einheit nachstellen, mit Lagerfeuerromantik, ›Meine Ehre ist Treue‹-Schwüren und Mutproben – bis zum bitteren Ernst einer Exekution. Per Los wird ein Opfer ermittelt, es ist ein Junge namens Michael, den der Jüngste der Gruppe dann »weisungsgemäß« tatsächlich erschießt. Die Lehrer sind bestürzt über den Vorfall und finden keine Erklärung dafür, zumal der Geschichtsunterricht eben erst bei Ludwig XIV. hielt; von einem »Interesse der Schüler am Nationalsozialismus, noch weniger von der Bildung kleiner fanatischer Gruppen« sei in der Schule absolut nichts bekannt gewesen.

Die Handlung von *Jugend nachher* setzt in den USA ein, wo Irene bei einer Verwandten Aufnahme gefunden hat. In diesem Romanauftakt ist Dank an Paulis Exilland enthalten, aber auch Kritik, denn das amerikanische Gegenüber verweigert aus Unverständnis und Bequemlichkeit das Gespräch über die erlebten Traumata, das Irene so dringend suchen würde.

Irenes Problem ist ihre reale Ortlosigkeit. Für sie und ihr Schicksal ist nach dem Zusammenbruch des Regimes kein Platz, so wie es für sie und ihresgleichen in den vergangenen Jahren keinen Ort gab außerhalb der Konzentrationslager. Nach der Befreiung hat sie sich im US-Spital vorsichtig mit dem ersten jungen Menschen angefreundet, den sie in ihrem neuen Leben traf. Es ist ein verstümmelter Hitlerjunge, der, wie bei Bachmann, Michael heißt. Vor allem seine Schilderungen vom Zusammenhalt der »Wolfsbande« faszinieren Irene, hat sie doch die Unmöglichkeit einer Teilhabe an der ›NS-Jugendkultur‹ mit HJ und BDM auch als Ausschluss von der Verankerung in einer altersgemäßen Peergroup erlebt.

Als Irene das Spital verlassen kann, wird sie völlig überraschend von einer Tante abgeholt, die als eifrige Parteigängerin der Nationalsozialisten den Kontakt mit Irenes Eltern radikal abgebrochen hatte. Nun nimmt sie Irene mit in ihre kleine Pension – als unbezahltes Hausmädchen und zugleich als eine Art Aushängeschild. Denn ohne jeden Skrupel erschwindeln sich Tante und Onkel mit Irenes Anwesenheit einen Persilschein, indem sie den amerikanischen Behörden vorlügen, einst Irenes jüdischem Vater geholfen zu haben. Realiter erlebt Irene hier das ungehemmte Fortleben der NS-Ideologie. Wenn der Onkel beim »gemütlichen Beisammensein« am Abend ausruft: »*Wir brauchen Ordnung im Lande. Erst muss hier alles wieder richtig arisiert werden!*« (S. 60), fällt außer Irene niemand auf, dass er eigentlich »organisiert« sagen wollte, am wenigsten der Kriegswitwe Frau Eva, einem Dauergast der Pension. »*Dass der Krieg trotz der Aufopferung ihres Mannes verloren gegangen war, verbitterte sie tief*« (S. 54). Die Figuren in diesem Umfeld sind ein getreues Abbild der Zeitstimmung nach 1945, die im Bild des ›Gelitten habens‹ – im Schützengraben oder im Luftschutzkeller, im Exil oder im KZ, oder auch nur an der schwierigen Versorgungslage – alle Fragen der Schuld ausblendete.

Und in dieser Logik ist es einfach selbstverständlich, dass die eigentliche Schande Irenes im KZ durchlittene Jahre sind, die gilt es zu verschweigen, wie ihr die Tante gleich zu Beginn einschärft. Ebenso selbstverständlich ist es, dass die kriminellen Umtriebe einer übrig gebliebenen HJ-Gruppe nicht unter dem Aspekt der NS-Wiederbetätigung verhandelt, sondern als »missbrauchte Pfadfinderideale« verharmlost werden. Es ist genau jene Gruppe, der Michael angehört und auch der junge Toni, in den sich Irene verliebt hat. Er will aus der verschwörerisch organisierten Gruppe aussteigen, in der ein skrupelloser »Führer« ein autoritäres Kommando führt, und mit Irene fliehen. Doch dazu kommt es nicht mehr, Toni wird von der Gruppe »gerichtet«.

Als Irene im abschließenden Gerichtsprozess ihre KZ-Vergangenheit ›gesteht‹, um den ermordeten Toni zu rehabilitieren, ist dieses Geständnis das eigentliche Skandalon. Das sieht nicht nur Michael so, der Irene als Verräterin beschimpft und sich in der folgenden Nacht das Leben nimmt, sondern auch die mediale Öffentlichkeit außerhalb wie innerhalb des Gerichtssaales. »*Das gehört nicht hierher*«, lautet die ungeduldige Reaktion der Richterstimme. »*Das ist es*«, antwortet Irene, »*deshalb gehöre ich nicht dazu. Das hab ich aber nicht wahrhaben wollen. Wollte einmal dabei sein*« (S. 220). Die Gerichtsverhandlung macht evident, wie sehr dieser Gesellschaft die moralischen Maßstäbe für ein Urteil fehlen müssen. Wenn eines der Bandenmitglieder von der unbeirrbaren Treue zum »Führer« der Gruppe spricht, dann geht den Menschen im Gerichtssaal das Herz auf: »*[W]ie der zu seinem Führer steht!*« (S. 207), hört Irene eine junge Frau schwärmen.

Hertha Pauli leuchtet in *Jugend nachher* die unterschiedlichen Haltungen und Motivationen der jugendlichen wie erwachsenen Akteure aus und formt daraus einen finalen Kommentar zum ideologischen Fehlstart nach 1945. Damals wurde die Bedeutung des Buches zumindest von einigen durchaus erkannt. 1962 wurde eine Theaterfassung mit dem Titel *Jugend vor Gericht* im Theater in der Josefstadt aufgeführt. Im selben Jahr erschien der Roman in der deutschen Buchgemeinschaft, ein Jahr später als Taschenbuch bei Rowohlt, dann geriet er in Vergessenheit. »Dieser Roman ist sicherlich von bislang unterschätzter zeitgeschichtlicher Bedeutung«, schrieb Annemarie Stoltenberg 1990 im Nachwort zur Neuausgabe von Hertha Paulis Autobiografie *Der Riss der Zeit geht durch mein Herz*, die im Rahmen der Exilforschung neue Aufmerksamkeit erfuhr. Es ist dem Milena Verlag zu danken, dass dieser Roman, ein vergessenes Beispiel der österreichischen Trümmerliteratur wie der frühen Aufarbeitung der NS-Vergangenheit, nach gut einem halben Jahrhundert wieder zugänglich ist.

Nachzutragen bleibt ein tragischer Aspekt. Hertha Paulis gesamtes im Exil entstandenes Werk zeigt die Folgen wie Optionen eines Lebens und Schreibens zwischen den Sprachen, Kulturen und Kontinenten. Mit populären Sach- und Kinderbüchern trug sie zum kulturellen Transfer zwischen Österreich und Amerika bei. 1943 erschien etwa *Silent Night – The Story of a Song*, 1944 *The Story of the Christmas Tree*, 1955 *There is a Family* über das Kind eines amerikanischen Besatzungssoldaten in Nachkriegsdeutschland, und 1957 die amerikanische Übersetzung ihrer Suttner-Biografie aus dem Jahr 1937. Mit ihren beiden großen Romanen ist dieser Brückenschlag zwischen alter und neuer Heimat mangels übersetzter Ausgaben nicht geglückt. Für *Jugend nachher* fand sich nie ein amerikanischer Verlag, und ihr biografischer Roman über eine frühe afroamerikanische Freiheitskämpferin mit dem Titel *Her Name was Sojourner Truth* (1962) ist bis heute nicht auf Deutsch erschienen.

ANMERKUNG:

1 Ernst Seibert: Hertha Paulis Roman *Jugend nachher* – eine Horváth-Fortschreibung. In: »Eine Brücke über den Riss der Zeit …« Das Leben und Wirken der Journalistin und Schriftstellerin Hertha Pauli (1906–1973). Hg.: Susanne Blumesberger, Ernst Seibert. Wien: Praesens 2012 (biografiA. 10), S. 232–248, S. 241. Die in der Fußnote angefügte Kurzbiografie Schreyvogls erwähnt nichts von seiner Desavouierung im Nationalsozialismus.

Bedeutsame Klassiker aus dem Hause Milena

Joe Lederer
BRING MICH HEIM
Roman

Mit einem Nachwort von Evelyne Polt-Heinzl

Jeannine Maran ist eine einsame Frau. Seit acht Tagen weilt sie mit ihrem Jugendfreund Harald und der geliebten Dogge Tommy in Florenz. Alkohol und Ennui bestimmen ihren Tagesablauf, bis Jeannine beschließt, einen wichtigen Ort ihrer Kindheit, eine Villa am Meer, wiederaufzusuchen. Als Jeannine 16 war, verbrachte sie dort einen Sommer – und verliebte sich in ihren älteren Cousin Andy. Jeannine liebt Andy noch immer, doch er ist aus ihrem Leben verschwunden. Im Zug lernen Jeannine und Harald den bekannten Schauspieler Mathieu Corodi kennen, und da es nur ein Hotel im Ort gibt, mieten sich alle drei dort ein …

Nach Erscheinen ihres ersten Romans *Das Mädchen George* wurde Lederer der Titel »deutsche Colette« verliehen. Im Juli 1935 wurde ihr gesamtes literarisches Werk verboten. *Bring mich heim* erschien erstmals 1932, Lederer verarbeitete darin ihre Liebesgeschichte mit Hans Albers.

Die Sprache tänzelt mit, Capricen sind in allen Hinsichten keine Grenzen gesetzt.
Bayerischer Rundfunk

Bedeutsame Klassiker aus dem Hause Milena

Gina Kaus
DER TEUFEL NEBENAN
ROMAN

Mit einem Nachwort von Veronika Hofeneder

Der junge, unvermögende Student Albert Holzknecht lernt die reiche Witwe Melanie Simrock kennen. Melanie ist von dem unerfahrenen Mann sehr angetan und die beiden heiraten. Melanies Vermögen ermöglicht Albert eine hohe Stellung in einer Keramikfabrik – der Einzelgänger kommt unter Leute und es dauert nicht lange, da ihm seine Ehefrau Untreue und Affären mit anderen Frauen unterstellt. Ihre Eifersucht steigert sich zum Psychoterror, die Streitereien zwischen dem Paar nehmen immer unbarmherzigere Formen an und das unglückliche Ende ist abzusehen.

Gina Kaus' Roman ist ein Psychodrama wie aus einem individualpsychologischen Lehrbuch, die Protagonisten sind Paradeneurotiker im Sinne der Individualpsychologie Alfred Adlers – und auf fatale Weise durch Minderwertigkeitskomplexe und Eifersuchtsneurose miteinander verbunden. Kaus versteht es jedoch, das Paar nicht in eine Schwarz-Weiß-Schablone zu pressen, sondern das unglückliche Zusammenspiel der beiden Charaktere zu beleuchten.

In dem neu aufgelegten Klassiker von 1940 betrachtet Gina Kaus Eifersucht und Psychoterror präzise wie unter einem Mikroskop.
Westdeutsche Allgemeine Zeitung

Bedeutsame Klassiker aus dem Hause Milena

Otto Basil
WENN DAS DER FÜHRER WÜSSTE
Roman

Mit einem Nachwort von Johann Holzner

Hitlers Armeen haben den Krieg gewonnen – und der Irrsinn geht erst richtig los! Otto Basil schrieb mit diesem Roman eine ungeheuerliche Satire auf das »Dritte Reich«.

Hitler hat gesiegt, die Atombombe fiel nicht auf Hiroshima, sondern auf London. Das Germanische Weltreich ist errichtet. Lediglich der großasiatische Raum wird von den Japanern beherrscht. Berlin ist die Hauptstadt der Macht, die Hauptstadt Deutschlands und damit der halben Welt. Der Papst und der Dalai-Lama werden in einer Kölner neurochirurgischen Klinik gefangen gehalten, von Irland bis zum Ural erheben sich die SS-Ordensburgen, die Zuchtmutterklöster, die Walhallen der Ariosophen, die Napolas und Untermenschenlager.

Das ist die Kulisse, als Adolf Hitler stirbt und unter ungeheurem Pomp im Kyffhäuser bestattet wird. Sein Nachfolger heißt Ivo Köpfler (Heil Köpfler!). Der Tanz in den Untergang des Dritten Weltkrieges ist nicht mehr aufzuhalten und mittendrin der Parteigenosse Albin Totila Höllriegl, ein Österreicher, den ein gewaltiger Auftrag nach Berlin führt …

Man legt diesen Roman mit Atemnot aus der Hand.
ORF

Gedruckt mit freundlicher Unterstützung durch

ZukunftsFonds
der Republik Österreich

Umschlag: Boutique Brutal, www.boutiquebrutal.com
Druck und Bindung: finidr.cz

A–1080 Wien, Wickenburggasse 21/1–2

www.milena-verlag.at
ISBN 978-3-903184-40-4